eye

守望者

—

到灯塔去

12只鸟儿，治愈你

大自然的幸福课堂

12 Birds
to Save
Your Life

Nature's Lessons
in Happiness

〔英〕查理·科贝特 著
曾心仪 译

Charlie Corbett

南京大学出版社

献给妈妈

因为:

"哦,我不知道,你知道吗,你难道不知道吗?"

……正如"李子"[1]会说的那样。

---

[1] 李子(Plum),英国幽默小说家佩勒姆·格伦维尔·伍德豪斯(Pelham Grenville Wodehouse)的昵称,因为 Plum 和 Pelham 发音相近。本书所有注释如无特殊说明均为译者注。

不要把我借给别人,我会默默陪伴你所有的旅程。

无论你去哪里我都跟随,穿过鹰击长空,越过浩瀚大海;

不论酷暑寒冬、晴天雨天,还是茌苒时光。当劳累的一天结束,你躺在床上,读上几段我的话,就会做一个甜美的梦。

——艾萨克·沃尔顿,《钓客清谈》

没有穹顶的大自然啊,说出你本能的话语;

让我从天空了解你的秘密。

——西格夫里·萨松

目 录

引言·001

序曲·004

1　云雀·007

2　欧亚鸲·031

3　鹪鹩·055

4　欧歌鸫·077

5　红腹灰雀·101

6　喜鹊·127

7　家麻雀·147

8　叽喳柳莺·179

9　毛脚燕·199

10　翠鸟·217

11　杓鹬·235

12　仓鸮·255

地名索引·270

致谢·279

附录:鸟类译名对照表·282

引 言

这本书讲的是生而为人,如何应对人生的故事。意外如何未经允许就义扪义撞地闯进我的生活,对自然界特别是鸟类重燃的热爱如何帮助我面对母亲的离世,让我在这段动荡不安、焦虑烦闷的时期沉下心来、站稳脚跟。死亡和变化、焦虑和忧愁不是什么新鲜事。从我们的祖先第一次走出原始沼泽、担心晚饭该怎样解决时,人的这些最基本的烦恼就已经如影随形了。然而出于某种原因,作为一个物种,我们人类已经变得越来越不会应对它们了。

我们已经脱离了原本的自然环境。这种脱离,我认为,正是我们那么多人感到难以应对现代社会抛给我们的问题的主要原因。我们失去了自然给予我们的角度。

还不是很久以前,我们对周围鸟类的简单认知是与生俱来的。这是人类的禀赋之一,就像有手有脚一样自然。了解鸟类和自然,已经不只是几千个古怪人士的爱好——他们在乡下到处乱窜,寻找在一本奇书上标记的稀有物种,这让我们困惑。在当今,爱鸟人士与搜集铁路机车号码的人,以及其他痴迷的爱好者们被划为一类：他们无伤大雅，但多少有点古怪。

而且直到最近，我还对身边的野生动物几乎一无所知。在国内外的城市生活多年之后，我回到了从小长大的小农场，但感觉自己是个异类。我走过童年时的乡间小路，发现自己被陌生人包围。大小不一的鸟儿在无名树上唱着我听不懂的歌。我发现儿时在英国乡村积累的知识大部分都没有了。就连麻雀和椋鸟，我都几乎分不清了。清晨时的鸟鸣，更是让我困惑不已。羞愧难当之下，我准备让事情重回正轨。

在这场重新发现自然之旅中，我开始意识到，如果你留意身边的大自然，尝试去理解它、观察它、慢慢爱上它，这不仅会让你变成一个更开心、更满足的人，也对大自然本身有益。它会让大自然从抽象笼统变得具体生动。

在母亲生病、过世，以及令人痛苦的后事期间，重新与身边的鸟类建立联系让我获益匪浅。我收获了亟需的精神上的"镇定剂"。我希望你，在阅读这本书的过程中，能体会我感受到的纯粹的喜悦——当我在清新的春天早晨听到欧乌鸫的啼鸣，在长夜结束时听到欧歌鸫鸣唱，抑或是在四月看到毛脚燕从非洲迁徙回来。这可以拯救人的生命。

本书提到的十二种鸟，有一些你可能比较熟悉。我试着挑选出不仅对我意义重大、能帮我重新振作起来的，也是当下在你周围就存在的鸟类，或者至少离你不太远，这样你就可以轻松地见到它们的真容。在每章的结尾，我也加入了对每种鸟类外观的简单描述,还有你最有可能发现它们的地方。而在本书的最后,为了增加一些背景知识,我列了一份简要的地名索引,详细说明了一年的不同时节、不同地方可以观测到的鸟类。

阅读本书不会让你变成鸟类专家,或者给你辨别奇花异兽的特长。我的目的是帮助你重建与周围自然界的关系。通过尝试去理解、去爱、去开始随着门外的自然世界的节奏前行,使自己变得更理智,对人生和遇到的困难树立正确的观念。

有些时候,当抑郁的阴影笼罩时——这种情况现在依然会发生——我就会去附近的小山那边散心,就这样躺在草地上。如果我运气好,就能听到云雀在歌唱。或是看到一群黄鹂匆忙飞过,抑或是一群红额金翅雀(形容一群红额金翅雀的集合名词是魅力[1],这件事本身就让我心头一暖)。花时间去关注大自然、置身其间,总能让我从正确的角度看待问题。自然能让我每一天对自己、对人生都有新的见解。

我希望这本书能够提醒人们,你的人生还有崭新的一面等待你去发现。一旦你发现它,开始尝试去理解它,那么最微小的事物都会带给你无尽的欢乐。

---

[1] 作为集合名词的 charm 来自古英语 c'irm,贴合金翅雀优美的歌喉。

序　曲

我的起点即我的终点

我在苏格兰海拔最高的地方自驾,从西往东横跨凯恩戈姆山脉(Cairngorms),一路通畅、起伏不平。头顶万里无云。我的女友玛丽坐在旁边。车载广播正在大声播放谁人乐队(The Who)的《芭巴·欧莱利》("Baba O'Riley")。尽管有太阳,而且正值仲夏,我车上的温度计显示气温只有10度。我们在数千英尺[1]的高空大笑。车窗敞开着,空气清冽。我们正在去聚会的路上。我们刚从另一场聚会归来。未来还没有确定。我很幸福。我们都很幸福。我要在十二月和这个女孩结婚。生活是甜蜜的。

1　1英尺约为30厘米。

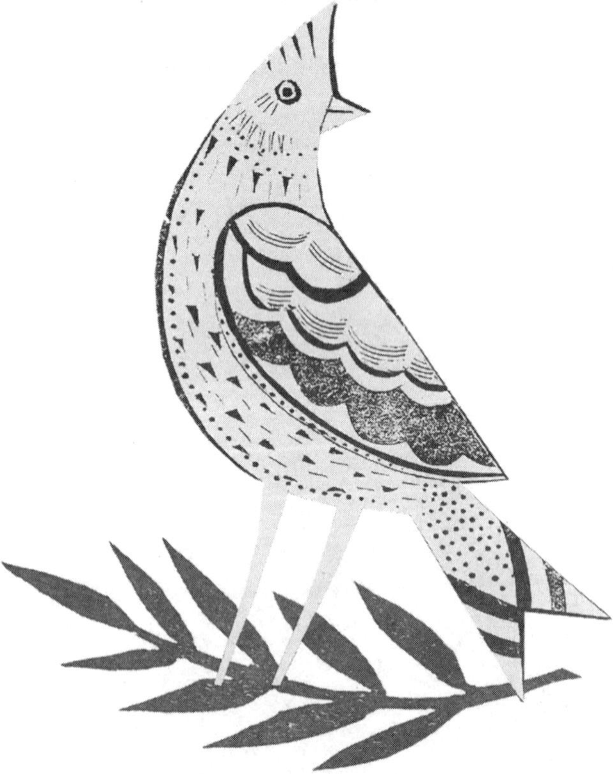

1
云 雀

云雀正在展翼；

蜗牛趴在刺丛；

上帝安居天庭——

世界正常有序！[1]

——罗伯特·勃朗宁

便像云雀破晓从阴霾的大地

振翮上升，高唱着圣歌在天门。[2]

——威廉·莎士比亚

---

1 出自罗伯特·勃朗宁的《比芭之歌》。该段译文引自《兄妹译诗》，T.S. 艾略特等著，杨苡、杨宪益译，山东画报出版社，2012年。
2 出自莎士比亚十四行诗第29首。该段译文引自《梁宗岱译集》，沙士比亚等著，梁宗岱译，华东师范大学出版社，2016年。

没有什么比"狂喜"(exaltation)更能描述人们欣赏云雀美丽身影和歌声时的心情,这样想的可不止我一个人。因为"狂喜"正是用来表示一群云雀的集合名词,生动又贴切。不知当初是谁创造出这么多不同的集合名词[喧嚷(clattering)的寒鸦、喃喃(murmuration)的椋鸟、高鸣(charm)的红额金翅雀,华丽的集合名词不胜枚举]。不论创造者是谁,真可谓才华横溢。

云雀的歌声有着令人动容的力量。无论你正在经历什么,它的声音定会让你精神一振。不过为了听到云雀的声音,你需要去往一个开阔有风的地方,远离人群、污染和高楼的地方,这本身就会让人感到幸福了。再加上云雀百转千回、清脆嘹亮的歌声,它会带你飞向更高的境界。我仰头看见一只云雀在空中飞翔,在我头顶盘旋,一边使劲扇动翅膀,一边倾情啼鸣时,语言难以形容我内心的那份宁静。

如果用酒来比喻,云雀的啼鸣声就像经过一天闷热紧张的工作后,来一杯冰凉的金汤力,一击入魂。不,还不够好。金汤力不足以形容它的美。不如说是在一天腿酸脚痛的劳累后,美美地泡进放满热水的浴缸的那一瞬。我觉得这还差不多。但云雀的歌声比这还要更美好。

也许把它的歌声比作佛教中的蝴蝶更贴切。或许你倾尽一生寻觅幸福却永远也找不到。当地友好的佛教徒会劝你,放弃吧。幸福就像一只蝴蝶,你成天想抓住它但永远也抓不住。只有当你放下了,坐下休息并沉思时,蝴蝶才会轻轻地停在你的肩膀上,甚至你都无知无觉。云雀的歌声就是化作音乐的蝴蝶。只要你停下来,喘口气,去倾听,歌声一直在。

鸟儿的啼鸣引导我获得了人生的领悟,而云雀在其中扮演了重要的角色。它以一种无法人为达到的方式,在至暗时刻拯救了我。它让我心中对大自然的敬畏也变得愈加强烈。

那是一段至暗时光。这种日子会时不时给你一个下马威,把本来充满阳光、希望和活力的人生变得一团糟。我和家人听到了我们以为永远不会听到的噩耗。万万没想到。也许一直以来,大家都拒绝相信这件事。人性可真怪啊,你会固执地对所有事实视而不见,直到这些事实跳到早餐桌上,在你的玉米片里撒尿,然后用生锈的勺子舀着逼你把它吃下去。我觉得这叫希望。我想起约翰·克里斯(John Cleese)在电影《分秒不差》(*Clockwise*)里的那句经典台词:"绝望不是致命的……我可以接受绝望。是**希望**让我无法忍受!"(听他说出这句话要有趣得多。)

总之,在那样的一天,一个八月的三伏天,噩耗降临在我们一家人头上。那时,我们的希望遭受了致命一击。一个月前被诊断出脑部肿瘤的母亲,收到一份残忍的通知,她的生命已所剩无几。"恶性""晚期""临终关怀"这些话语在我生命中头一次和我的至亲有了直接关联。会诊医生说的话在我脑中回响。但我一个字也没听进去。仿佛徘徊在尘世之外,感觉很不真实。这跟我和妈妈没有丝毫关系。记得当时四下环顾我的家人,我们五个人挤在那个狭小的房间里,屋里有咯咯作响的百叶窗和慈善机构送的灰色地毯。妈妈和爸爸紧挨着坐着,几乎合为一体,我的姐姐凯蒂死命攥着妈妈的手,我的哥哥理查德,则是把手轻轻地搭在妈妈的肩膀上。还有家里最小的我,站在大家后面,试图理解当时的情况。我们一个个你看看我,我看看你。所有人都一脸迷茫。

直到那一刻,我们都坚信,妈妈的病不过是她漫长而充实的一生中的一个小插曲。我们以为我们会渡过难关,母亲会康复,我们都会学到重要的一课,然后人生会像以前一样继续。别往心里去。将来每当我们想起这段经历便会一笑而过,而父亲则会抱怨在英国医院停车有多么贵。

一切都从一个月前,一个温暖的七月早晨开始。我和妻子玛丽正坐在餐桌旁兴高采烈地计划着周末,突然电话铃响。是爸爸打来的。"我有点担心你母亲,"他说,"没什么大事,就是她有点头晕。"

"什么?爸爸,什么叫她有点头晕?"

"呃,没什么,就是她在为野餐剥煮鸡蛋时突然有点头晕。保险起见,我们先带她去看医生。"

有点头晕。我挂了电话,做我自己的事去了。心里默默记下,"回头给妈妈打个电话问问情况"。就这样了。但是当然,事情远非这么简单。原来妈妈的头痛已经持续了好几周,但她一直忍着不说。医生对此非常担心,甚至要求她去做后续的扫描检查。但我们还是没当回事儿。所有人都心存侥幸。母亲是我们认识的最年轻、最健康的六十六岁老人,她的每个毛孔都充满了活力和能量。我们一致认为,像母亲这样的人是不会生病的。就是这么简单。她有足够的力气活到一百岁,甚至更久。她自己对此也深信不疑。"我很好,亲爱的孩子们,真的没事。就是有点头晕罢了。"

日子一晃几周过去了。那个阳光明媚的七月天也已成为回忆。我们被卡在悬而未决的状态里,妈妈做了一个又一个的检测,进行了一次又一次的会诊,我们一直在寻找她的病因所在。我们已知的是她脑子里长了一个肿瘤,但肿瘤的类型太多了。有些完全可以在手术后康复,有些则非常难缠。我们一直揪着"良性"这个字眼不放。不久前,理查德还提起这段日子:癌症确诊前的迷惘时期,我家的"假战"[1]岁月。

"妈妈跟我说患病初期她其实很开心。"他说。

我不太能理解他这句话。

"谁会在这样可怕的生死未卜之中感到开心呢?"

"你难道不记得那段时间我们聚在一起吃了多少顿饭吗?你看,这么多年来,这是我们全家人第一次重新团聚在一起。"他说。

我这才发觉他说得没错。在我们心中,那几周的日子强化

---

[1] Phoney War,指"二战"爆发后英法和纳粹德国仅有轻微军事冲突的"假战"状态。

了妈妈在创建和维系我们这个小家庭的存续中扮演的不可或缺的角色。你可以从她的眼中看出她的妥协,一边是看到我们一家重新团聚,被围绕在世间至爱的人们之中时的极大的喜悦,一边是颤抖着意识到自己已经时日无多。

诚然,妈妈是把我们一家团结在一起的凝聚剂。然而我从没有真正地体会到她的良苦用心,直到这个家开始分崩离析。我以为聚在一起是理所当然的。我们都这么以为。于是,在那些充满不确定的夏日,当我们平衡着希望和忽上忽下的期待时,我们在附近乡镇踏上了一场旋风似的家族旅行。我们一行五人,在一辆满载兴奋与忐忑不安的旅游车里,一起在乡间转来转去:看医生、去诊所、和会诊医生预约时间——手里拿着母亲的病历,心里想着她。接着,看完医生之后,我们就去找一家本地酒馆或旅店吃午饭。这对我们来说好像重新回到童年一样,能够暂时脱离成年人的牵绊:我们自己的妻儿身在别处。仿佛又回到了1985年。我的父亲总是会对酒馆菜单表示不满:"你们就没有正常的饭菜吗?我只想吃份牛排而已!"妈妈翻个白眼,向受到烦扰的服务员道歉。我的姐姐凯蒂坚定地站在妈妈一边,她俩长得一模一样,还有我哥哥的狗史黛拉,一有机会就往外猛冲。

我们最后几次和母亲一起吃午餐,其中一次是在乔治酒店,这家美丽的酒店简直就像是英式风景明信片上的,我家这只总是不听话的拉布拉多犬的走失从头到尾贯穿了这顿饭。我永远不会忘记当我哥哥把整个村庄找翻天,大喊着请它回来时,母亲笑出的眼泪。"史黛拉,史黛拉!! 拜托你回来吧,史黛拉。你在哪儿呢,史黛拉?求你了!"我们找了又找,直到我们喉咙嘶哑、满头大汗,垂头丧气回到停车处,它才突然出现,若无其事地从小路上小跑过来,满脸不在乎。"史黛拉,你这个混蛋!"哥哥大叫,气得眼泪都出来了。而史黛拉摇着尾巴跳进他的怀抱。天啊,我们笑成一团。我家生活的核心,有一种本质的幽默感。无论生活多么灰暗,吵得多么不可开交,错得多么离谱,我们总是离不开阵阵大笑。

即使是接到哪怕幸运的话,妈妈也最多只能再活两年的消息,我们也从未丧失这种与生俱来的能力,一起笑着面对不幸。尽管与此同时,我们的内心都在哭泣。

在得到那个令人沮丧的诊断结果的下午,我回到家,不知如何描述自己的心情。好像有人用低温冷冻了我的所有情绪一样。大家都去了不同地方,只留下我独自一人在那儿胡思乱想。都是些非常消沉的想法。我坐立不安,焦躁地在小小的厨房里来回踱步。我感觉我的头脑已经麻木,但是身体其他部分还没反应过来。于是我决定带着我不能正常思考的大脑去附近空旷的野外散心。除此之外,我还能有别的选择吗?我已经十分幸运,能在那时住在一个僻静的美丽村落,四面被威尔特郡(Wiltshire)普西河谷(Pewsey Vale)的山丘围绕,到处都是大片空旷的草甸。这个村子很适合散步。我匆忙披上大衣、套上防水长筒靴,走进下午三点的细雨中。

在几个小时的散步和努力保持头脑放空后,我发现整个人多少有些淋湿了。我躺在孤零零的山坡上仰望铅灰色的天空,八月轻暖的细雨渗进我的身体深处。

没有人会教你怎样面对坏消息。同样,也没有人会培训你,或者帮你做好准备去养育小孩。是的,他们会在你生小孩之前对此说个不停(他们确实这么做了),但直到你在超市走道中间抱着一个尖叫扭动的婴儿,路人纷纷投来困惑的眼神,而你的另一个小孩欢快地跑出了超市,手里拿着一袋没付钱的麦丽素,一头扎进车来车往的大马路时,你才能真正体会到为人父母的艰辛。有过这样的经历,你才会真正懂得"无助"这两个字。坏消息同理。母亲确诊的整件事都充斥着这样的无助感。

老天啊,我可太需要这样的培训了。我出生在一个从不把个人感情放在桌面上讨论的家庭。任何真实情感的展示,当然除了大笑以外,得到的回应都是更多的窘迫和尴尬。话题很快会被岔开。尽管我们一家在各方面的往来联系都十分紧密,但我们不是会互相拥抱的那种人。我们也不会谈论各自的"问题"。我们更不会用自己的困难来麻烦别人。这种行为会被认为是任性的,而且老实说这是自私的。(我在问题二字上面用了双引号这一点,已经强烈显示出我们家对于坦白感情的态度。)

小时候,只要我们问了令人尴尬的问题,父亲的脸会唰地变白,并说"问你妈妈去",然后立刻逃离现场。同样的,当母亲被问到同一个尴尬的问题时,她也会被吓得脸一白,然后每次都回答同样的一句:"长鼻子想吃面包吗?"直到今日我仍然弄不明白这句话的意思(我想大概跟动物园里肚子饿的大象有关),但用它来终结一连串尴尬的问题倒是百试不爽。[1]

于是当这种震级的地震发生在我们平静的生活中时,我们手足无措。不知道该如何反应,怎样措辞,和谁倾诉。而这就是为什么我不知不觉躺在了山坡上,淋着雨,身心都麻木了。我的大脑冻住了。我感到在世上孤身一人。一个人在泥泞的老山上。而且没人能帮我,真的没有人。现在没人能够帮助我。

接着我就听到了云雀的叫声。

这高昂的、震颤的、奔流而下的音乐一波一波从我上方的空气中传来,就像为灵魂注入了一剂纯粹的希望。好像在我的头顶上方演奏出一曲空中的狂喜。而且是立体声的。我心想,现在是八月,云雀不应该在八月鸣唱。但它还是出现了。显而易见。它在我头顶盘旋,做着云雀最擅长的事儿。

在愉快的几分钟里,这只云雀和它的歌声将我从那凄凉的一天中抽离出来,让我离开这场小雨和灰暗的想法。它将我带回了童年的夏日。那是我父母农场丰收的季节。我们在那里晒干草。那时云雀也在鸣唱。更安稳更踏实的日子的美好记忆。

---

[1] 词组"not half bad"意为"surprisingly good",结合上下文和句中的转折"but",推测作者想说"not half ineffective",也就是说,虽然不懂但是意外有效。

我猜我想表达的是，它让我得到了释放。

五分钟后，我依然浑身湿透，我亲爱的老妈还在生病。但在那天的风暴中，我找到了一处庇护的港湾。一种精神上的镇静剂，让我可以表现得更勇敢一些。自然之美把我的思绪拉了回来，一缕纯正的阳光意外打断了我阴暗的内心独白。希望重新抬头。而这都归功于云雀的歌声。

多年的城市生活后，我一直在努力重新认识身边的鸟类和其他野生动物。然而，虽然我以一种三心二意、逐项打卡的态度，多少学会了它们的名字，能够辨识鸟类的外观和声音，但我从未真正体会到大自然恩赐的巨大能量。那只云雀实在是太意外了。过往我对自然世界的欣赏都是十分勉强的。我能理解自然的美，但在那一天，电光石火之间，我真的**体会**到了。就像佛教中的蝴蝶，冥冥之中停在了我的肩膀上。

当那只云雀在我上方鸣唱时，我意识到也许就像我忽略了自然一样，我在探索自己的人生道路时，也忽略了妈妈。当然，在羽翼丰满后离开巢穴，想要建造自己的一片天地，这是自然而然的事。但是长大离家的一个缺憾是，我不仅脱离了大自然，更与父母疏远了。

不久之前，我长期旅居澳大利亚。在那之后，又花了两年在非洲大陆的不同国家游荡，为一家还挺正经的金融杂志写文章。就是在为这家杂志工作期间，在无数次出国公干的其中一次——那也是玛丽无数次出国公干中的一次——我与她在尼日利亚拉各斯(Lagos)的一个旅馆酒吧相遇了。玛丽美丽聪慧,在约克郡长大,但有世界性的眼光,她是我高攀不上的类型,玛丽手里捧着一本烧脑的平装书,静静地啜饮着星牌淡啤酒。她身上自带一种难以形容的气场、一种毫不造作的特别。她看起来是那么地洒脱自如。

在三四瓶星牌淡啤酒下肚之后,我鼓起勇气向她做了自我介绍。我并没有在外国旅店酒吧里搭讪陌生女孩的习惯。而且说实话,我知道玛丽会出现在酒吧。她也知道我迟早会跟她搭话。后来我们发现,我俩有一些共同的朋友。这些共同好友都在那天早些时候来过消息,以撮合我们这两个孤独的旅人。

当两个英国人结束了在外国相识的尴尬又极度礼貌的"啊,原来你老家在……"和"噢,原来你认识……"的寒暄之后,我们很快进入了一种和谐融洽的聊天律动:由我们相互都很享受的对话、笑声和(偶尔针锋相对的)辩论组成的稳定节奏,这种节奏再没有消失过。

在离家万里的那间热带风格拉各斯酒吧里喝酒时,我很快意识到,玛丽是一组脑筋急转弯一样的可爱矛盾体,她很有决策力,但有时又选择困难(她能在眨眼之间完成一笔复杂的金融交易,但千万别让她点菜)。她既爱手工艺,又精通金融经济——别具一格,又不会太小众,这一点很让人放心。无论在金丝雀码头[1]的

1　伦敦新金融区。

董事会议厅(或者拉各斯的酒吧),还是威尔特郡潦倒的小酒馆,她都一样无拘无束。她富有创造力和奇思妙想,但没有一点自负造作。她在室内设计和珠宝制作上颇有才华,同时又是一个成功的都市银行家,却没有半分自命不凡。

但是我最爱玛丽的一点,也是那晚我在她身上发现的可爱之处,便是她投入并迷恋于日常生活的所有细节。她对世间万物抱有一种难以抑制的好奇,近乎到了爱管闲事的程度。并且在她的优雅成熟和世界性的智慧之下,她是一个正直善良、兴趣广泛的小女孩,一头卷发,戴着二十世纪八十年代国民保健服务(NHS)配的免费眼镜。

后来玛丽的同事马尔科姆也加入了我们,他是一个活泼的中年人,一位面色红润、富态的银行家,对上帝和高级金融有着尖锐(并且相互间毫不相关)的观点。席间,玛丽和我以小小戏弄他为乐,在马尔科姆自以为是地大谈天主教会和英国利率政策时,我们不断交换着默契的眼神,直到夜色渐深,喝完最后一瓶星牌淡啤酒回房休息了。

自那次拉各斯维多利亚岛三十三层楼上的愉快晚餐之后,我和玛丽一直保持着某种形式的交流:从一开始彬彬有礼的电子邮件,到发短信、打电话,一直到在我最喜欢的伦敦昏暗酒吧喝酒,去西区高价餐厅;一起过周末、一起度假、开始同居,最后成为一家人。这一切都来得很自然。我不敢相信自己的运气。

因为谈恋爱和全世界到处转的缘故,我在家的时间很少。

看望爸妈的时间也很少。日子太他妈的忙了。我没懂得珍惜妈妈为这个家族打下的牢固根基。是这些根基让我成了今天的我。

不论我在世界的哪个角落,不论这里多么危险枯燥,或是陌生艰苦,我的内心深处总有种踏实的感觉。不论生活抛给我什么样的难题,不论日常生活让人多么焦虑不安,我知道,有一个无法撼动的柱子,深深地埋在汉普郡的土壤中,无论境遇好坏都会稳稳地拉住我,毫不动摇。直到它动摇了。我一下子摔进了未知当中。但当我侧耳倾听云雀的声音时,我突然第一次开始明白,大自然真的能够让我沉下心来。

云雀的这种歌声,很有可能你已经听过多次了,只是没有意识到而已。莎士比亚在第二十九首十四行诗里这样写道:"从阴沉的大地腾空而起,在天门咏唱圣歌。"但我们只看到了云雀歌声的一小部分魅力。一个又一个世纪,人们都对云雀充满崇敬。事实上,在莎士比亚生活的年代,广大文人骚客,这群野兽,竟会吃云雀的舌头,妄想着这样做能在他们晦涩的十七世纪演说中,注入云雀的歌声给人带来的狂喜。

如果你在人生的某个阶段曾在乡村居住,或者长时间在开阔的田野或丘陵行走的话,云雀的歌声作为背景音乐会伴随你一路。你下次走在旷野中时,停下脚步竖起耳朵听听看。最容易听到的时间是春天和初夏的清晨与薄暮时分。如果你听到了高昂、清脆、带给人喜悦的声音,但你还不确定是不是云雀,那么你可以抬头看一眼来确认。因为云雀是少数几种会在飞翔时鸣唱的鸟类。如果你抬头看到一只小体型、棕色条纹、尾部一抹白色的鸟在你的头顶约二十英尺处盘旋,那么你已经成功认出这个小家伙了。毫无疑问,如果你动一动颈部肌肉,你会看见不止一只云雀。当你抬头看时,你会注意到更多的云雀。有些在盘旋,有些在空中俯冲、翻滚、争夺领空主权。云雀上下飞舞的模样,和它们飞行时快乐的歌喉,是英国俗语"厮闹"[1]的出处。虽然我很久没听到有人使用这个字眼了,上一次听到还是1988年五月前后,我上了年纪的历史老师让我别再"厮闹"。

沉浸在云雀的歌声中不知道过了多久,我的大脑向无精打采的身体其他部位发出信号,告诉自己该起身了。于是我的肩膀、脊背和屁股抬了起来,此时这些部位已经浸透了水。天光开始暗下来,玛丽会担心我去哪儿了。我站起身来,像一只被打湿的西班牙猎犬一样甩动身子,雨点打在我脸上,我准备走路回家。突然,我周围的田园风景,以一种从未有过的方式活过来了,或者说至少很多年没有这样过了。

在我前方四十五米处左右,有一只野兔小跑着穿过田野。我注意到它在地面移动时优美自如的动作。与跳起来跌跌撞撞的家兔不同,野兔给人的感觉是用单一的优雅动作跨越整个平原。观察野兔的动作会让人相信大自然母亲是个艺术家,而不

---

[1] larking about,像云雀一样闲荡,指胡搅蛮缠、嬉笑打闹。

是科学家。野兔是一种既诱人又奇妙的生物。如果你在空地看到云雀,那么很有可能野兔也会在附近出没。野兔不论外观还是感觉都是古老的。它们的近亲家兔就没有这种感觉。我一直觉得家兔和野兔的差别就像沃克斯豪尔阿斯特拉[1]和宾利的差别一样。而且,你会沉醉在野兔摄人心魄的眼眸当中。

小时候每个夏天,哥哥和我会被赋予一项艰巨任务,在父亲农场的麦田里拔野燕麦。野燕麦是麦农的敌人,它们会降低谷物的质量。如果野燕麦数量太多,我们就不能把麦子高价卖给酿酒厂做啤酒,只能低价卖去做牛饲料了。于是我们哥俩包下了这一重要任务。我分外享受,不仅因为能赚到每小时高达1.5英镑的零花钱,而且陪伴我劳作的是一百只云雀的歌声。当我沿着电车轨道拔这些杂草时,野兔会从各个方向突然跳出来。

有一天,我正有条不紊地埋头拔着我的野燕麦,我看见前方大约七十码处的麦穗微微晃动。这麦浪突然快速向我移动过来。我被深深地牵引住了。还没等我反应过来,一只棕色的大野兔一头冲过来,扑通一声蹦到我腿上,然后呆呆地落在我的脚边。我看看它,它看看我,我们大概受到了同等的惊吓,我想。在震惊的几秒钟之间,我望向了野兔那醉人的棕色眼睛,十岁的我内心产生了莫名的涌动。这是一种极其强烈的感觉,以至于三十多年后的现在,那段和野兔对望的回忆依旧如新。

---

1 在英国最受欢迎的小型家用车。

然而在过去的这么多年,在我努力开拓自己的人生,拼尽全力追逐事业、爱情和打拼自己的一番天地的过程中,这些动物变成了被我遗忘的朋友。

从山坡回家的每一步都带给我新的享受。草地鹨从地面跃起,唧唧地尖叫着;黄鹀在我眼前掠过,带来一抹棕金色。在这么久的时间里,我怎么会一直对它们熟视无睹呢?如果把黄鹀比作餐后甜点的话,它就像太妃糖椰枣蛋糕,再淋上蛋奶酱和满满的金色糖浆。黄鹀是鹀属的一种。我说这一句单纯是因为我很喜欢"鹀"这个字。我还很喜欢的一点是人类祖先给鸟儿起了这么多美丽的名字,比如鹀、鹨和百灵,还有田凫。

田凫(也叫凤头麦鸡或小辫鸻)实际上是一种生活在海岸边的鸟,也就是涉禽,但它们在春夏季节会在山中交配繁衍。如果你仔细观察二月的天空,你也许会看到成群结队的田凫在空中盘旋,寻找适合筑巢的场所。不久前我正好看见这样的景象,我差点从高速公路的一边冲下去(一旦开始喜欢上鸟类,车辆的碰擦恐怕要变成家常便饭了)。田凫是一种引人注目的生物,并且在鸟群中很容易一眼认出:背部深绿色,胸间黑白色,头上顶着华丽的羽毛,划出一道完美的弧线,只有大自然才能创造出这样的美。它和二十世纪八十年代的新浪漫主义风格颇为类似。田凫在空中也很容易辨认,它的翅膀是圆弧状的,好像有人把尖角剪掉似的。在春天,它们会在空中上下翻飞,"啾啊啾啊"地大叫。

跟云雀和草地鹨一样,田凫会在开阔的地面上筑巢。现在我已经熟悉它们的习性,我总会确保在春天走过草地时不要不小心踩到它们的巢。这些可怜的鸟儿即使不被我乱放的大脚踩到,也已经有很多天敌要去对付:猫、獾、狐狸、白鼬、黄鼠狼、乌鸦和喜鹊(还有更多)。但是,田凫有一种极佳的对策能够抵御这些捕食者(包括我的大脚)。已故威尔特郡方言诗人威尔·米德(Will Mcade)这样写道:

> 看田凫在那里扑腾!
> 她很不安,因为她的巢就在附近
> 她假装翅膀受伤,
> 狡猾的小家伙
> 往前走几步,你会发现
> 她的翅膀已然无恙。

我不知道最近你的古威尔特郡方言水平如何,简而言之,这段诗说的是雌性田凫会假装受伤来把捕食者从附近的鸟巢引开。这节诗出自威尔·米德的一首长诗,讲的是他在威尔特郡高高的丘陵地带放羊时从来不会感到孤独。他描述了照顾羊群时遇到的椋鸟、寒鸦、田凫、野兔和家兔。

> 这里孤独吗?不,我不孤独,

在平原上有那么多的陪伴

我怎么会孤独呢?

  我很同意威尔·米德的说法。躺在山坡上的时候,我怎么会觉得自己是独自一人呢?再说我也许连在那威尔特郡的小山上会看到的一半鸟都没讲到:朱顶雀、穗鹏,还有鸥石鹏等在野外活动的鸟类。而我更开心的是,在我第一次因鸟鸣而顿悟后很多年过去了,还有好多我不知道的鸟儿。走在野外,虽然经过多年的寻寻觅觅,我还是常为我的所见所闻而感到迷惑。首先,蝴蝶就有那么多种!我很高兴大自然可以这样让我困惑。山坡上改变人生的那一天是一个开始,从那之后,我的旅途就从未结束。每一次散步,我都会学到新的知识。

  但在所有鸟类之中,野外的鸟中之王在我心中依然是云雀。我承认它只是棕色带条纹、相貌平平的鸟,却有着天使的声音。云雀的声音给一代又一代的诗人、作曲家和作家带来了灵感。

  事实上,云雀在欧洲主流民间传说和诗歌中是常驻嘉宾了。自从人类开始学会歌唱、讲故事和写诗,我们就不断赞颂云雀歌声动人的力量。如果你今天只能听一首曲子的话,那就听拉尔夫·沃恩·威廉斯(Ralph Vaughan Williams)的《云雀高飞》("The Lark Ascending")吧。我常常会在花园里找一个比较宁静的地方,最好脸上能照到温暖的阳光,躺在草坪上,闭上眼,按下播放键。有了沃恩·威廉斯和折叠躺椅,谁还需要冥想、呼吸运动或者瑜伽呢？（如果外面太冷，或者下雨，我会找一个温暖安静的房间和一把舒服的扶手椅。）

用创作力诠释他们对云雀的喜爱的可不止著名作曲家，十八世纪和十九世纪早期的伟大的浪漫主义诗人也不会置身事外。老实说，每当我读了这些久远的浪漫主义诗歌的开篇诗节，我的脑海里出现的第一个想法就是："天哪，读完的话一个下午就没了。"我一般认为对于诗歌（和演讲）来说，简洁是最体现智慧的地方。不过，往往这些浪漫主义诗人，又会用一句诗，或者一个短语直接切中要害。正如珀西·比希·雪莱（Percy Bysshe Shelley）的《致云雀》（"To a Skylark"）：

> 你好啊，欢乐的精灵！
> 你似乎从不是飞禽，
> 从天堂或天堂的邻近，
> 以酣畅淋漓的乐音，
> 不事雕琢的艺术，倾吐你的衷心。[1]

"不事雕琢的艺术"说得太好了，珀西。　语中的。他在结尾这样写道：

---

[1] 该段译文引自《雪莱诗歌精选》，珀西·比希·雪莱著，江枫译，北岳文艺出版社，2000年。

教给我一半你的心

必定是熟知的欢喜，

和谐、炽热的激情

就会流出我的双唇，

全世界就会像此刻的我——侧耳倾听。[1]

有一种说法是，这首诗讲的根本不是云雀，而是对一种难以企及的理想的追求，这种理想最终并不能用言语概括。度过那艰难的、改变人生的一天后，我躺在山坡上，凝视着铅灰色的天空，云雀在我头顶欢快地啼鸣，这几句诗非常贴近我的心情。当你有云雀的啼鸣声做伴，还用得着言语吗？

1　该段译文引自《雪莱诗歌精选》，珀西·比希·雪莱著，江枫译，北岳文艺出版社，2000年。

云 雀

♣ **它的外形**：云雀是一种成年人拳头大小、棕白条纹、头顶有着独特莫西干发型的鸟儿。在空中飞行时，你还会看到云雀的尾部有白色的羽毛。不要把它和草地鹨或黍鹀混淆，后面两种鸟和云雀外观相似，也同样在开阔的地方活动筑巢。

♠ **它的声音**：一串欢快的笛声荡漾在空中。云雀是少数会在飞行时啼鸣的鸟类，它们会在自己领地上空三十英尺高的地方盘旋，所以如果你在田野或阜原上听到上下起伏的啼鸣声，不确定是哪种鸟儿的话，可以看向空中确认。草地鹨和黍鹀不会在飞行时啼鸣，也不会像云雀那样盘旋。

♥ **它的住所**：云雀是生活在旷野和农田的鸟类。不论何时走在开阔的田野、高耸的丘陵和低洼的耕地，尤其是在春夏季节，你总能听见云雀的啼鸣声，看见云雀的身影。它们在地面的小坑里筑巢，肉眼很难看见。

◆ **它的食物**：种类极多。云雀会吃蠕虫、昆虫、蜘蛛、鼻涕虫,也吃种子、树叶,甚至一些野花。

★ **看见它的概率**[1]：在有建筑物的地方,0%。在英国任何开阔的耕地,你会有80%的概率能看见云雀、听见云雀的声音。不过,在过去的四十年间,因为密集农耕和獾、乌鸦、狐狸等动物的过度捕食,云雀的数量急剧下降。

---

1 这里的百分比不具科学性,而是完全基于我游走在英国诸岛的城镇、乡村和空地的个人感知。——作者注

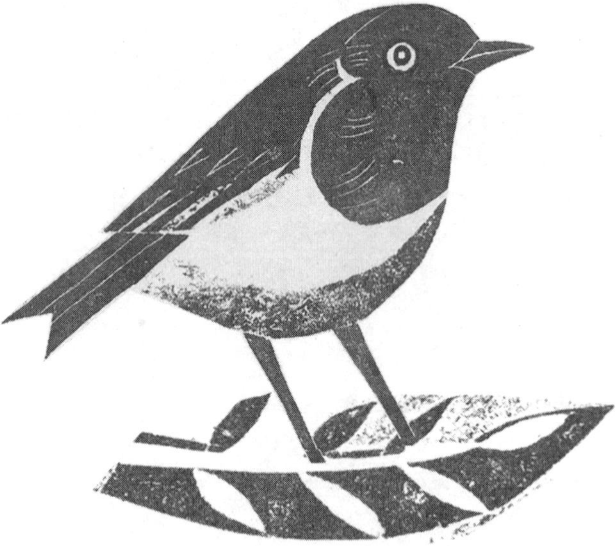

2
欧亚鸲[1]

能闻气味,能压碎黑暗的土块,这就够了,此时知更鸟再次唱起秋日之乐的悲歌。[2]

——爱德华·托马斯

在一粒沙子里看见宇宙,
在一朵野花里看见天堂,
把永恒放进一个钟头,
把无限握在你的手掌。
笼子里关着一只知更鸟,
会引起天上神灵的恼怒。[3]

——威廉·布莱克

---

1 欧亚鸲又译作"知更鸟"。
2 出自《挖掘》。该段译文引自吕鹏译本。
3 出自《天真的预言》。该段译文引自《布莱克诗选》,威廉·布莱克著,宋雪亭译,人民文学出版社,1957年。

我要散步一回,

来镇定我的跳动的心。1

——威廉·莎士比亚,《暴风雨》

在我们的生活中,没有比欧亚鸲更随处可见、容易辨识且让人心安的存在了。欧亚鸲是英国国鸟。并且它这个称号实至名归。在任何一个城镇乡村,公园、花园走几步路,不看见一只欧亚鸲都难。即使你没看见它,它也一定已经看见你了。你可能已经侵犯了它的领地,它肯定不同意,又或是你正在庭院里松土,多半惊扰了一只被欧亚鸲当作午餐的小虫。

再也没有比用欧亚鸲开启你重新认识鸟类旅程更具代表性和特色的鸟儿了。不仅因为没有其他鸟类比欧亚鸲和你有更近距离的接触,如果你给的东西足够诱人的话,它们甚至会直接从你手里叼来吃掉。欧亚鸲既勇敢,好奇心又强。

说实话,我会蔑视任何**不爱欧亚鸲**的人。我想,这种爱源自欧亚鸲对我们人类来说是永恒的存在:它们胸前一抹浓墨重彩的橘红色特别好认,而且它们永远离我们不远。并且,在我们心中,欧亚鸲永远和圣诞节有着紧密的联系。自从十九世纪四十年代人们发明了圣诞贺卡之后,几乎每一张圣诞卡上都有欧亚

---

1 该段译文引自《莎士比亚全集》,威廉·莎士比亚著,梁实秋译,中国广播电视出版社,1995年。

鸲的身影。欧亚鸲和圣诞节的联系起于最初邮递员身穿的鲜红色制服大衣，这样的着装让他们有了红胸知更鸟的外号。自然而然地，欧亚鸲开始出现在邮递员派送的贺卡上，尤其是圣诞期间，一眼就能看到光秃秃的树枝上的欧亚鸲，在那些寒冷短暂的白天，它们用陪伴温暖我们的心灵。

不知多久以前，人们就从欧亚鸲的陪伴中获得快乐，也会向它们学习。历史上最成功的童书，莎拉·特里默（Sarah Trimmer）的《知更鸟的故事》（*The History of the Robin*），从1796年一直到1914年都在不断重印。这本书讲述了四只勇敢的知更鸟教导他们的孩子如何过好一生。特里默女士写道，自然历史和她的知更鸟们"充满了愉悦和指引"。我完全同意。在她写下这句话116年之后，也有一只欧亚鸲给我带来了指引，排解了烦忧。它也给我上了如何过好人生的一课。在一个了无生气的医院停车场，当母亲的病让我不堪重负时，是一只欧亚鸲陪伴了我。这件事让我真正懂得，即使在嘈杂的城市中心，在内心的暴风眼，在大自然中喘口气能带来怎样的好处。

在遇到这只欧亚鸲的两周前，一个清晨，我醒来时感觉好像有个胖哥把一架钢琴压在我的胸口，之后自己还一屁股坐了上去。我喘不过气来。而且我之前从未有过这样的经历。我伸手想抓住玛丽让人安心的手，但床是空的。我一下子记起玛丽出差在外,这让事情变得更糟[1]。我动弹不得地躺在那里。被我自己的汗水黏在床单上,肺里的氧气都不够支撑一只老鼠。通常我不是那种总怀疑自己生病的人,但有那么一瞬间,我真的想过:"这辈子就到这里了,老弟,你要死了。"

在说服自己也许能撑到过完三十七岁生日之后,我决定先自己做一些调查。但是谷歌医生是一个危险的朋友。你搜索几个轻微症状,接下来你就发现你得了三种不同的癌症,并且你的多个器官都已经或者快要衰竭了。这让我想起了杰罗姆·K. 杰罗姆(Jerome K Jerome)的《三怪客泛舟记》(*Three Men in a Boat*)里一个经典片段。杰罗姆感到一些"轻微的病症……可能是花粉热",结果犯傻去医学辞典里查找他的症状:"我忘了我最先陷入的是哪一种瘟热,某种可怕的、骇人的灾祸,然后,我看到了伤寒,阅读了伤寒的症状之后,我发现我得的就是伤寒,而且一定已经有好几个月了……"

当然,他发现辞典里的每一种病他都有,除了一种叫"髌前囊炎"的病,他对此感到很受伤:"这让人讨厌的保留是何必呢?"谷歌医生也是如此。而我当时的身心状况让我相信,我像杰罗姆一样,在世上已经时日无多了。

在过去的一个月时间里,我陷入了一种像得了癌症般的阴

---

[1] 原文"made matters words",联系上下文,此处按"made matters worse"处理。

阳魔界:我还记得人们和地点,但景观变得模糊又陌生。我发现自己每天都在试图将一幅难度极高的拼图强行拼在一起,但每一片拼图都不匹配。我要让我的大脑不为我快要死去的母亲担心,下一秒就无缝转接到成熟的、非常严肃的关于金融商业未来的报告(我的本职工作)上面,这是极其困难的。最终我工作日的很大一部分时间都徘徊在弗利特街[1]上发疯似的抽烟,永远在和凯蒂、理查德打电话商量怎样解决我们这个无法解决的问题。

但是,我下定决心不在工作上迟交一篇稿子。我的报告还是会每周像时钟一样准时送去印厂。我不会让个人生活的悲剧影响到我的社会生活。坚强的人不会这样,他们只会默默渡过难关。

想要讨好所有人,这种内耗极大的想法胜过一切。不论工作多忙,我都从来不会错过家人打来的电话,如果爸爸跟我说妈妈的状况有哪怕一点点恶化,我都会直接放下手中的事情,跳进车里,立刻从办公室赶到(160公里外的)医院。然后我会加班到十点做完剩下的工作,不是因为我多么害怕领导责怪,而是不想给撰写和筹划我编辑的这份报告的同事添麻烦。我不能让他们失望。

---

[1] 位于伦敦中心的一条街道,曾是英国全国性大报社所在地,现在用来指代英国报界、新闻界。

我被这些事情折腾得筋疲力尽。但是,让人恼火的是,越是累,晚上越是睡不着。在一天的工作结束后,我像个活死人一样回到家,趿拉着走来走去,把储物柜门开了又关上,恹恹地看向冰箱,好像我会在冷藏室里找到解决问题的办法一样,或者直接摊在沙发上发呆。当我躺在那里,对着空气冥思苦想的时候,玛丽会走过来。

"我真的有点担心你。"

"我没事,我向你保证。只是今天工作不顺利而已。我喝两杯就恢复了。"

然后我会走到厨房,躺在桌子上,朝天花板大叫。

有时我会约上几个老友喝到不省人事,然后凌晨回到家,一头倒在沙发上,用电脑放二十世纪七十年代的老歌。我对七十年代的音乐从没有特别的嗜好。但是在我酒醉和思绪纷乱的阶段,极力想要逃走,只要不是现在,什么时代都好,我只想一遍又一遍地听七十年代的抒情歌:《阳光下的季节》("Seasons in The Sun")、《美国派》("American Pie")、《滑坡》("Landslide")、《往日时光》("Those Were the Days My Friend")、《通向天堂的阶梯》("Stairway to Heaven")。奇怪的是,就属彼得·萨斯泰特(Peter Sarstedt)这首《亲爱的,你要去往何方》("Where Do You Go to my Lovely")我听得最多。

我会在早晨昏昏沉沉地醒来,发现玛丽不知何时已经帮我盖好了毯子、摘下了耳机,把我从酒后的时光旅行中抽离出来。

我们结婚才六个月。在一段正常的婚姻里,现在应该是蜜月期:平安幸福的日子,没有哭闹的孩子,没有夫妻之间的吵架,每周末都会去迷人的欧洲小城度过放松的小长假。我们本来的计划也是这样的。我们两人的"新婚"手册里也是这样写的。但是现在,我们婚姻的托盘里放着的是恶性胶质瘤四级[1],以及一个正在崩塌的家庭。我向玛丽承诺了各种美好的愿景,但是她在我们婚姻开始时没有过"同甘",全都是"共苦"。

整个过程中,我依然尽职尽责地从我们的癌症病房向外界传递出积极的信息,强调我们是多么乐观,妈妈是多么坚强。但真实的情况完全相反。妈妈的症状从确诊的那一刻起就一直在恶化。不论我多么希望能有转机,从来就没有过好消息。我会把接到的坏消息像橡皮泥一样捏一捏,改造一下,然后违背它的意愿,强行把它变成好消息。我想尽一切办法拒绝接受现实。

妈妈经受了一系列痛苦的调强放疗和化疗。我觉得她所承受的,能让一辆小型邮轮沉没。而且,就像理查德说的,她正在服用的药物比巡回演出时的基思·理查兹[2]吃的药都多。

在一个湿漉漉的掉满落叶的阴天,我回到家,妈妈刚接受完一轮放疗和化疗,正在静养。她躺在床上,背靠着几个软垫,在

---

[1] 四级是肿瘤恶性程度最高级。
[2] Keith Richards,滚石乐队的创始人之一,臭名昭著的瘾君子。

看电视,而她惹人喜爱的黑色西班牙猎犬小墨,正趴在她的小腿上。小墨从来没有离开过妈妈身边,一次也没有。除了我父亲把它带到外面解决生理排泄,这只懂事的小狗,我家的小小南丁格尔,总是陪在母亲的病床边。即使是灵犬莱西,在小墨面前都显得没心没肺。小墨让我们想到了鲁德亚德·吉卜林(Rudyard Kipling)的一首诗,在几个月后在妈妈的葬礼上,我们也朗诵了这首诗。

> 日复一日,一整天中——
> 每当道路开始倾斜——
> 四脚兽说:"我跟你一起去!"
> 小跑着跟在我身后。
>
> 现在我必须去向别处——
> 我再也不会找到——
> 这里没有
> 四脚兽在身后小跑的声音。

在过去的六周,妈妈经历了极其艰难的治疗过程,然后是第二轮。在此基础上,现在要做第三轮了。治疗癌症,或者在这样的情况下,尝试控制癌细胞扩散的问题是,治疗比癌症本身还要难熬。这好比用机枪取出嵌进身体的小碎片。碎片是会被取出来的,但你的手臂也被炸没了。事实上,治疗才是压倒母亲的最后一根稻草。她的健康严重受损,不仅是化疗和放疗,还有几周前进行的脑部手术,让她有了一些不良反应,医生后来用冷冰冰的术语向我们描述为"一次发作"。实际上,她已经开始有规律地"发作"好几次了。就在这个尤其阴冷潮湿的下午,她又开始了一次发作,而家里只有我一个人。上一秒她还清醒着、能够连贯地说话,下一秒就开始不受控制地发抖,被一场凶恶的高烧扼住生命的脉搏。

我连忙跑去隔壁房间叫救护车,然后回去照顾母亲。她的状态非常不好。最让人不安的是,现在床上躺着的妈妈,和几分钟前与我谈笑风生的样子判若两人。真让人惊诧,病痛能让人们变得那么陌生。在这紧急关头,当她的身体拼命想要活下去的时候,我熟悉的老妈去了别处。我很害怕她再也回不来了。

再说,爸爸到底去哪儿了?我的老天爷。我给他打了无数次电话,一直转到语音留言。更糟糕的是,我爸爸的语音留言是妈妈帮忙录的,因为他技术上比较落后。于是,在我拨出的每一通电话最后,都是妈妈开朗的声音。"这里是彼得的电话,请留言。"她的声音属于在电话里听见仿佛就能看见她笑容的那种。但是当她说出这些话语,从电话里冲我微笑的同时,妈妈就在我面前,"面目全非"地躺在那里。

"上帝啊,这该死的救护车到哪儿去了?"我的大脑在飞速运转。我感到很无助。我打出的电话没有一个人接,救护车也没有要来的迹象。终于电话打通了,记得是理查德接的,他说他会立刻赶来。这多少给了我一丝安慰。接着,我看到窗外有一辆神圣而美妙的救护车打着灯开进车道。但它突然不动了。恐怖的是,它顺着来路又回去了。我崩溃了。我不理解。我抱着怀疑的态度打电话到医院。当我终于连线到可以帮助我的人时,他们说救护车很有可能是被调去处理更紧急的情况了。更紧急的情况?有什么能比我的情况更紧急的呢?我恨自己没有在叫救护车时表现得更强硬。我应该明确地说明我这里的情况很危急,迫切需要第一时间救援。我成了自身家教的受害者。那种从小根植在我心中害怕小题大做、强人所难的感觉。我人生中唯一一次最该大发脾气,在电话里大吼、强烈要求立刻救助的时候,我却退缩了。最讽刺的是,我这种"不要小题大做"的基因可能就是从妈妈那里遗传来的。

等到救护车再回来,已经是两个小时之后的事了。而此时妈妈的情况已经恶化到需要紧急救护的地步。这是最后一程的开始。我永远无法真正原谅自己没有做更多,没有追上那辆开走的可恨的救护车,敲打着车门直到他们掉头回来。我才不管其他人呢。妈妈后来住进了南安普敦综合医院(一个永远刻在我们一家脑海里的名字)的 4C 病房。她再也没能在家里度过一晚。

内疚将我吞噬。当你的至亲受苦时,内疚便成了产生压力的机房。内疚让你日日夜夜都在医院度过。内疚偷走了你的睡眠,内疚迫使你屈服。内疚成了你的主人。

在接下来几个月的时间里,我们确保妈妈在加护病房中永远有人陪着。晚上也是。爸爸每天都在她的床边陪夜,没有一次缺席。凯蒂每周会从爱丁堡进行两三次(往返整整1000英里[1])的"通勤",同时还要照顾她年幼的孩子。

理查德永远在4C病房的走廊里晃荡,他会用岳父农场的新鲜培根和香肠贿赂护士,确保她们给予妈妈必要的关注。我们还给护理人员买了超大装的咖啡和茶,竭尽全力讨好她们。真是疯了。但我们还能做什么呢,对不对?我们只能竭尽所能。但这些努力似乎永远不够。而我只是一个无助的旁观者。

我觉得自己没有尽孝。我责怪自己不是一个更懂事的儿子。不只是妈妈需要特别护理的现在,而且包括我的整个童年和青年的前半段时间:我调皮捣乱的学生时代,闷闷不乐的青春期,以及不在家的二十多岁,当时我要做的只是给妈妈打打电话,告诉她我的生活近况。但我几乎没怎么打过。现在说什么都晚了。

当然,我应该做的是充分休息和锻炼,这样才能真正帮到妈妈。但我真正做的是自暴自弃,直到无法承受。我不能让别人发现我的异样。我不断想起我的祖父和他那一代人,他们经历了两次世界大战、大萧条,以及二十世纪的无数公私悲剧,但他

1　1英里约等于1.6千米。

们还是挺过来了。我要向他们学习。他们的幽魂永远萦绕在我的肩头,穿过岁月向我低语。我不能表现出软弱。最重要的是,我得为了妈妈坚强起来。然后,不可避免地,我发现自己凌晨五点躺在床上,胸口重得像压着一架三角钢琴,在想自己的葬礼上该放哪一首圣乐。

白天和黑夜不再有边界。时间和地点的概念变得模糊。从我家到医院那条路仿佛刻在我的额叶皮层里,就算我蒙着眼睛、一只手绑在背后,喝着金汤力都能开过去。我甚至喜欢上了医院的劣质咖啡。尽管我还是不知道他们是怎样做到让咖啡比岩浆还热,且持久保温。

有一天,我在医院附近散步,在4C病房度过分外煎熬的几个小时让我有些恍惚。就在这时,我遇见了一只欧亚鸲。这只小欧亚鸲住在铁矿泉巷,一条开着一家私人诊所的死胡同,离医院步行不到五分钟。在我有空或者压力太大的时候,就会来这里躲一躲。这是我的小小避风港,虽然我承认这里的混凝土和红砖墙不是特别吸引人,但我可以在这里散步、思考,偶尔抽支私烟。这里的一角还有一大片不规则的林地。我的欧亚鸲就在那里栖息,它就那样明目张胆地观察我——它是个好奇的小东西。我不能假装那天我的欧亚鸲给我带来了什么奇迹。它只是看着我。我抽着烟,也看着它。

每次回到铁矿泉巷时,我都会留意欧亚鸲在不在。随着时间流逝,它成了我可靠而沉着的朋友和陪伴者。它不关心我的困苦,但它是一个令人安心的存在:就像以前驻守在街角的警察一样。这只小鸟让我的内心平静下来,它以一种积极向上的方式分散了我的注意力,这比充满一氧化碳的丝卡香烟有效得多。

而且,如果我观察得久一些,在铁矿泉巷,这个英国南部小镇相当单调、温和的角落,其他鸟儿也会逐渐出现在我面前:蓝山雀、大山雀,偶尔还有欧乌鸫。运气特别好的时候,还有难得一见的红额金翅雀叽喳着掠过。红额金翅雀有一种惊人的美,红、金、黑三色制服和温和的叫声,你绝对不会认错。以前,有些地方会把红额金翅雀叫作蓟雀(因为它们喜欢吃蓟)。而在我看来,"戴红帽的国王哈里"这个名字更加合适。在维多利亚时代"国王哈里"特别受欢迎,以至于捕鸟者会踏遍全国捕捉它们,当作宠物鸟出售。事实上,到1860年代,红额金翅雀濒临灭绝。我可以欣慰地告诉大家,这种说法早就作废了,现在无论是城里还是乡下都能听见许多红额金翅雀清脆的叫声。

但是,在这群欢乐小鸟之间,占据中心位置的还是我的欧亚鸲。它像一个守门人。是它的存在提醒了我,比起掐灭烟头一头栽进4C病房的混乱之中,停下脚步观看倾听可能更有好处。

有一次在铁矿泉巷,我和那只欧亚鸲靠得特别近,以至于我可以看到它鸣唱时胸前羽毛的颤动。它好像完全不在意我离它这么近。听着欧亚鸲的歌声,看着它那小小的橘色胸脯随着优美的旋律起伏,我甚至可以看到每一根羽毛的颤动,我所有的压力都消失了。4C病房,我努力同时应付工作、家人和朋友,时速一百英里的生活；所有非理性的愧疚，甚至妈妈和癌症，都默默退居幕后，那一刻，我躁动的内心安静下来。我找到了心灵的安宁。

欧亚鸲是为数不多全年鸣唱的鸟类之一。大多数鸟类只有在春天繁衍的季节才会用鸣唱的方式捍卫自己的领地，但欧亚鸲的领地意识极强，以至于它们一年四季都会自信地宣告自己的存在。与大多数鸟类不同，雄性和雌性的欧亚鸲看起来完全一样，而且在冬天的几个月里，它们都会鸣唱。人们认为欧亚鸲的歌声带有金属感，是忧郁的，这和我在铁矿泉巷的感受十分契合："欧亚鸲又唱起秋日之乐的悲歌。"

欧亚鸲会在各种地方筑巢。长篇累牍的论文都致力于讨论欧亚鸲筑巢的各种不寻常的地方。除了在树上，它们似乎可以在任何地方筑巢，比如棚屋里倒空的油漆桶、废弃的蜂箱、旧帽子，甚至有一回，在某人的床上。

我觉得能够如此接近这种野生小动物是一种莫大的荣幸：它是大自然的鬼斧神工创造的奇迹，小巧、比例完美又凶猛。我喜欢欧亚鸲和其他野生动物，单纯因为它们是野生的，和我们没有感情。它们既不会问问题，也不会回答。有时，这正是我们人生所需要的。

欧亚鸲带来的宁静让我醍醐灌顶，以至于我决定斥巨资购入一整套野鸟喂食器。我想把铁矿泉巷的平静带一点儿回家。以前，我觉得野鸟喂食器是小老太太和寂寞单身汉的专属，但这次消费改变了我的想法。成功饲养一群野鸟的过程就像服用解压药,只是用鸟儿代替了药物。自从喂食器安装完毕并开始吸引访客后,我每天都痴痴地望着:蓝山雀、大山雀、麻雀、鸸、苍头燕雀、欧金翅雀、红额金翅雀、欧乌鸫、鹪鹩,偶尔有黄雀、欧亚鸲(当然有它们),还有好多其他的鸟。每天它们都在提醒我早已忘记的一件事——我们有幸生活在如此多样的鸟类中间。我可以连看上几个小时。我每天早上第一件事,就是在温暖的厨房里观察野鸟喂食器。说到这个,有个邻居每次碰见玛丽都会问同一个问题(在我看来相当不公平):"查理最近还好吧?还在看他的鸟吗?"

据说诗人T. S. 艾略特(T. S. Eliot)可以听见绿草生长的声音。我一直很喜欢这个说法。它让我想起我听过的最好的建议:如果想要理解和热爱自然,你要做的非常简单,那就是找时间静坐。我已经记不得上一次在树荫下休息,坐着看周围的一切,让自己沉浸在景色之中是什么时候。不是繁忙中抽出来的几分钟,而是一段持续的时间,甚至一个小时。置身于自然之中,什么也不做。

我年轻的时候经常阅读二十世纪伟大的作家、博物学家丹尼斯·沃特金斯-皮奇福德(Denys Watkins-Pitchford)的书。他写下了许多自己带着狗和枪在北安普敦郡的乡村散步时,大自然中发生的日常事件。在每本书的扉页上,他都会引用在坎布里亚郡的一块墓碑上发现的铭文:

世界的奇迹、美与力量,事物的形状、颜色、光与影,这些我都看到了。人生短暂,你也应该看看。

我下定决心要找到符合这段话的标准的一种安宁,即使当时我也意识到这是有点矛盾的。这听起来多容易啊。写一种"静坐观察"的生活态度是既简单又深刻的。写诗人听见草长的声音,建议大家与自然平静地相处交流,告诉大家"你也应该看看"。但我发现,现实情况大不相同。事实上,当我开始在大自然中实行我的树下独坐计划时,我发现与自己的思绪独处不仅令人气馁,而且有些恐怖,并且一点也不平静。

我本能地想要逃离(或者通过喝酒度过)这些无声的时刻,害怕我在寂静中的发现。我尝试过很多次坐下来,观察、听草生长的声音,都以失败告终。手机就像我口袋里的一个电子警报器,只要有一条我无法忽视的工作信息,或者一条不立刻回复就很不礼貌的来自朋友的好心关怀的信息,我就会被召唤过去。有时在我发呆的时候,一些阴郁的想法会像午夜小偷一样偷走我的平静。

我花了很长时间才学会在大自然中独处。一动不动。有时候我还是做不到。但当我真的做到了,一切都不同了。其他事情都变得不重要。我获得了一些读书或者看纪录片时不会注意到的小小的兴趣点,在这样的近距离之下,这变成一件很私人的事,而鸟儿变成了我的日常叙事的一部分。

观察喂鸟器让我深入了解了鸟类的等级,字面上说就是它们生活中的啄食顺序。我发现麻雀是出现在喂食器上的最主要的品种,体型较小的大山雀和苍头燕雀耐心地在后面等待。在等级的底部是精致的蓝山雀和煤山雀,大自然中漂亮的雾都孤儿。我们不要忘了不起眼的林岩鹨,一种身上穿着棕灰色条纹制服,有点腼腆、谦逊的鸟。它们可不能被低估。雌性的林岩鹨总是会和两只雄鸟交配,谁都不知道雏鸟的父亲究竟是谁。在繁衍季节,两只雄鸟都会照顾林岩鹨夫人和雏鸟。这太聪明了。

不同的鸟会在不同的时间来到我的喂食器:鸭一家会在上午9点左右出现,就像钟表一样准确。然后是几只欧金翅雀,有时是黄雀。黑白相间的大斑啄木鸟是山雀和雀中的巨人,它们的到来会引起四下惊慌。这是个大恶霸。我还发现,如果我把小油菊种子放在一个喂食器里,肯定会吸引红额金翅雀。我可以随意召唤红额金翅雀!一想到这里,我就浑身发热。

光有铁矿泉巷和喂鸟器是不够的。在被搬钢琴的胖哥折磨了几天和几周后,我需要更多的排解方式。即使我倾力研究,我也从来没有完全弄清楚那个令人不安的早晨发生在我身上的事情。有人向我提示这可能是一次轻微的由压力引起的心绞痛。但不管是什么,它都吓坏了我,我决定为自己创造时间。我可以在一天中挤出几个小时外出,到一个人少的地方散散步。在老橡树下休息一个小时左右。如果幸运的话,我能抽出时间摆脱困境,然后小心地放下我的内疚,把手机放在家里,把自己带到有野趣的地方。我知道如果我等待下去,我不需要找到大自然,大自然也会找到我。

这是一条很长的路,但我已经认真地开始了。我开始想有一天可以像艾略特一样,聆听小草的生长。它帮助我逐渐形成与周围野生动物重建联系的理解力,与季节也是如此。那是秋天。秋天的特点是内在的平静。盛夏和假日带来的巨大压力过去了,世界又回到了它的日常。大自然伴随着一种幸福的叹息开始慢慢衰落至冬天。八月酷热难耐和暴雨雷电的日子过去了,我们还没有进入暴风雪的冬季黎明。包括大自然在内,每个人都能喘口气。我也一样。

多年来,我第一次意识到,在每年的这个时候大自然发生的变化。这些变化是壮观的。有时也会给人启迪。但往往都被忽视了。现在是我们的鸟类朋友在世界各地迁徙的时节。当一群群鹅从北方飞来,天空变得黑压压一片。每一个河口和海湾都站满了留胡子、戴便帽、拿着高倍望远镜的男人,他们睁大眼睛看着这些稀有的迁徙动物。他们这样兴奋是有道理的。鸟类大规模迁徙有种远古的神秘感,非常震撼人心,不只限于春季从非洲返回的夏季迁徙动物。从九月开始,天空又变得生机勃勃,北半球的鸟类向南迁徙,以迎接更暖和的冬天。

如果你有幸目睹过一次迁徙,它会让你心跳加快。几年前一个凉爽的十一月夜晚我就遇到过。我和玛丽及她的母亲在暮色中朝海边走去,去一个海滨处纪念玛丽外祖母的地方。我们陷入沉思,默默无语。然后,我们听到了一种独特轻柔的雁鸣声,嘎嘎,雁逼近的嘎嘎声。突然间,空旷、泛红的天空一片漆黑。一支黑雁的空降部队从西伯利亚飞过来。这是 3500 英里长途旅行的最后一站。这些了不起的生物一波又一波地从我们头顶的空中掠过。它们不断飞来。我们惊讶得说不出话来。我们的脖子抽筋了。当欣赏这大自然的奇迹时,我们嘴巴有三十秒合不拢。我从未见过这样的场景。然后,当最后一个 V 形波浪升空时,我的岳母转向玛丽说:"四十几年前,离这个地方很近,你死去的父亲向我求婚。那天晚上,黑雁也是这样飞过。"我们都觉得心里暖暖的。

在妈妈生病期间,散步变得不可或缺,它能缓解压力,以及让我悸动的心平静下来。不仅仅是风景带给我安慰,气味也一样:气味激发了我的感官,像箭一样带我离开充满痛苦的当下,进入更快乐、没有压力的时刻。我知道这已经成了一种陈词滥调,约翰·济慈(John Keats)将秋天描述为"雾气洋溢,果实圆熟"[1]的时节。

这些秋日的散步复活了我平静的童年记忆。远征队在灌木丛中寻觅黑莓和榛子。事实上,这是妈妈病得走不动之前,我和

---

1 《秋颂》。该段译文引自《济慈诗选》,约翰·济慈著,查良铮译,人民文学出版社,1959 年。

她做的最后一次户外活动。我们和玛丽带着狗一起到小时候去过的农场周围的老地方四处转悠,为周日的黑莓和苹果酥皮水果甜点寻找黑莓。腐烂的树叶散发出浓郁的胡椒味,这让我想起了慵懒的星期天烟熏和烤牛肉的味道,闻起来有一股父亲在弗格森拖车上穿的沾满油污的破旧夹克的气味。这辆破旧不堪的拖车上装满了苹果(还有凯蒂和理查德)在路上颠簸前行。它唤醒了我的记忆:在一位朋友的花园里找到七叶树,或是当我和妈妈从学校回来时夜幕降临,从我们家窗户里发出的温暖光亮。这是我曾经熟悉的生活,每天都那么忙碌。这个季节还有那些鸟儿不断提醒我,我也许有一天还会有这样的生活。但我必须调到正确的频道把它找出来。

随着阴影变长,空气变得凉爽,大自然都沐浴在一种棕褐色的微光中。鸫鹩和叽喳柳莺在晚秋的旋律中胜出,燕子和西方毛脚燕聚成一大群在空中跳舞,从电报线上俯冲下来,准备迎接它们再次南下的长途旅行。我想,这就是我想象中一年某个时间段天堂的样子。如果不是,那我可不想去天堂。

我开始抓住一切可能的机会,沿着布满树叶的小路蜿蜒而行,田野里结满了果实,矮树篱里充满了生机。我发现这样做可以没有任何内疚感。我的注意力完全集中在周围四季的变化和鸟儿上。周末,玛丽会加入进来,和我一起走进大自然的友好与和谐,并沉浸其中。

欧乌鸫会对我们的接近发出愤怒的叫声,然后带着勃然大怒消失。成群的北长尾山雀会与玛丽和我并排沿着矮树篱顶向前行进。一只不起眼的小戴菊（最小的一种鸣禽）尾随其后。多疑的欧亚鸲会从邻近的树枝上疑惑地盯着我们。就像读一首感动心灵的诗。它们停顿了一下，让我在更深层次上进行评估。或如约翰·济慈曾说过的那样：

在园中
红胸的知更鸟就群起呼哨；
丛飞的燕子在天空呢喃不歇。[1]

我那时便意识到，这是宇宙的声音。它是免费的。它就在我家门口。从那之后，无论我的生活压力有多大，哪怕像这个季节一样，我即将进入我生命中一个更黑更冷的时期，但那个搬钢琴的胖哥却再也没有压在我身上。

---

1 出自《秋颂》。该段译文引自《济慈诗选》，约翰·济慈著，查良铮译，人民文学出版社，1959年。

欧亚鸲

♣ **它的外形**：雄性和雌性看起来完全一样，都是头部、喉咙和胸部呈橘红色，腹部呈明亮的白色，背部呈褐色。

♠ **它的声音**：欧亚鸲的歌声有一种金属般的颤音。经常被描述为相当忧郁或悲伤的。尽管和大多数鸟类一样，它是春天世界上最吵的鸟，但欧亚鸲是为数不多的一年四季都会鸣唱的鸟类之一，雌雄两性都会在冬天啼鸣，这使得它们在冬季很容易被认出来。

♥ **它的住所**：在城镇与乡村的公园和花园里随处可见。因为它们激烈地争夺领地，你通常会发现是欧亚鸲找到了你，而不是相反。欧亚鸲是多产的繁衍者，几乎可以在任何地方筑巢，每年可繁衍四窝。但在所有的鸣禽中欧亚鸲的寿命最短，只有十三个月。就像所有的鸣禽，它们主要的天敌是每年会杀死数百万只鸟的家猫，还有雀鹰，一种在花园等封闭的地方猎杀鸟类、杀伤力巨大的中型鹰。

◆ **它的食物**：种子、水果、昆虫和杂草。但它最喜欢的是一种多汁的蠕虫。这就是为什么每当你开始在花园里挖土时，欧亚鸲总会出现。

★ **看见它的概率**：如果在城镇或乡村的公园或花园，有95%的概率可以看到欧亚鸲。

3

鹩 鹨

"我们这些暴风雨的孤儿,在晴朗的天气里,能藏在哪儿呢?"[1]

——伊夫林·沃

谁要伤害小小的鹩鹨,
人们永不会和他友好。[2]

——威廉·布莱克

当我像僵尸般直愣愣在书房里盯着窗外看(有什么路过)时,我第一次注意到它们。一夜之间,霜结得很厚,我坐在办公桌前,双手紧紧地捧着一杯热气腾腾的加了糖的茶取暖,那天是

---

[1] 该段译文参考了《故园风雨后》,伊夫林·沃著,王一凡译,人民文学出版社,2018年。
[2] 出自《天真的预言》。该段译文引自《布莱克诗选》,威廉·布莱克著,宋雪亭译,人民文学出版社,1957年。

我必须交稿的最后期限,我正努力申请延期。然后鹪鹩一个接一个开始出现在我前面的干石墙上。第一个鬼鬼祟祟地探出头来,毫无疑问是在观察地面的情况。然后另一个出现了,接着一个又一个。差不多了吧?然而第五个小心翼翼地走到外面,接着第六个。就像那些老派魔术师从同一个中型礼帽里一个接一个地拽出兔子。我简直无法理解这些鹪鹩是如何挤进墙边这么小的裂缝里的。这违背了物理学原理,也藐视了我以前对这种小而凶猛的鸟儿的领地做出的假设。

那天早上,我停下刚开始的不尽如人意的工作,研究起了鹪鹩。让我们看看它吧,这比迫在眉睫的最后期限重要得多。整个夏天和秋天,我一直在观察鹪鹩,从它们自我陶醉的啼鸣中获得极大的快乐,但我从未真正把它们和冬天联系在一起。这一景象,以及我随后的研究改变了这一切。尽管鹪鹩在春天和夏天是非常有竞争力的小讨厌,它以赢家通吃的方式激烈地争夺筑巢地点,但在冬天,鹪鹩进入了圣诞休战状态。战斗停止,群居生活开始。因为它们太小了,冬天对它们的打击特别沉重。如果天气寒冷,它们中四分之一可能会死亡。

这时最重要的是,它们要解决纷争,聚集在一小块地方以保存热量。通常有多达十只鹪鹩依偎在这些小栖息地。在英国,记载中最大的栖息地是1969年诺福克郡的一个巢箱,里面挤着61只鹪鹩,实在令人吃惊。每当我在冬天外出走动时,我都会一直留意鹪鹩可能的藏身处。它可能是在树上、棚子屋檐下,或者就是我花园墙上的一个小洞里。

鹪鹩是现存最小的鸣禽之一,但能唱出最动听的歌,欢快的音从它小小的胸腔喷发出来,婉转曲折,进入宜人的空气中。它是鸟类世界的多莉·帕顿(Dolly Parton):小巧、勇敢,声音在三个郡都能听到。事实上,难以想象这样一个小动物是如何发出如此巨大的声音的。我也想知道,这些棕色羽毛、高尔夫球状、始终支棱着尾巴的小鸟到底是如何度过严冬的。我一直认为这是毅力和勇气的结合。

在妈妈不舒服的那个阴郁的冬天,我们一家人就像鹪鹩一样聚在了一起。我们别无选择。虽然我们还会像以往那样常常发生家庭争吵,偶尔声音还会很大。但我们会把分歧放在一边,进入休战状态。

记得在我成长的过程中,尽管自己是这个紧密团结的家庭中的一员,但在某种程度上与这个家庭也有距离。我比哥哥姐姐小很多:比理查德小五岁,比凯蒂小七岁。不管是对是错,这种年龄差距总让我在这个家中有一种孤独的感觉,我是一个旁观者,而不是真正的参与者。尤其当我五六岁寻找玩伴时,哥哥姐姐都已去了寄宿学校。从某种程度来说,我就像是独生子。

我过去总是期盼他们在假期回来。当他们终于放假回家,我又经常感觉自己老是落在他们后面。在我姐姐骑着她的小马参加各种赛马比赛时,我却长时间地坐在运马拖车的后箱里读《丁丁历险记》。要不然就是和理查德在花园里打板球:我投了无数个球,他每次都能得六分。"我是你哥哥。"他会不断提醒我(现在仍然如此)。好像我会忘记我们两人中谁强谁弱。

但年龄差距也有好处。比如,妈妈远近闻名的管教到我这儿就不那么严厉了。她从不吝啬给你以微笑,让你身心愉快,但她也是一只难对付的老鸟,不会忍受傻瓜的折磨。她是有底线的。她有两匹漂亮的灰色马,起名叫"法律"与"秩序"。这两个名字代表了她的世界观。她晚年有一次告诉我"凡事涉及你,我就不再坚持了,查理"。或者用我哥哥姐姐的话来说:"你躲过了杀身之祸。"我常常被教训:"换了是我,妈妈**决不会**轻饶我……[此处省略了具体的违法行为或娱乐活动]的!"

不礼貌的行为除外。没有人能逃脱妈妈对不礼貌行为的惩罚。哪怕你烧毁方块积木,用法语教科书做柴火,她都不会从填字游戏中抬起头来。但是如果她发现你对灭火的消防员不礼貌,天都会塌下来。

不过,尽管偶尔会感到无聊,而且我在家中的地位低下,理查德和凯蒂对我这个弟弟总是表现得非常友好、爱护有加。我被称为"顽童",通常被视为取乐的对象,他们把我当作玩乐和宠爱的对象而不是作为直接的竞争对手。不过,他们之间的确竞争激烈。我经常发现自己在做和事佬。尽管他们过去和现在都非常亲密,一个会尽一切所能帮助另一个,但他们个性非常不同。理查德:异想天开,善于自省,喜欢用讽刺、幽默和机智来掩饰自己的焦虑。凯蒂:行为果断,生活充满光明,极富同情心,外加务实。好的时候,这些个性是互补的,但在其他时候,就是火药桶和火花,一点就着。

我们家五个人的(不仅仅是理查德和凯蒂的)争吵大多发生在周日午餐的时候。这让我们的母亲非常沮丧。任何事情都可能引爆我们。经常是理查德(总是开玩笑)就生活的某些方面取笑我和我姐姐,而凯蒂或我对此又缺乏幽默感。例如,我十几岁时体重增加了一点,自己对此有点敏感,这时他叫我贝弗利大屁股,简称贝弗利。这就激怒了我。他总是开我们所有人的玩笑(直到今天,他已经快 50 岁了)。一眨眼的工夫,我们就吵开了,开启最大音量,爸爸则作为背景音,发表他那只值两便士的意见。可他说的通常与我们激烈争吵的是完全不同的话题。

"到底是谁拿了我那该死的威灵顿长筒靴?迪克,你这个小偷!你为什么不……"

然后突然,在争得面红耳赤的嘈杂声中,妈妈会恼怒地大叫:

"**求求你们**,都别吵了,我们就不能像个**正常**的家庭一样,开开心心坐下来,一起吃午饭吗?"

没有声响了。接着:

"妈妈,**正常**的家庭到底是什么样的?你一直在说的这些正常人是谁?"

我们放声大笑。火山很快爆发,也会很快平息。我们会聚在小餐厅的桌子周围,看着妈妈为我们准备了一上午的美味烤牛肉（或羊肉、猪肉、野鸡）。然后，像钟表一样精准：

"你爸爸人呢？哦，看在上帝的分上。他又失踪了。**总是在我们要坐下来吃饭的时候。彼得！**"

爸爸总是在这时找到一件非常重要的事来做。而其他时间都不能做。毫无疑问，他会再次检查谷仓的大门是否关好了。在那儿，他会给驴子留下足够的干草。哦，他还会给羊圈的水槽加满水。那些该死的狗在哪里？（我哥哥有一只叫飞儿的杰克罗素㹴犬，我姐姐有一只叫哈克贝利的小猎犬，它们总是会跑开。）

当妈妈跑出去找爸爸，当爸爸去找狗时，她辛辛苦苦聚在一起吃午饭、停止争吵的孩子都会悄悄地再次溜走。凯蒂去马厩看她的小马，理查德去客厅看牛仔电影有没有开始（约翰·韦恩去世时，他哭了一周），我去卧室检查我的乐高玩具消防站。

爸爸最终会被找到并拽进来，在外溜达的狗儿在他身边快乐地蹦蹦跳跳。他在烤肉旁坐下，准备切肉。人都到齐了。终于到齐了。

这时候电话铃响。

"是你母亲！"爸爸会兴高采烈地转向妈妈说，"她总是在我们坐下来吃午饭的时候打电话来。"

妈妈（当时脸有点红，咬着牙）说道："不，她才没有，可能是你父亲。如果你们没有在食物准备好的时候消失，我们早就**像一个正常的家庭一样吃完午饭了。**"

她在厨房拿起电话。

"哦,你好,妈妈。我们刚刚坐下来吃午饭。"

爸爸每次都会喊道:"哦,看在上帝的分上,我们吃的这是圣诞大餐的配菜吗?!"

尽管这些午餐有点让人烦躁,但我们家充满了爱。它把我们的小家凝聚在一起,并让我们以一种有趣的方式互相争吵。因为我们一直知道,当情况紧急时,无论是好事还是坏事,我们总会再次走到一起。即使在今天,如果我情绪低落,需要快速打起精神,我会打电话给我哥哥,我会笑到肋腹疼(前提是他不叫我贝弗利)。如果我想得到生活中的建议或渡过困难的情感支持时,我会打电话给我姐姐。我真的非常幸运。所有这些争吵都把我们维系得更紧密,而不是让我们生分。直到今天我都认为,只有吵过一架,才能真正地了解某人。如果我们中的任何一个人受到外部威胁,我们都会聚集在一起彼此保护。我们之间的争吵比起家庭团结就不算什么了。

正是这些鹡鸰让我想起我们曾经拥有的温暖舒适的小家庭。妈妈在四十多年婚姻中为我们精心营造的家。我很幸运,童年一直住在这个房子里。一想到它要被卖掉,或者有一天其他什么人住在里面,我心里就充满了一种无名的恐惧。看到那些鹡鸰,我有一种强烈的冲动,想再次重温那些童年记忆。

那一刻,我只想回家。回到那些我小时候的房间、建筑、马厩和谷仓里。对我来说,开车过去并不远,所以我说服自己,可以当天下午晚些时候再继续赶稿。毕竟,我已经分心了。

我从漆成厚厚深绿色的那扇古老的后门走进厨房。那扇门从房子建成后就一直在那里了。我第一次注意到那个老旧的、已凹陷的黄铜把手,经过两个多世纪,多少双手的紧握,它已被摩挲得闪闪发亮。我一直很喜欢我们家的后门。乔治时代的人在某个时候给它加了一个重重的铸铁门环,是拳头握花环的形状。我实在忍不住用它敲了敲门,尽管我知道没有人会应答。

一走进厨房,我就发现自己置身于一个空巢。无论朝哪里看,都是空空荡荡的。多年前温馨的吵闹声、厨房的香味和家庭常有的乱糟糟已不复存在,有的只是冰冷和寂静。没有了笑声或叫喊声。当我打开门时,没有响起狗的吠叫,没有紧接着的叫喊:"趴下,趴下,安静!该死的狗!趴下。对不起,亲爱的,我相信泥巴干了以后会从裤子上掉下来。"只有寒冷、凉薄、寂寞。

我溜达进厨房,这是节日里家庭聚餐的地方,圣诞节、复活节、生日和周年纪念日,冬天、春天、夏天和秋天。热闹而有趣的家庭午餐和晚餐是这里留给我们的记忆。但现在剩下的只是那么多的空椅子和一张空桌子。

"为什么我们就不能是一个正常的家庭?"我脑海里回响起妈妈的这句话。

我很高兴我们不是,妈妈。

这里什么都没有变。家具和配饰,湿漉漉的狗、羊粪和马鞍皂的气味似乎还在。但是有些无法形容的东西已经不见了。感觉就像进入一个完全不同的房子。都没有了。我在空荡荡的厨房里缓缓地踱着步,剩下的只有记忆。一切都褪了色。迎客的温暖微笑消失了。那不可或缺的爱也不在了。这就像从爱丽丝魔镜的另一边看我家。看起来都一样,但已完全不同。假如房子要经历四季,这就是我家的严冬。妈妈再也不可能回到她营造的温暖的窝了。

"愿基督与我们同在,我们会如何呢?"我在想。她是我们家庭的缔造者和捍卫者,把我们不同的角色联系在一起,让我们的生命有了意义。我突然发现这些空的房间、房子和谷仓已不能给我以安慰。当然,这曾经是我家。但已没有了家的感觉。

我驶出大门,多年来第一次注意到我们花园尽头的古橡树。这棵橡树一定已经在那里生长了三百五十多年了。它看起来几乎活不了太久,但它无疑会比我及我的子孙后代更长寿。这棵橡树太老了,它的树干中心已经空了。小时候,我们会爬进树洞,跳到它的一根大枝干上,俯瞰我们的小帝国。那条叫飞儿的杰克罗素㹴犬,有时会跟在我们后面乱跑。但它更感兴趣的是栖身在树干里的老鼠。

橡树本身就是一个富有生命力的生态系统,是两千多种生物的家。尤其是在秋冬橡子落下的时候,它们散发出浓郁的香甜味。每当我闻到那种味道,无论我在世界的哪个角落,它都会把我带回我们花园尽头的那棵橡树。

这也许是我们花园里留下影像最多的一棵树。妈妈给这棵树和孩子们拍了很多照片,她为有这么棵树和孩子们而骄傲。如果我再次翻看旧相册,就能看到我们的房子和这棵橡树在阳光下、落叶时或是在白雪中的照片。当一月份的雪莲花出现时,三月的报春花和黄水仙出现时,或者四月的风铃草出现时,都有以橡树做背景的照片。年复一年,同样的角度,同样的照片。当花园随着季节的变化而变得美丽时,妈妈也会变得兴奋。我意识到,这棵橡树象征着妈妈为我们建造的童年家园是多么坚实可靠,以及橡树对她是多么重要。

在我开车回来的途中,那棵老橡树带着它所有甜美的记忆,在我脑海中浮现。当我回到家时,我看了一眼电脑,我的最后交稿期限在我的脑中存续了无比短暂的几秒,然后我想,去他的。我于是决定改为去看矗立在附近小山顶上我熟悉的古山毛榉树林。就像我父母家车道尽头的老橡树一样,这些宏伟的山毛榉树已经在同一个位置上站了几百年,像屹立的哨兵守望着下面的山谷。这个山谷现在是我的家。

那是一个清冷的冬日午后。天空蓝得不可思议,橘黄色的太阳光渗透进树林。透过光线,这些古树呈现出雕塑般的美丽,让这世界黯然失色。我感叹着,嘴里呼出干冰似的雾气,就像少年时在迪斯科舞厅跳舞时那样。透过这片高高的山毛榉树,我还看到半个威尔特郡展现在我面前。在我下面,薄雾低垂、笼罩着山脚,使山顶看起来像浮在云海中的岛屿。

这是一处古老的景观,普西河谷。五千多年前,这个有遮挡的山谷是人们的家园。周围的山丘上散落着史前古墓和新石器时代的山形堡垒。不出五十码[1]你就会被碎石或青铜时代的弓箭头绊倒。离我那天站的地方不远,是埃夫伯里石圈和巨石阵(Avebury and Stonehenge)的立石。再近一点的地方是西尔布利山(Silbury Hill)。这个古老的人造之谜,科学家或历史学家至今未能解开。这是亚瑟王和阿尔弗雷德王的上地:威塞克斯(Wessex)古郡,传说和民间故事的发祥地。

在山上,我感到有些事情远不是我能理解的,也感到人们在这个星球上的时间很短暂。我努力想象人和动物之前是如何在这片古老的土地上生活的。我也在想,在过去的几个世纪里,有多少人把这个美丽的地方当作他们的家,成千上万?然而那些无穷无尽、兀自向前、蜿蜒流淌的白垩溪流似乎并没有被人类之手所触及。

我俯瞰着这片光秃秃的冬季景色,想到每年的这个时候鸟类是多么艰难,尤其是小鹪鹩。大自然丰富的秋季食物储藏地,曾经盛产浆果和坚果的矮树篱,往往会在十二月光秃秃。从那时起一直到春天,鸟类进入所谓的"饥饿空窗期"。食物变得越来越难找到。矮树篱的枯枝败藤几乎不能给鸟儿带来安慰。越

1　1码约等于0.9144米。

来越多的霜冻使地面变得更加坚硬,饥饿的鸟喙无法穿透取食。在特别寒冷的冬天,许多较小的鸟类会死于饥饿和寒冷,如漂亮的小鹪鹩。

这就是为什么它们会在冬天聚集在一起。不仅仅是鹪鹩,所有的鸟儿都抱成一个富有生命力的大团。有时是一个特定的物种形成一个群体,比如椋鸟。抑或,今年在我家附近的向日葵地里,那数百只迷人的红额金翅雀,当我走过的时候,它们会突然疯狂地向空中飞散。

在冬季的田野上散步时,你可能会遇到许多不同的鸟儿。它们形成了一个巨大的棕色波浪:云雀、麻雀、苍头燕雀、朱顶雀、秃鼻乌鸦、寒鸦(仅举几例),以及从斯堪的纳维亚半岛迁徙到英国过冬的田鸫、白眉歌鸫等鸫科鸟类。对鸟类来说,身处一个大群体的优势有三个:有保护、有食物、温暖。眼睛越多,越容易发现捕食者,找到的食物就越多。越多身体聚在一起,就越暖和。群聚是一种生存机制。当来自世界寒冷北方的移民表亲来到南方享受温暖气候时,它们在冬天长得特别大。

过去,谷物收割的效率不高,农民冬天也不犁地里的麦茬。鸟儿主要依赖开阔空旷的耕地,那里到处都是上个夏末收割留下的遗穗,杂草、蠕虫和昆虫也比比皆是。现在冬天里你仍然会在这儿看到一大群的鸟儿,在开阔的麦茬上采集剩下的种子、杂草和昆虫。尽管大多数人没完没了地谈论春天是一年中欣赏鸟儿的好时机,但我更喜欢那些大群且温暖人心的冬季鸟儿。这让我想到我们人类和鸟类并没有什么不同。家是我们互相陪伴的方式。在困难时期聚集在一起是我们生存的方式。

当我站在这些山毛榉林中,欣赏着树木的形状,想着久远的事情时,我出乎意料地听到了鸫鹛的歌声。鸫鹛在冬天很少啼鸣。也许是温暖的太阳刺激了它?我到现在也不知道是什么原因。借用诗人爱德华·托马斯(Edward Thomas)的话,这只鸫鹛决定用唱针来刺破寂静。鸫鹛的歌声是大自然中一个真正的奇迹。对此很少有准确的描述。爱德华·托马斯用"唱针"来描述已经非常接近事实了。但是,有点出乎意料,迄今为止对鸫鹛歌声最好的描述出自第一次世界大战时的英国外交大臣爱德华·格雷爵士(Sir Edward Grey)(很奇怪,在这个领域偶遇其他鸟类爱好者)。

他是这样描述的:"鸫鹛的歌声是一连串快速的音符,形成一个长长的乐句,中间有个停顿,然后一遍又一遍地重复。当鸫鹛状态良好时,它的歌声,像人们口中年轻的维多利亚女王跳舞的样子,'干脆利落,一直跳到最后'。"

爱德华爵士有一次还谈到他在"疲倦的伦敦一周"(现在也还是这样)后逃到了乡间别墅。当他正沉浸在周边的美景时,"……一只鸫鹛跳到空中,一边飞着一边忘情地唱着,直接从我头顶飞过,再从别墅屋顶上飞过,飞到远处什么好地方去了。'像是来自上天的祝福',我心想。"

在那个晴朗的冬日,当我在冷飕飕的山毛榉树中听到鸫鹛的歌声时，我完全被这种感觉所征服。真是一种祝福。

爱德华爵士写了《鸟的魅力》(*The Charm of Birds*)一书。在妈妈生病的几个月里，这本书给了我鼓励并一直陪伴着我。我惊讶地发现我和这个人有很多相似之处。这个人生活在很多年前，完全是另一个时代的人。这个发现让我格外感动，也让我的心安定下来。

爱德华爵士经常谈到离开伦敦去他在威尔特郡埃文河边的小别墅避难。那里离我现在住的地方不远。他用整整五页纸描述一个翔食雀巢，或是他在路边看到的五只灰山鹑不同寻常的举止，或者甚至就是鹪鹩。这是一个在世界大战期间肩负重任的人，他却仍能抽出时间停下来欣赏周围的野生动物，从中得到宽慰。最重要的是，他能观赏周围野生动物的每一个微妙细节。他"从鹪鹩的眼睛到繁星点点的天空"都发现了美——作家、记者艾弗·布朗(Ivor Brown)曾如此形容威廉·莎士比亚的作品。

事实上，恕我冒昧，如果说没有这种与生俱来的对家门口自然界的欣赏和喜爱，爱德华爵士不可能完成他的工作。他的作品让我愈加渴望去了解我身边的鸟儿，尤其是鹪鹩。更深入地了解它们给予的治愈力，并更多地了解我们的祖先对它们的尊重和崇敬。

尽管鹪鹩身材短小，又矮又胖。可我们的祖先认定它是"鸟中之王"，我一直认为这是一种古时的微妙讽刺。其实不然。根据希腊传说,狡猾的鹪鹩藏在鹰的翅膀下,以便在鸟类比赛中夺冠。其他的鸟对这一耍小聪明的伎俩感到愤愤不平,以至于鸟中之王被迫藏在灌木丛(和我的墙)深处,在里面筑造厚实的圆形巢,只留一个小洞进出。不然,就像传说中说的,其他的鸟只要有机会就要杀了它。这也许解释了为什么鹪鹩的拉丁语名字是 Troplodytes,穴居者。不过,我还是更喜欢威廉·华兹华斯对鹪鹩巢的描述:

> 鸟儿们精心建造的住宅,
> 在田野里,在森林里,
> 都比不上小小鹪鹩的巢,
> 它的巢最为惬意。[1]

在每种文化、每个时代,鹪鹩似乎都以一种根深蒂固的迷信形象出现:有爱它的,有怕它的,在爱尔兰的部分地区,还有"极度憎恨"它的。我觉得我很难去仇恨一只鹪鹩,因为我不是爱尔兰人。传说一只鹪鹩击鼓报信泄露了一支爱尔兰军队的方位,致使这支军队随后就遭到了奥利弗·克伦威尔(Oliver Cromwell)的杀戮。

---

[1] 出自《一只鹪鹩的巢》。该段译文引自《华兹华斯叙事诗选》,威廉·华兹华斯著,秦立彦译,人民文学出版社,2018年。

其他一些迷信也同样离奇、高深莫测。在一些文化中,直到最近还是这样。在12月26日的圣斯德望日,鹪鹩会被捕获,然后用石头砸死。不过,这次是因为有人认为是鹪鹩在客西马尼园(Garden of Gethsemane)[1]唱歌,向罗马人出卖了耶稣基督。令我震惊的是,这种美丽的小鸟被我们的祖先抹上了相当不公正的名声。尽管如此,生活从来都不会那么简单。人们也认为伤害鹪鹩会带来难以置信的厄运,伤害它的人会遭遇各种可怕的事情,比如疾病、死亡,甚至手也会萎缩。

我完全同意这种观点。那天我在古老的山毛榉树围绕的山谷顶上,听到鹪鹩忘形的啼鸣时,就是这么想的。我嘎吱嘎吱地走在落叶上,寻找这个有着天使般声音的鸟儿,寻找它的"另一个幸福之地"。然后我看到了它小小的身影,无声无息地飞过树枝,似乎对严寒视而不见。我想知道它是不是在我家温暖的墙里过夜的其中一只鹪鹩?我希望如此。因为无论你在生活中感到多么孤独或寒冷,只要你有一个温暖的家,就可以在其中得到庇护。这意味着你几乎可以承受任何事情。在我的生活中,我一直很幸运能拥有这样一个家。但我最近一次的回家经历向我揭示了一个赤裸裸的现实:我的避难所里空无一人。我需要找到一个新的。

我无法摆脱这些想法。那种即将失去的感觉,那个冰冷空

---

[1] 耶稣和门徒在最后的晚餐后来此处祷告。

荡的厨房,以及它对我家人的意义。每当我静下来,它就会一直困扰着我。我们的未来会怎样？没有了妈妈,我们小家庭的未来会怎样？

然后,几天后的周日早上,我正泡在浴缸里,听到收音机里正在播一个名人访谈。他谈到他母亲去世对他家庭的影响。他谈到家庭是如何分崩离析的。他说,他们的所有关系在某种程度上都被这颗独特的北极星界定和强化。当北极星消失时,每个家庭成员都多多少少脱离了轨道进入了宇宙。我非常清楚地记得当时的想法:"那就是我们。那就是妈妈。她走了以后我们该怎么办？她不会走的。她会继续和我们在一起。"我不允许自己去想没有北极星的生活会是什么样子的。

现在回想起来,有了妻子和家庭后,我才真正理解了妈妈营造这个小世界的热情,以及她捍卫它的坚韧。而现在,几十年后,我正处于失去这一切的边缘。我不知道我们的未来会怎样。在她进入可怕的4C病房和我孤独的回家之旅之后,我最大的一个领悟就是家不是用砖头和砂浆建造的,家是由家人组成的。

我不确定还有什么更好的方式来纪念母亲为我们营造的这个家。当她不在了,这个家真的就不存在了。通常情况下,浪漫主义诗人最擅长抒发这类情感。既然这样,我们来看华兹华斯的《一只鹪鹩的巢》("A Wren's Nest"):

休息吧,雌鸟！当孩子们飞走,

> 你可以自由飞翔的时候,
> 当庇护你的报春花已经枯萎,
> 你从前的家中一无所有;
>
> 想一想你和家人曾多么幸福,
> 在这树林(它不曾遭破坏),
> 你们与那繁茂的报春花为邻,
> 出于先见之明,或者爱。[1]

我们的鹪鹩母亲创造了一片不受侵犯的树林,她的家人在里面生活、茁壮成长。没有语言可以表达我们有多幸运,抑或我们有多害怕失去它。

---

[1] 出自《一只鹪鹩的巢》。该段译文引自《华兹华斯叙事诗选》,威廉·华兹华斯著,秦立彦译,人民文学出版社,2018年。

鹪鹩

♣ **它的外形**：这是一种短小、矮胖的鸣禽，大约有高尔夫球那么大。它全身呈斑驳的栗色，眼睛上方有一条小条纹，尾巴硬且直。因为它们经常从地面隐蔽处冲出来，人们有时会把它们误认为是老鼠。

♠ **它的声音**：它的歌声是一串高低婉转的长长的颤音，这些音非常响亮，不像是从它那小身材里发出的。当鹪鹩被惊动时，它会发出刺耳的嘎嘎声。

♥ **它的住所**：在欧洲城镇和乡村的矮树篱、林地、灌木丛、花园或公园里都可以找到鹪鹩。事实上，任何有茂密灌木丛的地方都有它们。它们是所有鸣禽中分布最广的一种；但在寒冷的冬天确实会受大罪，它们的死亡率高达25%。它们在墙上或树上的洞里建造很小的球形巢。

◆ **它的食物**：蜘蛛和昆虫是它们最喜欢的食物，尽管鹪鹩会吃各种各样的幼虫和成虫。

★ **看见它的概率**：在公园或你的花园里有90%的概率会看见它。鹪鹩是欧洲最多产的鸟类之一，在欧洲筑巢的有数千万对。

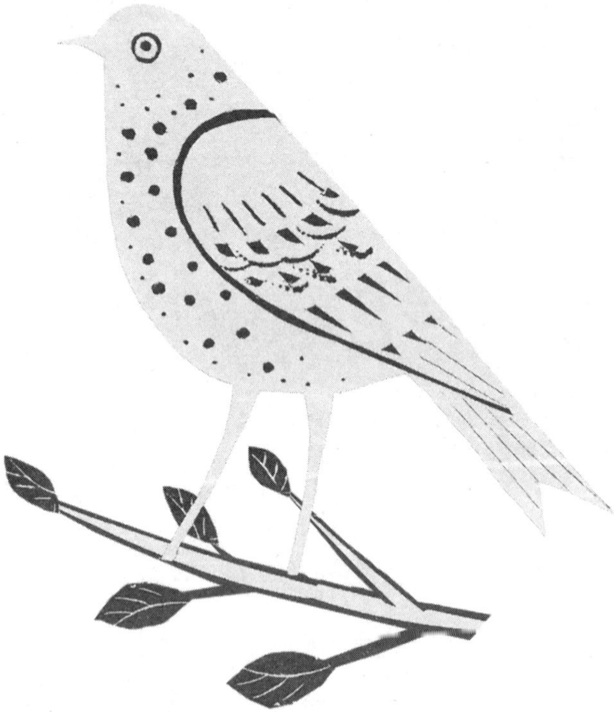

4

欧歌鸫

这使我觉得:它颤音的歌词,

它的欢乐曲晚安曲调

含有某种幸福希望——为它所知

而不为我所晓。[1]

——托马斯·哈代,《黑暗中的鸫鸟》

我心颤流泪

烦事尽散去

每人如飞鸟

歌声虽停止

余音却不绝[2]

——西格夫里·萨松,《众人欢歌》

---

[1] 该段译文引自《哈代诗选》,托马斯·哈代著,飞白译,外语教学与研究出版社,2014年。

[2] 该段译文参考了《心有猛虎 细嗅蔷薇:萨松诗选》,西格夫里·萨松著,段冶译,上海文化出版社,2019年。

保罗·麦卡特尼（Paul McCartney）在1968年创作了一首歌《乌鸫》（"Blackbird"）。它相当好听。如果可以的话，现在就开始听这首歌。开头的歌词是"乌鸫在深夜啼鸣"。保罗，我不想卖弄我的学问，但是你在深夜听到啼鸣的鸟多半是欧歌鸫，而不是欧乌鸫[1]。事实上，不仅仅是在深夜，隆冬也一样，其他鸟儿一般都不会啼鸣。

欧歌鸫和它的近亲槲鸫（稍后会更多谈及）给人们带来了极大的欢乐。与大多数鸟类不同，它们的啼鸣在暗夜里响起。早在春天黎明合唱在大地回响之前，这种有着浅黄色的背部和乳白色斑点的胸部、五官精致优雅的鸣禽就在引吭高歌，唱起它欢快的曲调。在一月中旬潮湿、寒冷刺骨的早晨，能有幸听到它的歌声，可以有效地振奋精神。那个时候，圣诞节时的乐观情绪和**生之喜悦**已经都被寒冷吸走了。就在你问春天何时会回来时，欧歌鸫会在冬天至暗时刻，用一连串高亢甜美的啼鸣穿透云霄。我可以肯定地告诉你，在隆冬时节一个阴冷的早晨我很幸运地听到了它的歌声。当时我正被自我怀疑和对未来的恐惧所吞噬。

当坏事发生时，人们总是告诉你"生活还在继续"。这应该

---

1 "乌鸫"通常指生活在中国的鸫属物种，欧乌鸫是与乌鸫不同的鸟种，分布于欧、亚、非和北美。此段歌词中使用了简化名"乌鸫"。

是一种安慰。但并不总是这样。每天早上,太阳照样再次升起,每天晚上月亮也会再次升起。人们照旧去工作(他们怎么能这样呢?)、聚会、结婚、买房、买车、遛狗。行星一直在旋转,并不在意人们所处的困境。潮水坚持一天两次涨退,好像在反复强调这件事。当你发现自己正处于个人风暴的中心时,很容易接受W. H. 奥登(W. H. Auden)的观点:"不需要星星;让它们都熄灭;裹起月亮,卸掉那太阳。"[1]

那是妈妈去世后不久。天知道几点钟,我躺在床上(努力不去看手表),我的大脑以每分钟两百转的速度旋转,不请自来的思绪跌跌撞撞打破了我的平静。外面的温度应该是零下了,可我的内衣却已被汗浸得湿透。一月是个无情的月份。它从强者中筛选出弱者,并将其淘汰。我亲爱的母亲是这个冷酷月份的受害者。最终杀死她的不是癌症,而是肺炎。

那天晚上,我最大的焦虑是我们应该为她做些什么,在她生命的最后带给她更多的安慰。或者我们如果采取不同的方式,也许会延长她的生命。我们能找到更有效的治疗方法吗?但是我们真的想延长她的痛苦吗?事实上,我们应该早点决定结束她的生命吗?让她处在如此痛苦的情况下是残忍的吗?是自私的吗?我们能吗?我们应该吗?我们会吗?假如,假如,假如。

---

[1] 《葬礼蓝调》。该段译文参考了《奥登诗选:1927—1947》,W.H.奥登著,马鸣谦、蔡海燕译,上海译文出版社,2014年。

这种复盘时内心的负罪感轰炸是徒劳的。我现在能明白这一点了。但在一场战斗刚刚失败后,你是不会这么想的。老实说,我现在还在想,我们当时做的一些决定,到底是对是错。

我在清理桌子时,随意翻阅着最近偶然发现的一本旧记事本,发现了这些潦草的笔记。我完全不知道我为什么要拿起它,或者为什么要留着它(可能是新闻记者的某种本能)。但它确实让我了解了为什么我们会做出那些决定,或者至少是为什么做出那一个特别的决定。就在圣诞节前,爸爸、理查德、凯蒂和我挤进 4C 病房外的一个小候诊室里,一个没有窗户的小房间,暖气开得太高了。妈妈的医生在说话。在我写的那张纸的页首,用粗体字写着:**目标——回家过圣诞节**。紧跟着是一个无望的清单。

白蛋白(身体新陈代谢的标志)缺失

中性粒细胞低

环钻(一种提取骨髓的环锯)

不是抗体,最有可能是青霉素引起的。

多动腿综合征:药品?

苯妥英(抗癫痫发作)

周一输血

明天类固醇(将改善左侧肋腹)

唾液腺肿胀(感染或导管内有结石)

注射白细胞……能有点帮助。

不要化疗,**再也不要**,目前不要了

一具小小的人体还能承受多少?答案是承受不了多少。会议结束时,医生很坦率。应该说出一两个残酷的事实了。她知道,到了这个阶段,所有孩子都接受了这样一个事实,妈妈在接下来的几周后生存的希望很小,但我们的父亲就是不接受。面对所有相反的事实,他的固执,或者我应该说,他的盲目乐观是坚定不移的。所以必须告诉他实情。医生毫不含糊地说:"幸运的话,她可以活过圣诞节,科贝特先生。"这是12月23日晚上。就在那一天,爸爸终于违背自己的本能接受了妈妈再也不能回家的事实。他哭了。我以前从未见过父亲哭。我们都没有见过。这很糟糕。看着我父亲,这位我们生活中的重量级人物身心明显衰弱下去,我不知道我的哪种感情更多一些,是同情还是恐惧。面对这个崩溃的人,我的父亲,弓着背在我面前哭泣,我是应该感到深深的同情,还是因为失去家中这个面无表情但踏实靠谱的(也有点让人愤怒的)领头人而感到恐惧?

"别担心,爸爸。我们一定会带她回家过圣诞节。"有人说。

那是我们的一个目标。还有更多。一家团圆。圣诞节。所有的家庭成员都被召集起来了:子女,叔舅姨婶,各家表亲,孙子孙女。我们要竭尽全力。医院根本不愿意放她回家。我不怪他们。以她的体力,她回不了家。但她下定了决心。我们下定了决心。没有妈妈的圣诞节是不可能的台本。在我们的童年,妈妈**就是**圣诞节。没有她,圣诞节根本就不存在。我们知道这是我们最后的机会。此外,她的狗小墨如果不能再和妈妈多待一天,它永远不会原谅我们。可这样做对吗?从医学上说,可能不对。但是如果有人试图阻止我们,我们就打算把她劫走。为此,我们雇了一辆私人救护车接送妈妈,还购置了一张特殊的床,并支付了一天的私人护士费用。

我们**要把**妈妈带回家。那天早上,医院是否会同意她出院还不确定。但他们最终还是让她出院了,妈妈在圣诞节早上回家了。用我哥哥的话说,她从救护车里出来时,"脸上的笑容有福斯桥那么宽"。爸爸把她瘦得像小鸟一样的身体抱上楼,在床上安顿好。在这么长的几周里,她第一次看起来很满足。她一遍又一遍地重复着:"家,家。我回家了。"小墨,那只最聪明的西班牙狗,非常温柔地躺在妈妈的脚边,一动都不动。

那天弥漫着一种不堪一击的幸福感。妈妈在回来的路上被打了很多麻药,所以一开始很难和她交流。但是随着药物作用的消退,老妈开始回过神来。"就像一队小船逐渐从雾中出现",理查德说。一整天,她都在接受源源不断的拜访。尽管我们有"一进一出"的原则,但对她来说,还是一个巨大的负担。她意志很坚强,但身体非常虚弱。通往她卧室的楼梯上排起了一个小队,我们每个人都等着上楼向她致敬。我很难过自己已不记得那天和她有过什么特别的谈话,有过什么在未来的岁月里可以随时记起的特别明智的话或深刻的见解。我甚至不记得我给她买了什么圣诞礼物。这对我来说是一个可怕的忏悔,因为妈妈是当地最好的圣诞礼物买家。她只给人们买他们想要的东西。她讨厌为了送礼而送礼,吃力不讨好。不过,在那一整天,给妈妈买礼物似乎就是徒劳的行为。我们知道礼物对她早已没有用了,但我还是做了。我们都做了。当然,那些礼物放在她床边,清冷地堆成一堆。

我们尽最大努力为妈妈重现了一个和过去一样的圣诞节。爸爸戴着勇士的面具,在众多圣诞节礼盒上做记号:客厅里的圣诞树,挂在天花板丝带上的卡片,槲寄生悬挂在老位置——通往餐厅的门楣上,凯蒂精心烹饪的一只大得出奇的火鸡,以及我们从童年就记得的所有各种各样的装饰。

不留意看,似乎一切都和原本一样。但是不知何故,灯光好像变暗了,装饰品打起蔫来,槲寄生挂在门梁上,没有用处。勃勃生机不见了。因为勃勃生机躺在楼上的床上,呼吸困难。那天我记忆深刻的是楼下的家人,楼上的妈妈。不管我们怎么努力,最明显的事实是,我们认识的母亲和我们认识的圣诞节都不见了。

然而,尽管我们士气低落,尤其到了最后,我们还是被确定的事实所鼓舞,即我们在忧郁中给了母亲快乐的一天,她被世界上所有她最爱的人簇拥着。"我回家了,我回家了",这句话她说了一遍又一遍。

下午6点救护车过来把她接走了。明亮的霓虹灯和默默闪烁的灯光映衬着冬天黑黢黢的天空。他们把她推进车里，砰的一声关上门。她走了。

妈妈在一个周日去世了。尽管我们知道这一天迟早要来，几个星期前我们就知道了。当那一刻如事先告知的一样真的到来，我们仍然感觉那像晴天霹雳。你看，妈妈是那种精力充沛的人，一直有着旺盛的生命力，似乎从来没有生过病。强壮、充满活力，带着能够点亮芬格尔山洞（Fingal's Cave）的微笑。我们都以为她会活到一百零三岁。但是她没有。她只活到六十六岁。我们所有人都很伤心。

那个星期天的早上，我和玛丽一起来到医院。我们像往常一样在楼下买了一杯咖啡，给爸爸找了一份报纸，我们知道爸爸已经在妈妈身边了，我们期盼着在这一整天能够握着妈妈的手，尽我们所能给她安慰。

我一走进病房的门，就知道她已经死了。护士们看到我们时眼里满是惊慌。我冲向妈妈的小隔间，泪眼婆娑，好像已看不清周围好心善良的护士。其中一个护士在哭。爸爸弓着背看着妈妈，紧紧抓住她的手，难以置信地盯着她的脸。她死了才几分钟。他一直站在那里，在妈妈的身边，看她在这个世界上咽下最后一口气。他抬起头，眼里含着泪水。"她走了。"然后他又低下头看着妈妈。

我不知道我们在那个小隔间，在妈妈旁边待了多久。不知什么时候,理查德来了。我不记得我当时在想什么,但我完全理解为什么人们谈起死亡时叫**故去**。妈妈还在,但那只是一个空的器皿,她的灵魂不见了。在那个房间里待得太久已没有意义。

"她不在这里了,爸爸。"有人在他耳边小声说。

爸爸非常平静。他吻了吻妈妈的额头,说"你是我最好的妻子",然后走开了。

我们走到走廊尽头的一个小候诊室,玛丽在那里等我们。我一生中从未如此感激她那令人安心的微笑和温暖的拥抱。

我有点记不清这天剩下的时间都干了些什么,无法准确地回忆起来。在那个没有新鲜空气的小候诊室里,大部分时间在走来走去打电话。先是打给凯蒂。在妈妈身边待了几周后,她不得不在前一天回到爱丁堡送我侄女和侄子回学校。我为她感到难过。我知道在最后时刻不在妈妈身边对她造成多大的伤害。在过去的几周和几个月里,她在医院度过了那么多的夜晚和白天,确保我们的母亲感到舒适,能毫不怀疑地感受到我们的爱。凯蒂开了数千英里的车,照顾两个小孩和一个身患绝症的母亲。在她成年后的生活中,凯蒂几乎天天和妈妈通话。妈妈是引导凯蒂的火车头的轨道。她们相互依赖,给予、帮助、建议,说家长里短,在困难时鼎力相助。都是一个母亲和女儿之间会做的事儿。当然,当信号失效时,偶尔也会脱离轨道,但她们基本上是一体的。没有妈妈,凯蒂到底该怎么办?我们该怎么办?

那天晚些时候,我们聚在理查德家,那里离医院大约三十分钟的车程。玛丽一路上都在车里哭。我没有。我似乎遇到了某种情感障碍。大概需要至少一周才能消除。

理查德点了炉火，我们站在周围，陷入了尴尬的沉默。一杯接一杯地喝着金汤力。没有人真的知道该说些什么。奇怪的是，那一刻我满脑子感觉到的不是绝望或心碎，而是冷冰冰的解脱。对妈妈来说，对她的家人来说，对我来说，一切都结束了。面对我深爱的人的死亡，这种感觉似乎是一种可怕的情感。我过去总是很讨厌人们在有人死于长期疾病时，说那些可怕的客套话："不过，这终究是一种解脱，不是吗？"如果有人对我这么说，那么我可能会请他们走开，或者做更糟的事。但事情真的发生时，事实上，这真是一种解脱。

我们集体进入自动驾驶模式，用杜松子酒麻醉自己。实际上，金汤力[1]是我对妈妈去世后那几周的记忆，久不消散。只记得这么多该死的金汤力（还有一根接一根的烟）。我父亲有六个多月都在喝杜松子酒。他陷入了一种无力的绝望，一种麻痹状态，靠杜松子酒和香蕉维持着。我孩时的记忆里，父亲充满了自信，生活多姿多彩而又有自控力。不管是私人还是公开的场合，他对生活的观察会像机枪一样兴奋地哒哒哒从他口中蹦出。但在4C病房旁边那个令人窒息的小候诊室里，他没有了声响。我诚心诚意地希望那个欢快暴躁、没完没了地吵吵闹闹的、让人生

---

[1] 金汤力由杜松子酒（金酒）和汤力水调制而成。

气的人有一天会再回来。

"我不知道哪个更糟糕,"我记得理查德说过,"妈妈要死了还是爸爸正在经历的事。"爸爸是我们家庭的另一块基石。

虽然我们平时的对话可能只有"狗在哪里?"或"你把大门关上了吗?",但我们知道可以依靠他来帮助我们摆脱任何困境。现在这块基石已经整齐地从中间裂开了。这个星球上唯一真正理解他或有耐心忍受他的女人的去世,让他碎成了两半。

悲伤是可笑的老生常谈。我们绝望地使用这个并不准确的词,无力地来描述一组丰富的情绪,而这些情绪往往以一百种不同的方式表现出来。我想,它就像爱情一样,只是它很讨厌,它以不同的方式影响着人们。拿我来说,起初它影响了我的梦境,有些好,有些坏。妈妈去世后的那个晚上,我梦到了秋日里童年时我家附近的一座山上,一条落满树叶的蜿蜒小路。这个梦很生动也很痛苦。我能听到妈妈的声音,但看不见她。她就在小路前面一点的拐角处,安慰我她诸事都好。她似乎很开心,很满足。"请不要担心,亲爱的。"她说。当时我内心苦闷,不愿去理会。当然了,当你爱的人去世时,你就会做这种梦。我一直在做这种梦。它在妈妈去世后的几天和几周里给了我安慰,现在仍然如此。

另一方面,理查德走得更远。他不满足于从让人安心的梦境中获得慰藉,他决心和妈妈对话。出于这一考量,他拜访了贝辛斯托克(Basingstoke)附近一个住宅区的灵媒。

"我看到一个老头子。"灵媒告诉他。

"呃,其实我是来看我妈妈的。"理查德说。

"你妈妈生前有没有可能是一个热情快活的女人?"

"噢,上帝啊。"他说道。然后离开了。

我哥哥总是多愁善感,不仅仅是对人。十几岁时,他的卧室更像是动物园,而不是睡觉的地方。除了他那只叫飞儿的杰克罗素㹴犬之外,还有一只名叫鲍德里克的玄凤鹦鹉(后来被一只名叫赫克托耳的非洲灰鹦鹉取代),以及一只关在屋角的一个7英尺乘3英尺大的笼子里、名叫鲍勃的金吉拉猫,还有一只名叫弗拉基米尔的俄罗斯多瓦夫仓鼠,它自由自在地生活在衣柜的底部。有一天弗拉基米尔失踪了。这是我哥哥生活中的一次重大危机。大家发起了一次全房屋的仓鼠追捕。我很遗憾,一无所获。我还记得地板都被撬开了,房子四周放置了不会伤到它的捕鼠器。"万一它被一群田鼠杀掉了怎么办?"理查德担心地问道。后来,我们在捕鼠器里抓到的确实是活的田鼠,而不是俄罗斯多瓦夫仓鼠。理查德会把这些老鼠带到农场放掉,而不是把它们放在一桶水里淹死(我父亲的主张)。"尽管我有点担心它们在农场谁也不认识。"

在妈妈去世后的几周里,凯蒂、理查德和我收到了关于悲伤的书籍。爸爸收到了千层面。他的朋友们很清楚我爸爸在妈妈去世后的实际情况。这个特定年代的男人失去了他生命中的那个女人。那个女人知道家里的餐盘放在什么地方。"我失去了我的妻子,"爸爸不断对我说,"你有妻子你没事。可是谁来照顾我?"当然,他是对的。从那一刻起,爸爸就排在了我们忧心事清单的首位。

就这样,在4C病房那可怕的一天之后的几周,我躺在床上,像一只愤怒的寻血猎犬一样追逐思绪。试图拼凑出过去异乎寻常的几个月里我那稳当的充满目标、意义和方向小生活——每一步都朝着正确的方向迈进。而突然间,我的思绪毫无预兆地被切成了片,切成了丁,扔进了命运的巨大的凯伍德牌搅拌机(Kenwood Mixer)。

然后一只欧歌鸫唱起一首老歌。很明显,它并不在乎我的问题。那年冬天,它肯定也经历了自己的生死挣扎。但它选择在那天早上在我窗外的一棵树上安顿下来,开始啼鸣。

对付欧歌鸫在冬日凌晨4点在你窗外放声高歌有两种方法:一种是伸手去拿离你最近的重物,砸向欧歌鸫,咒骂它厚颜无耻,把你吵醒了,而你那天还有那么多事情要去做。另一种策略是沉浸在这首歌中,让它抚慰你的灵魂。躺在那里,让音符欢畅地在你身上流淌。而这就是我那天早上选择去做的事。不仅仅是那大早上,在妈妈去世后令人沮丧的一个月左右的每个清晨,当那只美丽的欧歌鸫唱出它甜美的旋律时,我都选择这么做。每当一早那可怕的思绪纠缠着我时,我知道我的欧歌鸫会回来的。活着,唱着,证明生活还在继续。无论我们想还是不想。大自然都知道。也许它并不知道它知道。但它确实知道。

我写下这些话是2020年因为新冠疫情而居家隔离的一个寒冷的四月早晨。大自然让我发现了一个槲鸫巢。它在我窗外梧桐树上二十英尺高的地方。如果我伸长脖子,就能看见它。槲鸫类似于欧歌鸫,但更大、更壮,就像你那更适应都市生活、喜欢体育锻炼的表亲。它被称为槲鸫,是因为它非常喜欢槲寄生灌木丛上的浆果,就这么简单。我完全被这两只槲鸫用废料筑造的美丽的巢惊到了。这是一件艺术品。看着那两只忙碌而有个性的槲鸫造巢,我完全忘记了自己。槲鸫,就像它的欧歌鸫表亲一样,也能唱出动人的曲调。它以在冬天黑咕隆咚的早晨啼鸣而闻名。事实上,我们聪明的祖先通常称之为"风暴公鸡",因为它是唯一一种无论任何天气都会啼鸣的鸟。我一直认为这是一个对我们所有人都有用的隐喻。

几个世纪以来,人们一直在喋喋不休地谈论它们啼鸣的美妙之处,但是你如何将欧歌鸫、欧乌鸫或槲鸫的声音与山谷和城镇周围响起的其他鸟鸣的刺耳的嘈杂声区分开来?说实话,一开始真的很难分辨它们。外行人的耳朵需要一段时间才能弄清楚。事实上,当我刚开始关注它们的时候,我发现分辨鸣禽啼鸣的难度是难以想象的。

环顾四周,如果鸫鸟间办一场歌唱比赛的话,那么我觉得欧乌鸫会赢得现金奖和一份狡猾的唱片合约。毫无疑问,欧乌鸫的啼鸣比欧歌鸫更抒情。当你在二月底听到它第一个亲切的音时,那感觉就像寒冷日子里一碗温暖的加了蜜的麦片粥。它的行为也有点像一个被宠坏的二十岁出头的大众偶像。看起来很漂亮,有墨黑色的光泽和亮黄色的喙(雌鸟的喙更坚固,因勤劳而呈棕色)。但如果你带它出去喝一杯,它可能不是一个好伴侣:专横,有时虚张声势,如果你说了什么不恰当的话,它会用冷冰冰的目光盯着你。简而言之,欧乌鸫在自然界极有个性:脾气暴躁,颇有领地意识,在城镇和乡村的家庭花园和公园里横冲直撞。当我在自家花园小路上邂逅一只欧乌鸫时,我有时确实会觉得严重违反了欧乌鸫礼仪,因我鲁莽地不请自来,闯进了它的领域。它会从附近的矮树篱或树上愤怒地嘎嘎叫。但即使它那战争般冲动的叫声让我恼火地想要立刻离开,也让我满是喜悦。不知怎的,它总是让我想起凉爽的秋夜、长长的倒影和空气中挥之不去的木材的味道。

像所有鸣禽一样,欧乌鸫也在人类的故事里,即我们的文化和民间传说中,发挥了核心作用。然而,欧乌鸫并不总是受到尊重。直到大约十六世纪,人们还吃欧乌鸫(有人想吃二十四只欧乌鸫放在馅饼里烤吗?)。事实上,中世纪的贵族什么鸣禽都爱吃,认为它们是美味佳肴。后来,维多利亚时代的人常常捕捉鸣禽,并把它们放在笼子里,以装衬他们优雅的客厅。

旷古以来,鸣禽的声音一直对人类有影响。这完全是有原因的。在我们有唱片机、CD或MP3之前,它确实是大多数人每天唯一能听到的音乐(只有富人才能看亨德尔的歌剧或莫扎特的交响乐)。因为鸫鸟是所有鸣禽中声音最响亮、最持久而动听的，也就难怪会有很多的诗歌和散文赞美它们的歌声，从而振奋了我们的精神。

当你听到矮树篱里的欧乌鸫啼鸣，或者郊区花园里的欧歌鸫啼鸣时，你会感到欣慰，千百年来，就在此时此地，这鸟鸣声让人振作。想到这里，我总会想起爱德华·托马斯的一首诗。对我来说，它是大自然给予我们平和心境最好的礼物，它是匆忙的工业时代不可描述的一刹那的平静。六月下旬，作者在火车上，从一个叫作艾德尔斯特洛普（Adlestrop）的偏远农村车站出发，"蒸汽嘶嘶响。有人清喉咙。没有一个人走，也没有一个人来"。

> 在那刻，一只欧乌鸫唱了起来
> 就在近旁，而围绕着它，越来越像雾，
> 越来越远的越来越远的，是所有的鸟
> 来自牛津郡和格洛斯特郡。[1]

特别让人心碎的是，在爱德华·托马斯写下这些诗句后不久，他在第一次世界大战的屠宰场上送了命。

我很幸运，我住的地方被欧乌鸫包围着。事实上，现在，当我写下这句话时，我估计至少有三只欧乌鸫正在我家和邻居的

---

[1] 出自《艾德尔斯特洛普》。该段译文引自《英美十人诗选》，爱德华·托马斯著，周伟驰译，河北教育出版社，2003年。

花园里或附近筑巢。每天我向窗外望去,又一只刚会飞的小鸟在矮树篱下学习技巧,或者在草地边跳上跳下。它们的父母密切关注着它们。我可以一整天看着它们。当然,也可以听它们说话。

欧乌鸫的啼鸣声是一种悦耳的长笛声,让人们的耳朵非常享受。真的,和保罗·麦卡特尼(Paul McCartney)的经典老歌没什么不同。而欧歌鸫的歌声就更多了滚石乐队的元素。那是同一种类型,旋律优美而悦耳,但是一种更尖锐、更持久、更有活力的音乐,像杜松子酒般清澈。或者用诗人杰拉尔德·曼利·霍普金斯(Gerard Manley Hopkins)的话说,"听到它啼鸣就像是听到了电闪雷鸣一般"。在乡下和郊区花园里,这些耐寒的小鸟的歌声之间最大的区别是欧歌鸫会一次又一次地重复同样的旋律。或者,用诗人罗伯特·勃朗宁(Robert Browning)的话来说:

> 听,那是聪慧的鸫鸟,止把每一支歌
> 都唱完两遍。
> 唯恐你误认为,它再不能
> 捕捉到第一次那美妙无比、酣畅忘忧的灵音。[1]

---

[1] 出自《他乡思故里》。该段译文参考了《勃郎宁诗选》,勃郎宁著,飞白译,外语教学与研究出版社,2013年。

了解鸟鸣并分辨欧歌鸫和它的表亲欧乌鸫和槲鸫的最好的方式是在早春外出四处转转。那时鸟儿在啼鸣,而树上没有树叶。一旦你看到欧乌鸫、欧歌鸫或槲鸫在活动,你就不会轻易忘记它。你的智能手机上也有上百万个应用程序可以提供帮助。虽然听上去很容易,但我记得刚开始去了解周围鸟儿歌声的创作者时,我几乎立即打算放弃,因为我很快就被众多的嘈杂声吵得不知所措。但我坚持了下来。这是值得的。

了解鸟鸣有点像读希拉里·曼特尔(Hilary Mantel)的书。最初感觉研读一千页是一项不可能完成的任务。那是一座无法攀登的高山。你会认为,当我读完这部书时,我的孩子们都长大了,我都在养老院了。但是,当你读完第一章后,这突然变成了一种快乐。你无法放下它。你快乐地跳读过这几页,渴望继续读下去。希拉里的作品就是这种情况,你会渴望一直读下去。了解鸟鸣也是如此。一旦你理清了头绪,比如说,先搞清楚了三四只普通的花园鸟,那么你就有了进一步认识它们的坚实基础。有一天,当你在五月的早上听到花园里一连串欢快的歌声,你会对自己说:嗯,它不是苍头燕雀,也不是欧亚鸲。我现在知道了,也许确实是欧乌鸫或某种鸫,或许它是某种刚从非洲抵达的莺。我会把它输入谷歌,看看会是什么。

旅程就这样继续着。一个接着一个的发现。一层又一层地深入。直到有一天,到外面的花园里或者外出散步,从一种基本的实用功能(必须呼吸新鲜空气和锻炼)变成了一种纯粹的乐趣。你不再是一个人在花园里,或者在小巷里溜达,你只是广阔多样的宇宙中的另一种生物,每时每刻都洋溢着生命力。你变得脚踏实地,视野开始变得开阔。你不再是你自己情景悲剧中的主角,而是大自然伟大史诗中的一小部分。

当然,问题是,对于那些寻找生活乐趣的人来说,这意味着散步和其他外出旅居的时间就会很长。从隐喻的角度来说,你迷失了自我。事实上,对我来说就不止一次。有个庸俗的人曾对我说,了解鸟的名字和它们的声音是毫无意义的。"你为什么需要知道?为什么不是听听和看看就行了。"听到这句话,我平息了一下内心的愤怒,我这样向他解释:想象一下,如果你住在城市街道上,或者在村庄或城镇里,而你却懒得去了解你的邻居?想象一下,你的生活会因此变得多么贫乏。无论是好是坏,了解你的邻居会让你的情绪稳定,也会让你的生活变得更丰富、更有底蕴。

过去连续几个月,我每天都会去伦敦我工作地点附近的一家咖啡店,招待我的一直是那三个开心的时髦年轻人。很不好意思,至少有三周我对他们并没有兴趣。我不知道他们的名字,也没问他们今天过得怎么样。我一直显得开心而有礼貌。他们也是。这很好。然后有一天,我和乔尼谈起他每天上下班的通勤,我们发现下班后我们一直在同一家酒吧喝酒。乔尼把我介绍给了老板安娜,她住在皮特斯菲尔德(Petersfield),离我长大的地方不远。然后是蒂梅亚,她有点喜欢我的一个同事。突然间,整个世界都打开了。我早晨的咖啡,曾经是功能性和礼节性的,是办公室里又一个令人窒息的一天的前奏,现在变成了我每天期待的一件事,就像生活又添加了一层甜蜜的果酱,我的生活因此变得更丰富了一些。我需要这样。我要做的就是打开那扇门并记住他们的名字。对鸣禽是如此,对自然界的一切都是如此。一旦你向它介绍了自己,你就再也不会回头了。2012年1月那个可怕的早晨,我遇到了我的欧歌鸫。一切都不一样了。

现在回忆起来,我甚至无法想象如果没有欧歌鸫的歌声,我会如何度过那些至暗的冬日和漫漫长夜。

这让我想起了去年和妈妈一起过的圣诞节。尽管部分时间非常痛苦,再加上我们努力营造苍白的圣诞节气氛,但对我们所有人来说,这是黑暗中闪亮的灯塔。这是欧歌鸫在最黑暗的夜晚唱的一首充满活力的歌。我和家人一起实现了一些让人觉得完全不可能的事情。我可以永远怀念那一天,也就是我母亲的最后一个圣诞节,听到她的话在我脑海中轻轻回响,一遍又一遍地重复,就像欧歌鸫的合唱:"家,家。我回家了。"

欧歌鸫

♣ **它的外形**：一种长相娟秀、体型中等的鸟，背部黄褐色，胸部斑驳，乳白色，有黑点。与槲鸫非常相似，但槲鸫体型大些、壮实些。

♠ **它的声音**：一种响亮而旋律优美的、非常持久的长笛般的歌声，经常会跟乌鸫的叫声混淆。分辨它们的方法是欧歌鸫会一遍又一遍地重复同一个短音节。如果它在和蜗牛说话，它可能会说："我要吃——茶！我要吃——茶！我要吃——茶！"它们从12月尤其是从黑咕隆咚的早晨就开始啼鸣，以整个冬天都持续鸣唱而闻名。

♥ **它的住所**：欧歌鸫在树上和灌木丛中筑巢。通常最有可能在房子和花园周围看到它们。它们以一种独特的雀跃的方式在地上移动。可以看到它们在挖虫子或用石头砸蜗牛壳。

◆ **它的食物**：最喜欢蚯蚓和蜗牛。它还吃昆虫的幼虫和浆果。

★ **看见它的概率**：以前，大多数乡村和郊区花园里都有欧歌鸫的巢。但在过去的四十年里，其数量急剧下降，原因尚不清楚。猫、鸦鸟和雀鹰的过度捕食，以及杀虫剂杀死幼虫和昆虫导致的食物缺乏，是它们数量减少的最有可能的原因。如果你在建筑物较少的地区，如郊区或小城镇和村庄，大约有50%的概率能在冬末、春季和初夏听到欧歌鸫的歌声。

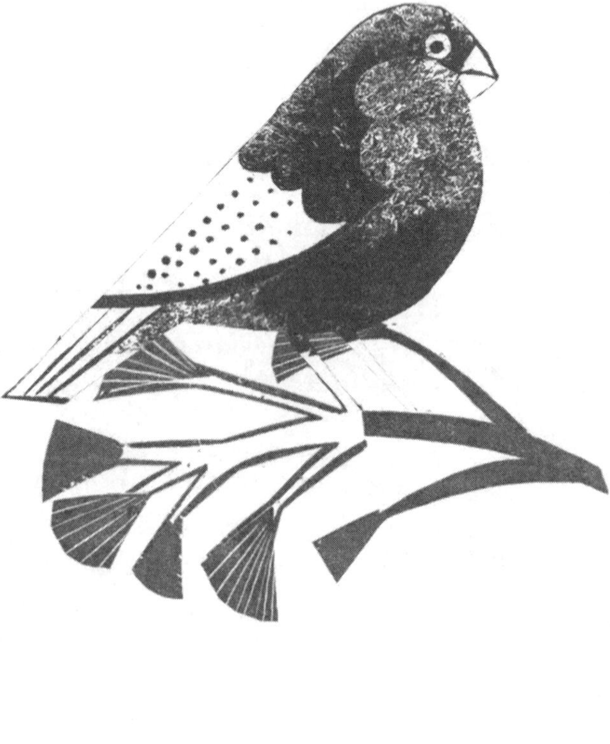

5
红腹灰雀

> "在野树林另一边是广阔世界,"老鼠说,"它对你我都无关紧要。我从未去过那儿,而且永远也不打算去,如果你有头脑的话,你也不会去的。"
>
> ——肯尼斯·格雷厄姆,《柳林风声》

> 我过去几乎每天都要生气,乔,但我学会了不把它表露出来,我还希望学会不把它感觉出来,尽管可能又得花上四十年。
>
> ——路易莎·梅·奥尔科特,《小妇人》

如果我父亲是一只鸟,我想他可能是一只红腹灰雀。这并不是因为他特别像红腹灰雀,有着"牛的头"、黑色的冠、粗短的喙和鲜红的胸脯,而是因为他们有相似的习惯(是的,他们都很胖)。红腹灰雀通常会躲在浓密的矮树篱中心,远离鸟类的主流社会。尽管红腹灰雀是世界上分布最广的鸣禽之一,但众所周知,英国的红腹灰雀从来没有真正离开过周围的环境。爸爸也是如此。

我父亲从未有过护照,也从未出过国,直到现在七十五岁了,还住在离出生地不到二十英里的地方。事实上,说他从未出过国并不完全正确:1983年,他持一本临时护照去了荷兰一天。我忘了为什么,妈妈可能是用枪强迫他去的。回国入关后,他把这本临时护照交还给了出入境管理人员,把这位管理人员都弄糊涂了,他说:"留着吧,我再也不需要了!"他说到做到。之后他再也没有离开周围的环境,但他非常满足。他是他所熟悉的环境的专家,与环境和谐相处并且比任何人都更了解它。

我曾经问过爸爸为什么他从来不出国。"你怎么可能**不想**去看看世界呢?"我说。他说:"谢了,我周围的世界已经足够大了。还有,如果我出国,我就不能带上我的狗了。"父亲做决定时首先考虑的是他的狗和羊是否过得舒服惬意。这曾让我很困惑。但我现在开始意识到,也许他说得有道理。

为什么会有这种在全球各地不停奔波的冲动?比如一些疯狂的旅行者在地图册上不断地勾选要去的地方。我的问题是:在生活中我们站着**不动**,会失去什么吗?如果生活像一条乡间小路,那么沿着它走下去就是了。一边走一边欣赏美景,而不是猛踩踏板,又或一路狂奔下去。这样只会错过路边矮树篱上所有的美好的生活景观。人们外出旅游,目的是为所走过的广阔天地而感到骄傲。其实他们并没有给自己时间去观赏、去了解周围的一切。为什么社会对那些喜欢待在家里的人嗤之以鼻呢?

妈妈去世后的几个月里,我在家待了很长时间。我在熟悉的环境中感到非常舒服。大约从二月份起,一对红腹灰雀成了我的常客之一。我的花园里有一棵小樱桃树,还有一两棵蔷薇树。这两只勤劳的小鸟会尽情享用盛开的花蕾。众所周知,红腹灰雀是喧嚣的花蕾食客,长期以来一直被视为园丁和果园主人的敌人。早期介绍鸟类的书籍形容红腹灰雀常常"招惹是非"。1861年出版的一本鸟类指南这样描述它:"……红腹灰雀对花蕾造成破坏严重。"这本书接着解释了"用教区资金"为保护红腹灰雀提供各种赔偿金。

奥尔夫(olph)是红腹灰雀的旧称。它还被称为花蕾鸟(原因很明显),或者"血红奥尔夫",因其血红色的胸脯,我更喜欢最后这个名字。我完全不知道"奥尔夫"这个词的出处。听起来像你手上拿着热咖啡撞到陌生人时发出的声音。我有一个大胆的推测,那就是"奥尔夫"是古代对精灵的称呼。血红精灵听卜夫不错。

我完全被这些红腹灰雀迷住了,我和别人基本只聊这个。我成立了一家有限责任公司(我计划在未来某个时候成为自己命运的主人,这是计划的一部分),公司名为红腹灰雀传媒公司。只要出门散步,我都会偷偷接近那些红腹灰雀,专心倾听它们从矮树篱深处发出的温柔叫声。我试图拍摄它们,但徒劳无功,我只能得意于拥有大约五十张这样的照片——可以在远处看见一团团模糊的带些灰的桃红色。因为这些照片，我身边的人总是会把我与红腹灰雀联系在一起。如果玛丽看到任何与红腹灰雀有关的东西(明信片、绘画、钥匙圈、书)，她会马上买给我。我还是不太明白为什么我会这么喜爱这些快乐、敦实的小鸟。也许是因为它们很美好：务实、忙碌、细致。或是因为它们在浓密的矮树篱中让人无法触及？这确实是个挑战。

红腹灰雀另一个性格特点是，雄性和雌性总是成双成对。每当你看到一只红腹灰雀，你肯定会在远处看到它的伴侣。我的父母也是如此。小时候，我从未看到他们真正分开超过一个星期。他们形影不离、彼此倾心。没有人能明白我母亲这样一位美丽聪慧、游历广泛的读书人为什么会看中我父亲。他老派、固执己见、见识狭窄，也不读书(到现在也不读书)。甚至连爸爸的父亲也无法明白妈妈为什么会对爸爸一见倾心。况且他也不是一个好丈夫，年轻时肯定也不是。事实上，如果1970年代有一个最冥顽不化丈夫的排名，我想他可以得第二名，屈居安迪·卡普(Andy Capp)[1]之后。我记得我童年时，他大部分时间都尽量远离我们这些小孩子，却经常在各种乡村酒吧里游荡，或者和朋友们一起参加体育活动。

他并不是故意表现得不友善，只是心不在焉。他只活在自

---

[1] 由英国漫画家雷·斯迈斯(Reg Smythe)创作的漫画《安迪·卡普》的男主人公，游手好闲，靠妻子养活。该漫画从1957年开始在《每日镜报》连载。

己的世界里。只有逮住我们兄弟姐妹在他的更衣室或起居室的书桌里搜来翻去,或者未经允许就拿了他的东西,他才会真正发火。"你是个该死的'共产'党人!"如果他发现哥哥或我穿了他的袜子,他会大喊大叫:"自己去买你该死的袜子嘛。"

不给孩子压力,不要求他们事事成功,不强求我们按照他的意愿行事,对我们这些做子女的而言是一种极大的解脱。他所做的完全相反:爸爸的生活和财产基本独立于别人。那些都是**他的**玩具,而我们可以玩自己的玩具。他现实生活中的农场是这样,他从1950年代小时候保留至今的玩具农场也是这样,在我童年时代,它曾让我着迷。它被藏在一个很深的柜子里,远离窥探的眼睛。偶尔他会让我玩一下,但这是一种非常罕见的待遇,而且当然是在严格的监管下。即使在今天,如果我问他一个农场经营的问题,例如,今年羊羔的价格,他会防卫性地交叉双臂说:"那不关你的事!"

"但是爸爸,别这样大喊大叫。你肯定希望我们当中的一个有朝一日接手经营农场吧?难道我们不应该知道这些事情吗?我四十岁了!"

"长鼻子想吃面包吗?"

如果他不在家里四处转悠,查看孩子们是否偷走他的玩具,或者在农场的某处走动,他就会待在这家名为"跨栏高手纹章"(The Hurdler's Arms)的乡村小酒吧里。这个酒吧更像一个有壁炉的古老客厅,而不是酒吧。父亲在这个酒吧可以待很长时间。因为酒吧老板杰克在那里安装了一架秋千。孩子们玩秋千,爸爸则可以尽情享受酒吧的乐趣。十八世纪伟大的激进议员威廉·科贝特(William Cobbett)在他的书《乡村骑行》(*Rural Rides*)中称"(这酒吧)还不如我的鸡窝"。可对父亲来说,这酒吧已经足够好了。如果杰克不让孩子们进去,就更好了。

我清楚地记得1993年那令人难过的一天,跨栏高手纹章酒吧关门了。父亲连续数周精神恍惚。其他少数几个酒吧常客也是如此。他们就像丢了魂、散了架。几周后,我见到了妈妈,希望她对这一状况感到高兴。但她似乎对此感到异常不安。"可是,妈妈,你一定很高兴村里的酒吧关门吧?爸爸现在不得不待在家里了。"我说。她严肃地看着我:"不见得。至少当酒吧开着的时候,我好歹知道他在哪儿。"

然而,尽管生活中有磕磕绊绊,尽管爸爸持家能力拙劣,他俩之间还是有着深厚的感情。他们是一个整体,彼此不可或缺。虽然有时争吵激烈,但爱得也热烈。

我对父亲有着深深的童年回忆。从情感上来说,我肯定谈不上与他特别亲密。我不记得和他握过手,绝对不曾拥抱过他。也没有过美国电影中的那种父子之间意味深长的对话。简单地说,他没有那样的家庭背景。他从不干扰我的成长。他在家是一个令人安心的存在。拖着脚步关上刚刚打开的灯(你需要它吗?),拔下电器的插头(火灾危险),阻止母亲在冬天打开中央供暖系统(再穿上一件针织套衫!)。

日常家庭生活中,他认为奢华的最高程度就是有冷热自来水。正如妈妈过去常说的那样:"你父亲的问题是他浑身带刺,还被绳索捆着。"我似乎记得她不止一次对爸爸大嚷:"这不是该死的五十年代,彼得。人们不打算再住在狗窝里了!"

但如果有麻烦,他总会在那里收拾残局。当我们在学校遇到麻烦时,他从不评判我们的对错。当我们糟糕的成绩单定期送到他面前时,他也从不斥责我们(他自己也讨厌学校。所以当遇到难缠的老师,他肯定是站在我们一边)。事实上,唯一会让他恼火的是我们妨碍了他的生活。例如,当我在远离学校的废弃的铁路隧道里喝高浓度苹果酒(用假身份证买的)和吸烟而被停学时,他一点也不在乎。我想他甚至有点骄傲。

"你知道学校的舍监最后对我说什么吗?"

"不知道,爸爸。我无法想象。"

"让我出去。"

"你知道我最后对他说的话是什么吗?"

"不知道,爸爸。"

"滚开。"

就这样,父亲对我的小过失没有丝毫不安。但让他恼火的是,他不得不抽出时间来接我,开车送我回家。"我让你待在那里是付了钱的!"他咆哮道。然后在开车回家的路上,告诉我这是一所多么糟糕的学校。他打算如何写信给校长,要求退还一周的学费,因为我没去上学。

他还对继续教育持悲观看法。当我宣布我要在大学学习历史（而不是成为一名农夫）时，他说："你要做什么？一个该死的图书管理员？"我理解父亲的意思，他是一个非常实际的人。而我非常不切实际。如果你打算在大学里浪费四年的时间，为什么不学习一些有用的东西呢？虽然我不一定同意这种观点，但我完全能理解他。

像红腹灰雀一样，直到妈妈去世后的一年左右，我父亲一直生活在忙碌中。他从来没有在一个地方停下来过。我一直羡慕他身上的那种特质。他在生活中忙碌着，没有停顿，也没有内心的思考。在爸爸的世界里，总是有事情要做。他工作异常努力，除了经营200英亩的农场外，他还是一位成功的拍卖商和地产商。最后，到了晚上，在他吻别了他的羊、检查了马匹、关好了鸡舍、熄掉了北汉普郡的每盏灯、拔下了所有电源之后，他会瘫在椅子上。狗趴在他的脚边。有时我们的非洲灰鹦鹉会趴在他的肚子上。就这样睡着了。他完全活在当下。

事实上，当妈妈生病住院时，这种现实的日常生活方式对我们和妈妈都很有帮助。你再不会找到一只更忠诚、更支持你的红腹灰雀了。每天，他都会拖着脚步来到4C病房，捧着报纸和《农夫周刊》(*Farmers Weeklies*)，穿着破旧的、霉迹斑斑的粗花呢大衣，坐在妈妈的床边，为接下来费时费力的工作安顿好自己。我恐怕可怜的护士们闻到味道就知道他来了。如果妈妈不在家里帮他收拾，洗澡就不存在了（只有脏兮兮的人才要洗澡）。

有时衬衫可以穿一周。(为什么要浪费洗衣粉?)理查德会在朋友们见到爸爸之前警告他们:"我担心爸爸身上有点味道。"

那时,他坚信生活会很快恢复正常。他只须等它过去。咬紧牙关、坚持到底,就会度过这场癌症灾难。再过几个月,他亲爱的妻子就会回到家里,她又可以精力充沛地做晚餐吃的农家馅饼,屋子里又会响起笑声,他还会因在酒吧待得太久而挨一顿臭骂。这一切都会慢慢回来。他相信一切都会回来。直到那个十二月的一个晚上,圣诞节前夕,妈妈再也回不来了。这个冷酷的现实给了他当头一棒。那天之后,他的忙碌和生活都消失了。他变得很难相处。

当你失去你爱的人后,你很容易回忆往事,并创造出一个不同的故事。当你可以重新塑造一个温馨的童话般的过往,谁还需要冷酷的现实呢?我当然会选择一个乐观的办法。我们都一样,尤其是我的父亲。在妈妈去世后,我们常常和他开开玩笑,因为他不断提到他缔造了这段近四十四年的完美婚姻。他的孩子们却不这样认为。如果他与我们有分歧,他就会拿出他的老一套,尽管非常陈词滥调:"你妈妈会非常不高兴的!"

"等一下,爸爸,你的意思是,如果你星期三晚上不去温彻斯特大街的拉面道拉面馆参加里基叔叔的生日宴,而是想待在家里看英国黄金频道《只有傻瓜和马》(*Only Fools and Horses*)的重播,她会很不高兴。你确定不是**你**自己不高兴吗?"

他把自己重塑成这样一个理想的丈夫:当妈妈活着的时候,

他专注于妈妈的日常幸福。这是一段极幸福的婚姻,他很少犯错误。他根本不记得有什么争吵,也很少说脏话。"你妈妈和我从来没有真正的争吵。"他一本正经地告诉我们。

"所以你从来没有被锁在外面,爸爸?我六岁那年半夜把你从储藏室的窗户放进来,是我在做梦?

"当妈妈想离开你时,我们不得不把车钥匙藏在我的床垫下。在跨栏高手纹章酒吧打牌的那个晚上,我们是不是帮你把车钥匙藏起来了?

"事实上,跨栏高手纹章酒吧显然是一个托词。克莱顿·庞廷(Clayton Ponting)从来没有因为你没有回家吃晚餐,就再给你一杯速兑的威士忌祝你平安吧?"

我开始对爸爸这种美化从前生活的说辞感到有一点厌倦。有一次,当我提到玛丽要出国工作一周时,他看着我,好像我在宣布她与一位西班牙萨尔萨舞老师私通。"去国外?去国外?谁来照顾你?你妈妈和我**从来没有**分开过一个晚上,(近)四十四年都没有分开过!一个晚上都没有。"

"爸爸,1988 年她和表亲詹姆斯去南非度假是怎么一回事?"

"哦,好吧,好吧。那只有一个星期。"

"1984 年,妈妈带我们去滑雪,而你却因为不喜欢法国人而拒绝同去,那又是怎么一回事儿?"

"是的,那只有五天,你们的房间被盗了,所以我对法国人的看法是正确的。"

"那安德鲁斯叔叔在美国的婚礼呢?"

就这样,我们连续几个月以这种方式你来我往。这种一来一回的对话并不是一种责骂。我们一笑了之。妈妈也会这样。有趣的是,父亲对过去的些许矫饰,让我们记住了他是多么爱她,多么想念她。当我提到他们的婚姻时,我一直在写"'近'四十四年"的原因是,我们亲爱的父亲告诉我们,母亲墓碑上的铭文根本没有足够的空间写上关于我们"挚爱的母亲和祖母"的信息。他只能用一些简短而有意义的文字来代替。因此,墓碑上的铭文只能这样写道:玛格丽特·科贝特,和彼得·科贝特相守了近四十四年的爱妻。

尽管他对生活抱着这种"必须做到"的态度,他外表看起来有些好胜,但我心里知道我的父亲是一个很温柔的人。你只要看看他和他的狗就知道了。爸爸完全无法与他的孩子们进行成人之间的对话,但他可以对狗讲上几个小时。我的姐夫埃德说:"所有的爱都要有出口。"

爸爸的狗都有正式的名字,以及没有人时他会叫的名字。比如他的狗,艾莱,爸爸叫它巴兹·沃兹(混合蜂鸣器)。艾莱之后是卢萨,也叫小巴兹·沃兹(小蜂鸣器)或小巴兹。小巴兹生的幼犬,名字叫乌珀。在他的带抽屉的墙边桌上只有两张照片,一张是我妈妈的,另一张是他第一条狗的照片,一条叫福兹的小柯利犬。过去了快七十年,他还经常提起福兹。他是一个天生喜欢拥抱的男人。但他并不希望与人拥抱。

在妈妈葬礼之前,有一段相当难过的日子。他看起来很难过、很孤独。就像生活超市里一个迷路的蹒跚学步的孩子。我和哥哥、姐姐讨论我们应该怎么做。(a)是否应该去拥抱他?(b)如果应该,我们谁去?最后是姐姐给了他一个大大的、充满活力的拥抱。当凯蒂抱住他时,他一动不动地站着,双手抱臂,茫然地盯着前方。理查德和我蹑手蹑脚地走上前,各自轻轻按了按他的肩膀,然后匆匆退下了。大家都有些不知所措。妈妈的死就像爸爸忙碌生活中的一场意外车祸。他没有料到它的到来,也没有系安全带。他无法理解他生命中竟然有一场这么大的悲剧。

因此,在母亲去世后的几个月里,他没有任何情绪的宣泄口。他无所适从。他不知所措。他和我母亲都是在提倡隐忍的学校里长大的。这是多么糟糕的教育啊。

但是当时,我根本无法忍受他的悲恸。我不能接受它的形式。他重重地倚靠在我们身上。当时我感觉太沉重了。虽然我现在明白,当时的他已不是他自己了。这是可以理解的。可我当时很难做到现在这样宽容。他那时已经缺乏辨别能力了。除了自己的不幸,什么也看不见。设定好路线前往最近的黑洞,世界现在就可以关门打烊了。这场悲剧是爸爸的悲剧,是爸爸独自一人的。坦率地说,我们的童年生活中没有他的存在("彼得,请偶尔和他们说说话,而不只是发号施令")。我觉得他好像在兑现他无权享有的情感支票。

我抓住每一个机会逃离这一切,坐在那里对着世界生闷气,静静地酝酿着。当我从爸爸那里退缩回去时,爸爸也从之前的自信退缩了回去。虽然我很享受小时候爸爸对我不闻不问,他从不操心我们的学业,对不良行为和考试成绩完全不在意。可在母亲去世时,我却感到非常愤怒。当谈到爸爸和我们的童年时,凯蒂、理查德和我都会说同样的话:"我们是自己长大的。"

母亲去世后,父亲越来越退缩到他那矮树篱里,像是一只孤独的红腹灰雀。他变得越来越好斗。他会打电话,白天或晚上都会打给孩子们。有时,我会从桌子上抬起头,看到我的手机上有十五个未接来电,还有至少五条语音留言。爸爸的留言一条比一条火气大。他要求我接电话。当我终于鼓起勇气给他回电话时,他会嚷道:"**你到底在什么鬼地方?**"

"爸爸,我昨晚和你通过话的,现在是上午十一点。很明显啊,我一直在家。"

"那你为什么不接电话?"

"因为我在忙,爸爸。我现在给你回电话了。你有什么事吗?"

"我在找你姐姐。她没有接电话。"

"爸爸,她在车里,从苏格兰开车过来给你做今天的晚饭。"

"好吧,她最好不要再给我做那该死的千层面。你妈妈知道我讨厌千层面。"

就这样，这些多少有点让人恼火的交流会继续下去。如果妈妈生病已经够糟的话，那么在她去世后的几个月里情况变得更糟。我们手上还有一个病人。而且，这个人脾气很坏。

一天晚上，爸爸邀请了他的一些老朋友来吃晚饭。我想这可能是在过生日。孩子们被召回来了。我们三人一起准备这次聚会。理查德买了一些好酒。凯蒂特意从爱丁堡驱车500英里赶来。那天晚上凯蒂是一位训练有素的厨师，为爸爸和他的朋友们做烤羊肉。这顿饭做得很不容易。为了省钱，爸爸把我们用来做菜的旧燃油炉的火调小了。但他没有告诉妹妹。大约半个小时后，我们才意识到爸爸做了什么。但那时，烤肉已经在烤箱里了，只能调大燃油炉的火候等着。不用说，这烤肉需要更长的时间。爸爸变得越来越不耐烦，坐在扶手椅上冲我们大叫："我们能在圣诞节前吃到吗？"每当他的酒杯里的酒快喝完时，他就会对我或理查德说："这是一个很'干'的观点！"

终于，烤羊肉出炉了。它看起来很美味。像餐厅做得那样外观好看、酥脆，里面肉色粉红恰到好处。但爸爸不满意："这块羊肉是血淋淋的，是生的！"他吼叫着。"你妈妈绝对不会给我做生羊肉吃。"

理查德、凯蒂和我经常会聊到我们一直想让爸爸开心，但一直做不到。"关于我们的父亲，你必须记住的是，"我告诉他们，"……他是一个土豆。你不能一次又一次地咬同一个土豆，并期望它尝起来像草莓。我们必须承认，他永远是一个土豆，一个我们喜爱的土豆,不管怎样,他永远都是土豆,他永远不会是我们希望的草莓。"

我需要为爸爸辩护,他内心深处是一个非常善良的人,慷慨大方,秉公办事,一丝不苟,心里隐藏着一种极其压抑的拥抱基因。他有一种老式的体面。比方说,如果有人遇到困难,拖欠了他一间农舍的租金,那么他会默默地放弃这笔钱,继续租给他。他的一个房客在十五年来只付了一年的租金。爸爸按他的方式收费。

妈妈去世时几乎是他情绪最低落的时刻。他根本不知道如何应对。他是自己那种老式教养的产物,在我的书中,理解一切就是原谅一切。妈妈过去常对我们说:"你永远改变不了他的。""我知道,因为我已经花了四十年的时间去尝试了。"我已经学到了这个教训。那就是你永远也改变不了别人,真的不能。但我想你可以试着去理解他们,不为别的,为了让自己变得更通情达理。

有趣的是,尽管我爸爸在妈妈去世后完全无法适应,他在大自然中却能找到乐趣。这乐趣对我来说是鸟儿,对我父亲来说是他的羊和狗。我父亲穿着破旧的蓝色锅炉工装,拿着棍子,戴着老式帽子,头发油腻,在自己的羊圈里走来走去,他非常满足。在妈妈去世后的几个月里,我知道那些到处都是羊的南方小牧场,还有身边的狗,是我父亲最大的慰藉。妈妈的狗小墨也一样,妈妈走了之后,小墨就开始哀悼。它充满热情地承担起照顾爸爸的责任。它"收养"了他,并粘着他。小墨和爸爸一起悼念妈妈。或者,用西格夫里·萨松(Siegfried Sassoon)的话说:

> 这个孤零零地与石头和天空在一起的人是谁?
> 是我的老狗和我
> 只有它;只有我;
> 独自与石头、草和树在一起。
>
> 我们在一起分享最多的是什么?
> 气味和对天气的认识。
> 什么让我们比尘土更重要?
> 我对它的信任;它对我的信任。

我相信,在一段时间里,这些羊和他的狗是唯一真正理解爸爸痛苦的动物。

每当我看到父亲在羊群中,我就会想起玛丽和我婚礼上的一幕。玛丽的叔叔是一位雕塑家,结束了与我父亲似乎很久的对话后,他来到了我们身边。我很惊讶,也非常在意。"噢,主啊。"我想,我的父亲,一个不会从街头认出罗丹作品的红鼻头农夫到底和这位艺术精英阶层的大都会市民聊了什么。

"你好,安东尼,"我惶恐不安地说,"我父亲怎么样?"

"太棒了!"他回答道,"他是个令人着迷的人。"

"真的吗？嗯。到底是什么让你着迷？"

"他和他的羊有着如此**深厚的**感情。"

我不知道我还能有什么其他感觉。爸爸可以和这位博学而有天赋的雕塑家谈论他的羊,长达二十分钟,却没有停下来问他一个有关他自己生活的问题。让我甚感欣慰的是,这位博学且有天赋的雕塑家显然一点也不介意。我后来告诉了玛丽,她说:

"好吧,这会给安东尼带来变化。通常他是那个掌握话语权的人。"

玛丽总是看到我父亲最好的一面,而我却做不到。她能看透在他好斗和大吼大叫的外表之下,内里是个性情温和、非常脆弱、要搂抱着他的狗和羊才能感到安全的男人。事实上,这样的反差有时会让我气急败坏。

"我简直不敢相信爸爸刚才对我说话的方式,"我刚放下电话,就冲玛丽吼了起来,"他一直在冲我大喊大叫。"

"那么,你为什么不试着不要对他或我大喊大叫呢?"她回应道,"我听到了整个谈话,你对他就像他对你一样粗鲁。"

"是的,但是……"

在我还没变得更加生气之前,我想了一想,玛丽也把我看透了。她从我身上看到了我不敢承认的东西:我是我父亲的儿子。

初春的一个早晨,一只苍头燕雀改变了我焦虑的心情。那段时间正是爸爸最需要我们的时候,我却像是一个随时要炸的火球,不能控制自己的情绪。

我躺在床上，听到楼下窗玻璃上持续的敲击声。不停地敲着。我穿好衣服，走下楼，朝有声音的房间里望去。什么也没看见。这是一个谜。我走进厨房，泡了一杯茶。敲击声又响了起来。声音很轻。我冲回房间。还是什么都没有。日子一天天过去。这种持续的神秘的轻轻的敲击声仍在继续，可我还是找不到答案。玛丽开始对此不胜其烦。说实话，这简直要把我们逼疯了。

最终，我决定伏击这个神秘的轻轻敲击的家伙。一天清晨，我躲在椅子后面等着。就这么等着。感觉等了三天（实际差不多十五分钟），一只美丽的雄性苍头燕雀出现在窗前，它春天的羽毛绚丽夺目，钢灰色的冠和紫铜色的胸脯在晨光中发着微光，黑眼睛熠熠生辉。当我惊讶地盯着它看时，它突然开始兴致勃勃地敲击我的窗玻璃。一阵轻啄之后飞走了，很快飞回来。一次又一次地把自己身体撞向窗户。这个现象非同寻常。仔细观察后我发现，这只苍头燕雀正极力与自己的倒影做斗争。它每天都会飞来，看到反射在我家窗玻璃上这个邪恶的入侵者，然后发起一系列让它筋疲力尽的攻击。目睹这徒劳无功的一切很让人难过。我为这只与自己倒影过不去的笨鸟感到非常抱歉。本来可以用这种精力来寻找伴侣和筑巢，做一些有意义的事情。当它忙于与自己的倒影抗争时，毫无疑问，另一只苍头燕雀正在窃取它的领地，并与它的伴侣私奔。有时，野生动物能提醒我们生活中出了什么令人痛苦的问题。

这是一个惊人的发现。你一生中的大部分时间都在尽最大努力不要变成你父亲那样的人。可是我们最终会明白,他就是你的真实写照。我就是那只苍头燕雀。与窗玻璃中我父亲的倒影苦苦抗争。我花了半生的时间来解决这个问题。

苍头燕雀是最早把我们从冬眠中唤醒的鸟类之一。它们的啼鸣并没有太吸引人。有些人把它形容为刺耳的声音,但它的声音令人振奋,而且是夏日自然界中的声响的主要部分,它在初春初试啼鸣,便给灵魂注入了一股没有污染的乐观情绪。二月,当我听到一只苍头燕雀欢快的歌声,并感受到它带来的乐观情绪时,我有一种从未有过的感觉。这一切都是在不知不觉中发生的。这就是大自然的美妙之处,尤其是鸟鸣的美妙之处。你不必做出任何努力来改变你的心情。因为大自然会为你办到。

尽管有时看起来似乎完全相反:在我们匆忙而紧张的生活中,我们没有时间注意到陨石撞击地球,更不用说一朵早开的报春花或鸟儿的歌声了,但作为一个物种,我们仍然深深地与大自然融合在一起。无论我们喜欢与否,它都根深蒂固地印在我们心中。再小的改变都会日复一日影响我们对周围环境做出反应,而我们多半都不会注意到这一点。

记得我二十多岁时第一次搬到伦敦,在市中心工作。住处紧挨着四通八达的布丁巷(Pudding Lane)。那是三月下旬的一天,又冷又凄凉,毛毛细雨打在心上。汽车和卡车在泰晤士河下游的街道上喷出浓烟,轰鸣而过。形单影只的我穿着新西装、打着领带，看起来有点失魂落魄。当时，我觉得这个城市太大，大得让人恐惧。但后来我闻到了一丝春天的气息。我不知道它从哪里来，也不知道它是如何钻进我的鼻孔。我现在甚至无法向你解释这个气味是什么。其实就是春天的味道。在内心深处某个地方有个按钮打开了，我的观点也改变了。在二月份听到一只苍头燕雀的歌声就是这感觉。

在这里到处都可以看到苍头燕雀：最初这种鸟只在树林中。但现在城市公园、郊区花园、开阔农田，哪怕是最荒凉的但只要有草丛覆盖的地区，都能看到它的身影。据估计英国有 600 万对要筑巢的苍头燕雀。在看不到或听不到它啼鸣的情况下，如能听到持续不断的"喂喂，喂喂"声，就知道一只苍头燕雀在你附近。事实上，"喂喂，喂喂"是它发出的警报。农村的老人把这种叫声当作即将下雨的信号。因此许多人也称苍头燕雀为"湿鸟"。

如果你够幸运，可能会碰见一个苍头燕雀的巢。如果能在树或矮树篱的分叉上发现就更好了。在所有的鸟类中，我认为苍头燕雀的巢可能是最完美的（欧歌鸫的紧随其后）。堪称是一款由诺曼·福斯特（Norman Foster）[1]设计的工艺精湛的作品。这个巢是完美的圆形，像一个干净的杯子，由苔藓、草、羊毛和羽

---

[1] 英国建筑师，被誉为"高技派"的代表人物，第 21 届普利兹克奖得主，他强调人类与自然的共同存在。

毛组成。外面用地衣装饰，由蜘蛛网粘在一起。要不是我知道这是一只苍头燕雀的劳作，我会以为是仙女的杰作。

另一种美丽的小雀鸟是欧金翅雀。它总让我想起温暖的六月。它在花园里懒洋洋地晒太阳。它的外形与红腹灰雀和苍头燕雀相似，但身穿金绿色罩衣，翼尖为金色。当我第一次开始寻找它们时，我常常感到困惑，因为我确信我看到的是一只完全金色的鸟。但它不是金子做的，它是自然界最精致的金绿色身影。

夏季是你在花园里倾听欧金翅雀歌声的最佳时间：你会听到远处一棵树上发出持续的慵懒的颤鸣声，随后是最神奇的一串轻柔、明晰的音。这真是一种疗愈。当你洗耳恭听欧金翅雀的甜美旋律时，你会完全忘却愤怒或紧张。

从那时起，我学会了通过观赏大自然野生动物的声音和形状，通过观察大自然，来不再为我内心的愤怒感到羞愧。尤其是那只撞击窗户的苍头燕雀，它成了我与生俱来的一部分。我不再与它斗争或试图打败它。我学到了一个诀窍，那就是接受它：把情绪转向更积极的方向。当然，说来容易做来难。我依然经常失败。我依然会迁怒于没有生命的物体，对糟糕的司机大喊大叫，和我自己的倒影做漫长而徒劳的斗争。但我已经懂得，为父亲和他的习惯生气根本没有意义，因为我不能改变他。我现在已能心平气和地接受这个事实。我把重心放在他的优点上，随后惊讶地发现他有很多优点。

几年后，几经起伏，他又变回了原来的自己。我们很享受彼此的陪伴。他又一次成为一只忙碌的红腹灰雀。大约过了十二个月,他才开始出现精神康复的小苗头:给孩子们打电话的次数开始减少,他的愤怒也开始减少,他重拾信心。他独自去赛车,慢慢又重拾以前的爱好和消遣。他甚至可以在酒吧里与一位朋友聊很长时间,而不提起妈妈或他自己的不幸。

后来,在一个阳光明媚、改变人生的日子里,他找到了他的苏西。我们的生活又一次发生了永久的变化。苏西是爸爸一生中的第二个爱人,也是世界上第二个有耐心忍受他的女人。我们叫她圣苏西,就像爸爸经常老生常谈地对孩子们说的那样:"我有了苏西,你们很幸运!"我们知道,他是对的。

我的孩子们很崇拜他们的祖父(他为走失的狗或敞开的大门大喊大叫时除外)。他们期待参观他的农场,我们现在每到周末都会去。我希望他们与他的羊形成深厚的感情。小墨现在是一只老狗了,但仍然对我父亲忠心耿耿。他们对彼此而言是与我母亲之间的活纽带。

我和父亲的关系仍然不稳定。没有人是完美的。如果我们不偶尔爆发一次争吵,我反而会担心。你去问玛丽,她肯定会告诉你我仍在学习。当我不能控制自己时,她会说:"去散散步,冷静下来。"

"好主意,亲爱的。我去小巷里搜寻那些红腹灰雀。"

我父亲有他的羊和狗。我有鸟。异曲同工。

红腹灰雀

♣ **它的外形**：一只敦实的小雀鸟，长着一个"牛头"，头顶黑色的冠，有粗短的小喙、灰色的背部，最有特色的是它血红的胸脯。它们还有一个亮白色的屁股，飞行时很容易辨认出来。红腹灰雀成双成对地到处飞。如果你看到一只雄性红腹灰雀，很快也会发现雌性红腹灰雀，它没有雄鸟那么光彩照人，就像少了光泽、褪了色似的。

♠ **它的声音**：从矮树篱深处发出的一种柔和的笛声。

♥ **它的住所**：红腹灰雀是一种非常神秘的动物，喜欢在茂密的灌木丛中躲藏和筑巢。这就是为什么你常常只闻其声不见其身。观看红腹灰雀的最佳时间是在初春，那时它们正在享用乔木和灌木的花蕾。

◆ **它的食物**：非常偏爱早春的乔木和灌木的花蕾，这就是为什么它们曾被称为花蕾鸟，它们因破坏果园而受到果农的诅咒。它们也吃种子，在筑巢期间，捕捉昆虫来喂养幼鸟。

★ **看见它的概率**：它很害羞。如果你走在靠近乡村茂密灌木丛的林地里，你大约有20%的概率能看到一只。你更有可能听到它的声音。花蕾长出来的时候要当心红腹灰雀。

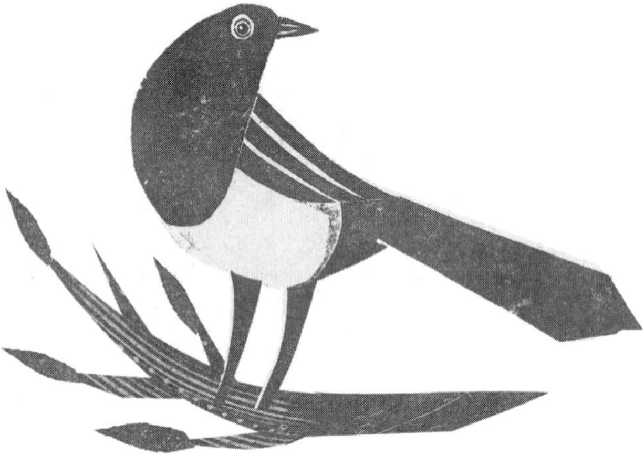

6

喜 鹊

> 七只代表一个从未说出口的秘密。
>
> ——古老的英语童谣

> 在它们的巢窠上沉思的嘈嘈群鸦
> 下瞰陆地上斑斑的冰雪半已融化,
> 从榆树梢看见草地花儿般细弱的、
> 我们在下面看不见的冬天快过了。
>
> ——爱德华·托马斯[1]

两个星期以来,我一直欣喜若狂地看着两只小椋鸦在我客厅的窗户前忙碌着搭建看上去乱糟糟的窝巢。无论是二月的狂风、肆虐的暴雨,还是压垮报春花的晚霜,都没能让这些椋鸦停止工作。它们用身边的塑料碎片、旧地毯,甚至是破旧的盒式磁

---

[1] 出自爱德华·托马斯的《解冻》。该段译文参考了《英美抒情诗新译》,傅正明编译,台湾商务印书馆,2012年。

带搭起了不那么整洁的窝巢。在新冠居家期间,这个鸟巢工程是我最大的安慰。它让我们保持乐观,也让我们每天都受到鼓舞。槲鸫在暴风雨中啼鸣,让我们看到了在逆境中坚持不懈的意义。我指给两个孩子看一个高高挂在梧桐树枝杈上的窝巢。让我甚为惊讶和欣慰的是,他俩被家门口的大自然奇迹迷住了。我们常常用双筒望远镜从远处观察它们,以免暴露它们窝巢的位置。

然后喜鹊来了。

三月下旬的一个早晨,一阵反季节的大风之后,我出去查看我的槲鸫是否熬过了这一夜。这时,巢已筑好。槲鸫夫人肯定正在孵蛋。我一般很容易知道一切是否安好,因为槲鸫先生通常在早上五点左右在附近的一棵山楸树顶上大声啼鸣。但今天早上它很安静。事实上,有些太安静了。我有一种不好的感觉。

然后我听到喜鹊发出刺耳的咔嗒声。我抬头,惊愕地发现两个黑白相间的坏蛋轮流俯冲进梧桐树,仿佛有雷达引导着它们朝着不堪一击的鸟巢飞去。那天早上,雄性槲鸫勇敢地击退了它们,并发出愤怒的呐喊。每当喜鹊靠近,它就奋力将它们赶走,但它终究没能抵挡住。喜鹊顽强而聪明,鸟巢一旦被发现,保住的希望就很渺茫了。

大约二十分钟后,我检查了犯罪现场。梧桐树下有大块沾有鸟蛋的鸟巢碎片。槲鸫孤零零地斜躺在树上,就像一艘搁浅的船。我能感觉到它已没有生命体征。整棵树都好像死了。我再也没有见过这两只槲鸫。但我现在在每天都看到和听到迫害它们的家伙。我承认我需要一些时间来适应。它们在我的花园里昂首阔步,就像集会上的法西斯分子。当我写下这些话的时候,我能听到窗外喜鹊要命的咔嗒咔嗒的怪叫声。这声响刺穿我的皮肤,进入我的灵魂,我因槲鸫的悲惨遭遇内心感到沉痛绝望。我忍不住在脑海中把这悲惨遭遇比作癌症。癌症多年前袭击了我的家人,夺走了我的母亲,使我们的家支离破碎。我必须不断提醒自己大自然**不会**多愁善感,生活也不会。哪里有光明,哪里就有黑暗。你不能只要一个,不要另一个。

"一只非常机警、狡猾的鸟……大胆、无耻、偷偷摸摸的无赖。"J. C. 阿特金森(J. C. Atkinson)在1861年售价一先令的《英国鸟类的蛋和巢》(*British Birds' Eggs and Nests*)中这样描述喜鹊。我现在不妨停下写作,看看我对喜鹊的描述是否比J. C. 阿特金森更好。我在以前的文章中曾对喜鹊做过这样的描述:"天生就有狡猾和掠夺的倾向……如果不是公开抢劫,至少也可以被指控犯有轻微盗窃罪。"那些维多利亚时代的鸟类爱好者没有对喜鹊笔下留情。在目睹了我心爱的槲鸫巢被彻底毁坏之后,我不禁怜悯起J. C. 阿特金森和他十九世纪的同龄人。

喜鹊的名字,字面上的意思是叽叽喳喳的(mag)黑白相间的鸟(pie)。确实如此。从古至今,无论出于理性或非理性的原因,它从来都不受欢迎。理性的原因是,就像它们的表亲寒鸦、乌鸦和松鸦一样，喜鹊会从其他鸣禽的巢中偷走鸟蛋和新生雏鸟（杀害槲鸫的凶手！）。非理性的原因是人类总有关于喜鹊的迷信和不祥的传说。

形单影只的喜鹊总是被视为一个凶兆：正如童谣告诉我们的，一只代表悲伤。我童年时有这样一段难忘的回忆。每当我们看到有人在附近闲逛，为了驱赶恶鬼（爸爸会抬一抬他那顶油腻的旧帽子），母亲恳求我们唱"早安，喜鹊先生，你妻子好吗"。如果我们不这样做，天知道我们会怎么样。不过，从好的方面来说，正如童谣还教给我们的那样，两只喜鹊代表快乐，三只代表女孩，四只代表男孩，五只代表白银，六只代表黄金，七只代表一个从未说出口的秘密。所以，简而言之，当我们飞快地赶往学校时，看到几只喜鹊停在路边，你向它脱帽致意，或者问候它的妻子，绝对不是一件坏事。

不过我仍然会把喜鹊和坏运气联系在一起。在妈妈诊断出癌症的时候，我不否认我在卧室窗外看到过一只喜鹊，并由此产生了各种非理性的想象。那段时间理性离我而去。因为在苏格兰，在窗户附近看到一只喜鹊是死亡的预兆。（我不在苏格兰，在威尔特郡。但妈妈有一半苏格兰血统，所以这很重要）在威尔士，如果你看到喜鹊，旅途就会非常倒霉。如果你是德文郡的渔民，早上看到一只喜鹊，那天就钓不到鱼。如果你不幸看到三只喜鹊，作为北安普敦的居民，那么你的房子就会着火。

"所有这些没完没了的迷信一定会让你筋疲力尽。"玛丽经常这样说。她对我不断地脱帽、唱歌和绕着圈倒着走感到恼怒（不仅仅是喜鹊让我发火）。她是对的。一个自然而然的结论是：永远不要离开房子可能会更安全。你只是偶然看到一只喜鹊，然后有人死了；你去渔船的路上发生了车祸，不过你本就钓不到鱼。除此之外，你的房子在此期间可能已经烧毁了。当然你也可以效仿老萨默塞特人的做法，他们脖子上戴着洋葱，以防遇到喜鹊可能招致的厄运。对迷信的我来说是个很好的办法。

这些非理性的迷信可不仅仅在英国有影响力。全世界的人都同样害怕而又敬重喜鹊。在不同的文化和年代里，喜鹊都是受到尊敬的。罗马人多数是喜鹊的粉丝，他们认为喜鹊是一种非常聪明和理性的动物。在美洲土著民间传说中，喜鹊被视为神圣的使者，佩戴喜鹊羽毛是无所畏惧的象征。

鸟儿深入人类的心灵，融入我们的文化。在世界历史的长河中，它们是一股强大的力量，这让我感到惊讶。无论从非理性的迷信的角度，还是因槲鸫在我花园里的遭遇而感到恐惧，我都会把喜鹊视为我的敌人。这可能对喜鹊来说不是特别公平。毕竟，喜鹊不知道自己是喜鹊。它只是在做喜鹊该做的事。

事实上，从理性的角度看，喜鹊是一种美丽的动物，有着优雅的长尾和整洁的黑白制服。它们魅力四射，顽强不屈，智力超群。在中世纪，人们经常把喜鹊当作宠物养，直到神父向他们解释喜鹊沾上了魔鬼的血，决不能相信这些背叛耶稣的恶魔。据说，喜鹊和鸫鹋在客西马尼花园将耶稣出卖给了罗马人。我不知道他做了什么得罪了这些鸟。

我会当着朋友和家人的面谴责我身边的喜鹊,但仇恨倒谈不上。它们是大自然必不可少的对手。况且我们在生活中需要一两个必要的对手。这对心灵有好处:黑色和白色,黑暗和光明。

喜鹊属于鸟中的鸦科。鸦科包括渡鸦、秃鼻乌鸦、乌鸦、寒鸦和松鸦。像喜鹊一样,这些鸟总是与死亡和悲伤联系在一起。恐怖的电影或者悲痛的葬礼都会有乌鸦在树上怪叫,或是秃鼻乌鸦高高地展翅盘旋在烟雾缭绕的墓园上空的山毛榉上。这是末日的景象。一想到这场景我就冒冷汗。可现实中,鸦科鸟是快乐的群居动物,它们散发出生命的气息,而不是死亡的气息。在一个凉爽的秋天晚上,听到寒鸦咔嗒咔嗒、恰克恰克地叫个不停,我总会停下工作,放松一下。寒鸦的羽毛呈黑紫色,在光线照射下色彩斑斓,非常漂亮。它们是一种小型的、顽皮的、像在咯咯笑的、饶舌版的乌鸦。我们经常看见它们在城镇和乡村成群结队地游荡,在房屋的角落或缝隙中筑巢。它们还会在我的烟囱里筑巢,让我很恼火。如果丹尼·德维托(Danny DeVito)[1]是一只鸟的话,他一定是一只寒鸦。

---

[1] 美国演员、导演,身材矮小,他的创作和表演总给观众带来生动欢快的气息。

寒鸦有一个外向的表亲,喜欢穿花哨的衣服,那就是松鸦。松鸦是鸦科家族中又一名个性成员。虽然松鸦没有常见的深黑色套装,它穿的是粉红色的套装、亮白色的衬衫、铁青色的翼尖,喙下留着漂亮时髦的黑色小胡子。它总是先声夺人。(它的拉丁名是 Garrulus glandarius。)如果你在林中散步,会听到刺耳的尖叫声。你会问同伴"那该死的可怕噪音是什么",这时你会看到一个又粉又蓝又白的家伙懒洋洋地飞过头顶。然而,尽管它叫声刺耳,服装花哨,松鸦其实是相当害羞的。它只在林地活动,很少外出冒险。

不过,松鸦最吸引人的特点是它们担当大自然护林员的角色。松鸦是一个敏锐而专注的掠巢猎手,它们肯定不会是我的亲密朋友。但它负责播种的林地比林业委员会还要大。它们是最早的环保主义者。整个夏天松鸦都在收集橡子,将它们埋在周围的不同地方,以便在冬天来临时再找回来。它们一次最多可以携带九颗橡子。有人估计它们一个季节可以埋下五千颗橡子。这真让人惊讶。松鸦埋这么多的橡子,还要记住每个橡子的准确位置,它们必须要有非凡的记忆力。而我甚至不记得今天早上车钥匙放在哪里了,就更不用提两个月前埋在一英里外树林里的橡子了。显然它们没有找到所有埋下的橡了,否则我们就没有橡树了。

在所有的鸦科中,最引起我兴趣的是那些秃鼻乌鸦。孩提时,我们在山上看到过两个巨大的秃鼻乌鸦窝。我童年常听到那些秃鼻乌鸦欢快的喧闹声。有人不喜欢它们的吵闹声。如果你喜欢安静,那么就不能与秃鼻乌鸦做邻居。我很认同这样一种观点:欣赏别人卧室窗外的鸟巢,比欣赏自己卧室窗外的鸟巢要舒心多了。

秃鼻乌鸦非同寻常。它们有着深黑色的光泽和灰白色的喙,生活在喧闹、嘈杂的社区,即上面提到的秃鼻乌鸦窝里。在欧洲,它们出现在城镇和乡村。农场和农田里最常见。它们和最近的表亲乌鸦的区别是,秃鼻乌鸦总是成群结队地旅行,而乌鸦往往是独自飞行。正如见多识广的老人们说的:"群居的乌鸦是秃鼻乌鸦,独居的秃鼻乌鸦肯定是乌鸦。"秃鼻乌鸦会找一棵高大茂密的山毛榉树,或是灰树、橡树、梧桐树,据为己有。它们在树冠上筑起难看的、摇摇欲坠的窝。有一些秃鼻乌鸦会霸占五六棵树,修筑两百多个巢,就像一群足球观众在你的花园里安营扎寨一样。

人们说,秃鼻乌鸦在族群里等级越高,它们在树上的窝就可以筑得越高。它们是一夫一妻制,幼鸦总是回到它们出生的窝。事实上,秃鼻乌鸦有着非常复杂的社会行为准则。博物学家虽然已对此进行了数百年的研究,还是没能深入地了解秃鼻乌鸦的行为规范。不过我觉得它们与我们的社会规则和偏见相差不会太远。

秃鼻乌鸦甚至有它们自己的法院。历史上有很多这样的故事:大批的秃鼻乌鸦把一只秃鼻乌鸦围成一圈,好像在审判它。

一旦被判罪,那只犯错的秃鼻乌鸦就会被啄死。由于没有亲身经历,我无法判断这类故事的真实性。但可以肯定的是,秃鼻乌鸦所配的集合名词的含义为议会(parliament),就源于这些所谓的秃鼻乌鸦法院。

只有喜鹊和它的鹊巢,而不是其他任何一只鸦科鸟,总会让我不由自主地想起妈妈,以及在她去世一个月后的生日那天发生的奇奇怪怪的事情。喜鹊巢以不易接近而闻名:大大的圆顶高高地栖息在树上。这些鹊巢由很多带刺的小树枝构成。建好后就像一只巨大的刺球,只留一个不设防的小洞。喜鹊可以在那里警惕地观察不受欢迎的入侵者。就在母亲生日的这一天,我发现遥不可及的喜鹊巢和她的生活方式之间有着惊人的相似之处。我第一次看到妈妈充满阳光的外表下幽暗的痛苦。

我们全家聚在一起,在儿时的家里吃了一顿晚餐来纪念妈妈的生日。那天晚上,妈妈的弟弟安德鲁和他的妻子苏也来了。我们围坐在客厅的炉火旁一起吃了晚饭。父亲躺在他的椅子上,姐姐跪坐在他脚边。玛丽和我坐在附近的沙发上,安德鲁舅舅手拿饮料紧挨着我哥哥靠在壁炉旁。

我们都很累,有点醉了,回忆着妈妈带给我们的辛福时光。我们非常想念她。你可以闻到空气中木头烧焦的味道和甜蜜的悲伤。然后有人,我想是我哥哥,提到了**盒子**。

盒子是一个不起眼的可放珠宝的那种小木盒。我看见它一直放在妈妈梳妆台上方的窗台上。它有一把(并不是那么)秘密的钥匙,藏在滑动面板的后面。当我们还是孩子的时候,妈妈给我们定的规矩是:不要打开盒子。你可以拿起它,抱着它走来走去,把它摇来晃去,甚至把钥匙从它的秘密藏身处拿出来。我和哥哥姐姐都曾多次这样做过,**但我们从未打开过盒子**。后来才知道,我们三人都以为我们当中肯定有人打开过盒子,但保守了秘密。所有这些秘密!那天晚上,我们打开了盒子。起初,我们都很担心会发生什么,所以没有人想要打开它。我想,大家一直担心妈妈会突然进门,从我们手中猛地把它抢走。最终打破僵局的是安德鲁舅舅。因为妈妈的孩子们都没有勇气打开它,所以他把盒子从我们那里拿走,打开了它。他从未听说过这个盒子,但我能感觉到他很清楚里面是什么,爸爸也很清楚。他安坐在舒适的扶手椅上看着大家,徒劳地喃喃自语:"妈妈不会让你们打开盒子的!"我们都不同意他的话。于是,盒子打开了。妈妈所有的秘密都落到了地毯上:不想被人知道的真相散落在一堆发黄的信件和明信片中。我们都知道盒子和妈妈的哥哥迈克尔有关,她很崇拜他。不过他在二十多岁时就去世了,那时我们还没有出生。妈妈从未提起过迈克尔,除了有一次说过他的死与煤气事故有关。我绝没有理由怀疑这个说法。

但是盒子告诉了我们另一个故事。

在迈克尔写给妈妈的信、明信片和可爱的纪念品中还夹杂着其他一些信。是他去世后妈妈收到的慰问信。这些信中提到了"难以置信"和"令人震惊"的"不光彩的结论"。其中还包含诸如了"这不可能是自杀"之类的话。

那天晚上,也就是妈妈生日的那个晚上,我们知道了一个真相:迈克尔去世后,验尸官公布了一个结论:不排除自杀的可能性。迈克尔去世三年后,他们的父亲倒下了,享年五十七岁,死于动脉瘤。或许是心碎所致?因为那天晚上我们还获悉,在他的钱包里发现了一封迈克尔的信,这封信显然是他在儿子死后一直随身携带的。

"安德鲁舅舅,信上说了什么?"我们紧张得发抖,异口同声地问道。

"信有好几页,说他很不开心,"他直截了当地坦率回答。

"你妈妈和我把它烧了。"

妈妈一直受到她崇拜的哥哥到底是不是自杀这件事的困扰。那个污点像一团浓重的、乌黑的、二月份冰冷的雨云一样笼罩着关于他的回忆。妈妈把它埋藏在她的木盒里。她把它锁在内心深处,再也没有提起过。可是,在她的余生中,这只充满痛苦的小木盒却赫然摆搁在她的梳妆台上,每天提醒她亲人的离世。直到今天,我都不明白这到底是为什么。

我们母亲的孩提时代在她哥哥去世的那天也逝去了。当时她十九岁。只有在极少数情况下,迈克尔才会在谈话中又被重新提起。她坚决地关上门,画上了句号。然后急匆匆地往前走去。她相信:他死于煤气泄漏,这就是故事的结局。我已故的舅舅和外公在我儿时都是鬼影般的人物,是别人经历中的一部分,而不是我自己的经历(我正在努力纠正这一点)。我常常像乌鸦似的从历史碎片中搜寻他们的讯息:这里有一个英勇的战争故事。我的外公在第二次世界大战中曾在秘密情报机构工作(还有更多秘密)。而也许那里则有一个古怪的赛车手的轶事(显然迈克尔过去是赛车手)。但我收获甚少。我从来没有进入那个喜鹊巢。直到十几岁时,我才知道外公的名字,看到他的照片。对迈克尔也是如此。

这就是妈妈想要的。他们被深深地埋在心底里再也没有出现。她对她整个孩提时代都持同样的态度,很少谈及。这突如其来的毁灭性的打击一定让她难以承忍受。好像她的生活是从1968年开始的,也就是她嫁给我父亲的那一年,她父亲去世一周后。

妈妈去世前不久,我值夜班陪伴她。我不知道是晚上还是凌晨几点,我一直在给她朗读P. G. 伍德豪斯的小说。他是妈妈也是我儿时最喜欢的作家。事实上,是妈妈把"李子"[1]引入了我的生活。这些年来,他是一根救命稻草。我去任何地方旅行都带着一本翻烂的P. G. 伍德豪斯的书。无论我离家有多远,无论酒店是多么乏味,无论我的环境是多么萧瑟,他都是一片幽默和安心的绿洲。他就像陪伴我的鸟儿。总之,"李子"是妈妈和我之间一种真正的联系。老实说,这是我们少有的一个共同爱好。妈妈给人以热情和关爱,就像炎热日子里的免费冰

---

1 即P. G. 伍德豪斯。

淇淋。但也许是因为她把别人的需求和梦想放在首位,我们很难了解她真实的想法。我们从来不知道在那闪闪发亮的绿眼睛和温暖的笑容下,究竟发生了什么。她的爱是真实的、可感知的,是毋庸置疑的。但我们真的了解我们的妈妈吗?

她在心周围筑了一个喜鹊巢。她把自己的秘密藏在内心深处,藏在一个象征性的厚厚的荆棘球后面。任何试图拆散这个巢的尝试都遭到了强烈的抵制。她把这些秘密瞒着孩子们,直到去世。

结果,我和妈妈的关系变得很复杂,很难解开。直到今天,我都觉得我一直都没能了解妈妈。妈妈仍然是个谜。这就是为什么我们对 P. G. 伍德豪斯的共同爱好对我来说非常重要。这是属于我们且只属于我们的共同爱好。我父亲(从没读过一本书!)和我的哥哥姐姐都不大读书,但我一直喜欢把自己埋在一本书里。我是一个逃避生活的艺术家,我并不羞于承认这一点。

当我诵读《万能管家伍斯特》(Wooster and Jeeves)、《布兰丁斯城堡》(Blandings Castle)和《穆利纳先生》(Mr Mulliner)的故事时,我不知道她是否能听见。但我相信佩勒姆·格伦维尔(Pelham Grenville)[1]的故事她多少能听进去一些。她一度醒来,表达也很连贯。在她病得很重、几乎不能说话的几天后,我终于可以和她进行一次还算正常的谈话,这让我感到不知所措。

---

[1] 即 P. G. 伍德豪斯,他的全名是 Pelham Grenville Wodehouse。

我握着她的手。我做了最大的努力强忍着,可我还是忍不住哭了。我本该控制好情绪,可我哭得像个孩子。我可以想到她看到我哭着走开会有多难过,但我就是忍不住。我当时的感觉是,如果她看到我哭,她会以为她就要死了。她看起来很担心,真是受不了。"请不要哭,查理。"她一遍又一遍地重复着。这是她对我说的最后几句话。

妈妈隐藏的过去被披露出来让我和哥哥姐姐震惊不已。直到那一刻我都不知道,也从没有怀疑过妈妈的生活中曾发生过如此可怕的事情。安德鲁舅舅动情地谈起了他们的孩提时代,谈起了妈妈,谈起他们已故的父亲和哥哥。在某种程度上,他就像是在谈论别人,一个与我们无关的家庭,而不是我们的母亲和亲属。就好像有人在某个时候把我和我的历史断开了,而我终于又插上了电源连上了。

所以那天晚上,我开始给我儿时的那些鬼影般的人物注入性格和故事。我想要了解这些曾经面目不清的亲人究竟是什么样的。直到今天,我依然努力在心中建立起他们的形象。像我母亲那样去了解、去爱他们。

我二十刚出头的时候,妈妈和我简短地聊过几次迈克尔。我记得有一次她非常清楚地说,自从迈克尔去世后,她没有一天不想念他。是迈克尔把对 P. G. 伍德豪斯的热爱传给了妈妈,而妈妈又将这份热爱传给了我。尽管我从未见过迈克尔舅舅,但我觉得我们紧密相连。毕竟,这是我所知道的全部了。最近,安德鲁舅舅印了数百张他们与迈克尔的儿时照片。我以前从未看过这些照片。一幅又一幅,这个快乐的、微笑的男孩成长为一个快乐的、微笑的年轻人。我从他身上看到了我弟弟、侄子和我儿子亚瑟的身影。我真希望自己能有见过他的机会。

在妈妈的哥哥和父亲的真相被披露后,我像一只愤怒的秃鼻乌鸦长时间坐在那里生闷气。她为什么从来不开口?我理解把痛苦掩埋起来的想法,但这是否意味着我和哥哥、姐姐必须切断我们与长辈的联系?我想不通。我的儿子们虽然从未见过我妈妈,但他们从小就看到过她的照片,并陶醉在祖母的故事和回忆中。我希望他们在某种程度上能够**认识**他们的祖母。例如,我的大儿子亚瑟就知道他的笑容像他的祖母。因为我每天都这样告诉他。为什么我不能以同样的方式了解我的外公和舅舅?我想我生活在一个变化更大、更加开放的时代。

妈妈所受的教育就是凡事从来不抱怨,也从不解释。悲伤和损失是自己的事,给别人增加负担是不礼貌的。因此她在心里筑起了一个厚厚的荆棘巢,然后继续负重前行。妈妈总是引用温斯顿·丘吉尔(Winston Churchill)的格言:"坚持就是胜利"和"如果你正行经地狱,继续走不要停"。现在我知道为什么了。她硬是把痛苦给屏蔽了,将一生奉献给了孩子,以及她所爱的人,让他们生活在幸福、安全和舒适的氛围之中。虽然妈妈从未谈到她的过去,但作为孩子,我们都知道无论发生了什么,**我们都不能死**。妈妈也许是把她的秘密藏在了心中的喜鹊巢里,但它是被爱掩藏起来的。

今天早上,当我写下这些话的时候,伴随着欧亚鸲的啼鸣、秃鼻乌鸦的轻啼、寒鸦的恰克恰克的叫声,还有喜鹊的嘎嘎声,那个艰难而迷茫的夜晚已经过去八年了。地上升起的一层薄雾,驱散了淡淡的阳光,给我的花园带来了一种空灵的意境。我家屋外围场里的野枫树在晨光中抖落了露水,伸展开来,就像刚从长眠中醒来。小奶牛在树下心满意足地吃草。附近还有人点燃了篝火。浓浓的烟火味弥漫在我秋天的幻梦里。

这是一年中的一个秋日,一个清晨的一分钟。此时此刻,除了这个秋日早晨的景色、声音和气味,世上别的一切我都不想要,别的任何地方都不想去。我容忍了许多秋日的早晨细雨绵绵,寒冷又阴暗,没有一堆温暖的篝火来抚慰我的身心。薄雾缭绕、充满阳光的日子从不遥远,都会回来的。

我闭上眼睛,看到了我童年里的一个秋日。新学期开始,妈妈开着天蓝色的福特"福睿斯"(它的名字叫奥斯卡)在我儿时的小路上疾驰,速度太快了。一对喜鹊被吓了一跳——毫无疑问,妈妈试图模仿妮基·瑞德(Niki Lauda)[1]——她高兴地大叫:"早上好,喜鹊先生,你妻子好吗?⋯⋯⋯祝你们开心!"

悲伤和欢乐,黑暗和光明。我不能只要一个不要另一个。必须棋逢对手。

---

[1] 奥地利传奇赛车手,曾三度夺得一级方程式世界车手冠军。

喜 鹊

♣ **它的外形**：鸦科家族中一个中等大小的鸟。它有黑色的背部和白色的腹部。喜鹊长长的尾巴让它在飞行中很容易被发现。从近处看，它的翼尖有色彩斑斓的蓝绿光泽。

♠ **它的声音**：一种刺耳的、高音量的叽喳声和嘎声。

♥ **它的住所**：在城镇和乡村都可以找到大量的喜鹊，公园或花园里也可以找到它们的身影。高地的喜鹊数量较少。它喜欢在茂密的乔木和灌木的树冠上筑起多刺的巢，经常会在繁忙的道路旁闲荡。

◆ **它的食物**：喜鹊是食腐动物。它们从死去的哺乳动物身上觅食，特别是公路上被压死的动物，它们还吃蚯蚓、水果、昆虫和被丢弃的食物。可是，喜鹊因为在春天袭击鸣禽的巢、吃鸟蛋和吃幼雏而声名狼藉。

★ **看见它的概率**：如果你在城镇或城市散步，你有95％的概率看到喜鹊。因为聪明而又杂食，它们成为适应性极强的鸟类。但在喜鹊多的地方，其他鸣禽就少了。

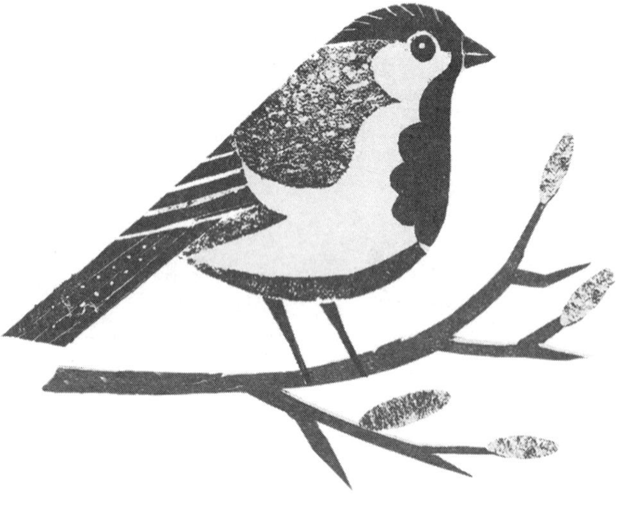

7

家麻雀

唯有联结！这是她全部的训诫。唯有联结平淡和激情，两者才能同时得到升华，人类的爱将上升到新的高度。生活将不再支离破碎。

——E. M. 福斯特，《霍华德庄园》

麻雀窝很容易找，但也不是不费吹灰之力。

——爱德华·格雷，《鸟的魅力》

我很喜欢有关鸟类的书籍。我们的前辈撰写野生动物时，他们要么将提到的鸟类描述成老朋友，要么就是宿敌。我对此感同身受。在读了一本搁置已久、卷角的书对鸟类的描述之后，我觉得有必要去深入了解它。不仅要了解鸟的外观和声音、它的住所这些基本知识，还要了解它的性格。感觉它就像是家庭的一分子。这些介绍鸟类的来自过去的文字，让我感觉很生动。

我不是在贬低现代观鸟指南的作者。只是觉得他们的描述少了一分熟稔,多了一分钻研,又有点过于严谨科学。他们把鸟作为观察、研究和记录的对象,而不是作为我们日常生活中的一部分,似乎没有什么真情实感。以小家麻雀为例,C. A. 约翰(C. A. Johns)于1854年出版的《鸟巢》(*Birds' Nests*)一书中关于麻雀的一个条目,让我想冲出去问候附近的每一只麻雀,并邀请它们进来喝一杯:

> 这种熟悉却谈不上可爱的小鸟,似乎在人类社会生活了很长时间,学会了在各种各样的住宅里有样学样。什么地方都有它。秋天第一次生火时,烟囱没有冒烟?十之八九是麻雀用草和羽毛把它填满了。出水口堵塞?罪魁祸首很可能也是麻雀。雷雨时有小树枝漫上来?不怪任何人,都怪这些**爱惹麻烦的麻雀**。

这本书常常是这种写作风格。其中有一个措辞激烈的章节讲到麻雀有霸占毛脚燕巢的习惯,结尾时称它们"既不诚实又无所事事"。然后写道,虽然麻雀对人粗鲁,对其他鸟类无礼,但因它极其爱护自己的幼鸟而使人们宽容了它的性格。如果这不会让你现在想冲出去见见这种粗鲁的麻雀,我不知道什么样的文字会。

现将这篇优雅的散文与我2004年出版的《柯林斯英国鸟类入门指南》(*Collins Complete Guide to British Birds*)麻雀条目

相比较:"这是一个我们相当熟悉的物种,因为它与人类居所有着密切的关系。我们经常看见家麻雀在洗沙浴,也会常常听到一小群家麻雀在屋顶上发出熟悉的叽叽喳喳的声音……性别不同,叫声不同。"

性别不同,叫声不同。感觉像是故意这么写好让人失去兴趣一样。讲述的都是冷冰、生硬的事实,没有真情实感。

妈妈去世后的一年里,我把鸟编织进了我的日常生活中。我开始不再把它们视为在"人类居所附近"需要留意的东西,而是把它们当成一个新增家庭成员。有段时间我与我家门外常常被忽视和冷落的家麻雀联系最为密切。不仅因为它们是我花园里数量最多、最欢快的鸟,还因为它们与我的大家庭非常相似:一群人住在一起,吵吵闹闹的群居的个体,经常起争执(一个用于家麻雀的集合名词是"吵架"[quarrel]),但在重要关头的时候,它们总是在一起(另一个用于家麻雀的集合名称是"随处可见"[ubiquity])。我一直想当然地认为,每当一个共同的敌人,命运的雀鹰一抬头,我的家人就会聚集在一起寻求保护。但妈妈现在走了,雀鹰做的事坏透了,但生活还要继续。

妈妈生病期间及她刚去世后那段时间,我们常聚在一起。后来我们就分开了。爸爸回到农场疗伤,凯蒂回到她爱丁堡的家,理查德回到他汉普郡的家。玛丽和我回到了我们工作地伦敦。我想继续七个月前中断的生活。我的意思是,我还有别的选择吗?人们总是说,悲剧发生后努力工作可以让人忘记痛苦。

可能是吧。可我没有料到当我小心翼翼再次进入现实生活,妈妈的去世会对我产生这么大的影响。真的,真有影响。多年来,我并没有将这些影响与母亲的死亡联系起来。我只想着掩饰令我羞愧的脆弱,我以为靠意志就可以战胜这种脆弱。

母亲去世后我的焦虑感明显加剧。对了,加剧还不足以描述那种几乎让人崩溃的焦虑。我的行为方式常常让人不安。有时理性,有时则完全相反,所以当我的焦虑情绪开始蔓延时,没人在意。我自己也没有意识到这是焦虑。对我来说,焦虑一直是足球赛前、棘手的考试前或者等待工作面试时会经历的。又或者像"前方道路结冰"的霓虹灯在眼前闪烁的,让人心神不定。而不是有人悄悄地在你身后,在你最不经意时用曲棍球棍敲你的脚踝。有一天,高度的焦虑感就这样在没有任何征兆的情况下突然降临。它在一片晴朗的蓝天下高调地宣示了自己的存在。现在回头看,我意识到当时我身上一定有事要发生。

很长一段时间以来,我一直不喜欢我的工作。我过去觉得我所做的一切都很值得,但现在我发现都是些冗长的、程式化的东西。我过去感到兴奋和励志的生活,现在给了我很大压力。以前我觉得身边的人都很有魅力,也很有趣。可现在我觉得他们很烦人。当然,我没有告诉任何人。我在办公室里表面上很快乐(至少我认为我是这样)。对我的同事来说,我很正派,会聊一些八卦,能与管理层打交道,有时脾气暴躁,但也能随和地在埃尔维诺餐厅享受午餐,或者在老柴郡乳酪酒馆(Ye Olde

Cheshire Cheese)[1]里喝几杯。

"我很惊讶,"一天,一位非常友好的美国同事对我说,"我很惊讶。我妈妈去世后,我需要在家待三个月才能恢复,而你一周后就回来了。"

"噢,是啊,你懂的。"我大声说。看着地板,觉得很尴尬。

我心里想的却是:"天哪,可以这么做吗?请三个月假?"

有一个周末,我和父亲在一起(大多数周末都是在保证父亲有足够的香蕉和杜松子酒,还有奇形怪状的农家馅饼中度过)。我们一起去了一个当地的赛马会,遇到了爸爸的几个好朋友。他和妈妈一直都是马儿的忠实粉丝,永远都在一起看赛马。当我们站在三月的细雨中,讨论草坪的形状和"长势",以及其他各种各样的事情时,爸爸的一个老朋友把我拉到一边。

"我觉得你父亲这段日子一定很难捱。你、理查德和凯蒂一定很痛苦。你怎么应付这一切的?"

这听上去像是一个毫无恶意的问题,却让我很吃惊。在妈妈去世后的日子里,大多数人常会问我:"你爸爸怎么样?"这是第一次有人,也是我最没想到的人,认为妈妈的去世不仅仅是爸爸的悲剧,也是我和哥哥、姐姐的悲剧。

这非常令人尴尬。我不知道该怎么办。如果是个孩子,在

---

[1] 英国伦敦最古老的酒吧之一,被列为国家遗产。柯南·道尔、马克·吐温和查尔斯·狄更斯等伟大作家都是这间酒吧的常客,狄更斯在《双城记》中也有所提及。

学校待了一天累坏了,这时有人出乎意料地搂着他问他好不好,他可能当场就毫无顾忌地哭出声了。我没有哭,因为我身边有这位洗冷水浴、抽烟斗和喝威士忌的老朋友。他安慰了我。我的双脚稍微挪动一下,说:

"谢谢,弗雷德。他很好。非常感谢你的关心。"

然后我转换了话题。

第二天我又回去工作了。当时是上午 10 点 30 分,我正在参加晨会。我专心地听一位同事谈论将要发布的特别报道和预计的广告支出,还有一些稀松平常的事情,等待着轮到我发言。突然间,我急切地想逃跑,我不知道这种感觉是从哪里来的,只是想要马上离开这间会议室,去任何地方都可以。但如果我跑出房间,人们会怎么看我? 太不可思议了。我被困在那儿了,被困住了。天哪,我要上厕所,但我无法逃走。噢,天哪,噢,天哪,噢,天。上帝,我无法呼吸。房间、墙壁和人们都向我压过来。空气变得非常非常热,我的脸颊发烫。窗户都被封上了。我离门不能更远了,挤在房间后面那两个人中间,我的背对着窗户,门已经牢牢地关上了,令人恐惧。我要新鲜空气。我的头要炸开了。我的世界正在崩塌。在这个乏味的星期一上午,在这个靠近卢德门广场的一个办公大楼的五楼,在一个不起眼的办公室里,我崩溃了——崩——溃——了。我手里拿着一杯冷咖啡,面前盘子里放着一小块丹麦酥皮点心。

这没有任何道理。以前我一直为自己的演讲能力而骄傲。

我在朋友和陌生人面前都很自信。甚至可以说,我对自己的声音很满意。我总是第一个做演讲、去采访一位大人物,或者在电台上谈论通货膨胀的影响。我不止一次在婚礼上担任伴郎。在公共场合,大家公认我是一个极好的、有趣的演讲者,我也乐此不疲。

"查理?你认为怎么样?查理?你还好吗?"

"嗯,什么?是的,是的,谢谢。一切都好!"

怎么办,该他妈的怎么办?噢,天哪。不能让他们认为我快要弄脏裤子了。噢,亲爱的上帝,该怎么办?我逃不了。我无处可逃,因为跑出房间就跟出了事故一样丢人。噢,上帝啊,噢,上帝啊,噢,上帝啊。喝水。我要喝很多的水。于是我开始大口喝水,但转念一想,不!这会尿裤子的。我还是动不了。我觉得如果我一动,哪怕是稍微动一下,都会发生可怕的事故。在焦虑不安的状态下,我决定说话,要说很多话。说得非常快。这似乎是唯一的出路。

说话似乎有帮助。当我像机枪一样不停地说话时,似乎放松了一些。天知道我在说什么。五分钟后我就根本想不起来我说过些什么。但我挺过来了。我想没有人注意到我的异样,也许他们认为我只是有点宿醉未醒。

会议结束时,我冲进厕所(结果证明我根本不需要),把头埋在水龙头下。我仍在发抖。接着我乘电梯下到一楼,冲到了街上。我吸入一大口满是柴油味的空气,然后整个肺里充满了丝卡烟的味道,我心想:"该死,我这是怎么了?"

我现在当然清楚,当时自己经历的只是初级的、如假包换的惊恐发作。但当时的我狼狈惶恐、不知所措。我向一个藏在卢德门广场后面的隐蔽小广场走去。广场很朴素,更像是一个露天的水泥掩体。常有一群下班后喝得烂醉的人,从街角那家毫无特色的连锁酒吧里蜂拥而出,又聚集在这里。我想来这里,是因为有时你可以在这儿看到游隼飞过。有一对游隼的巢就在这附近。一年多前的一个春日,我看到两只灰鹡鸰围攻一只游隼。这就好比两架双翼机攻击一架旋风战斗机。但这两只勇敢的小鸟竟然成功地把游隼赶走了。我总是期待能够一睹游隼的风姿,尤其因为翱翔的游隼是伦敦人能享受的最棒的免费娱乐之一,只须偶尔抬头看一眼。那天灰鹡鸰成功赶走了游隼,但那只是它们比较走运,而且游隼疏于防备。当一只游隼,这种有着石灰色背部和白色胸脯、体型精巧的中型猛禽从高处发现美味的小鸟时,它的翅膀会固定不动、保持滑翔的姿势,以每小时三百公里以上的速度穿过大气层,向那可怜的猎物猛冲过去。而且我提到旋风战斗机也是有原因的:游隼的鼻孔能够在高速下保护它的肺部,战斗机设计师受游隼鼻孔的形状启发,设计出了更安全、更高效的引擎。

游隼也塑造了一个伦敦有名的鸟类成功故事。在"二战"后期,游隼因为喜食信鸽而遭到英国国防部大面积捕杀,几乎被赶尽杀绝,但伦敦市内现存的养殖游隼数量在三十对左右。它们喜欢在高楼的窗台上筑巢,以伦敦的野鸽为食。

但那天,我没能看见游隼。我坐在水泥长椅上,想弄明白自己刚才怎么了。我困惑,我害怕。万一我又发作了怎么办?就是这个想法"万一我又发作了怎么办?",把我拽入了深渊。从那天开始,每当我进入会议室时,我就会想"万一我又发作了怎么办?",然后我的焦虑症就发作了。很快,不只是开会,在所有公共场合,只要有一扇门在我背后关上,我就会发作,不论是在理发店、咖啡店还是商店。去教堂突然变成了我的一大难题。这个状况非常糟糕,因为我有好多朋友偏偏选在那段时间举办教堂婚礼,导致我大部分时间都躲在教堂外的墓地抽烟。

早上我的状态尤其不好。于是,我把早上和午餐后立马就开的会议一股脑儿都推掉了。每天我只剩下三点到五点的这两个小时,可以有充分的信心不会在开会时发作。到最后,我干脆不参加任何会议了。我很溜地找个借口,或者用电话连线的方式参加会议。奇怪的是,我在电话会议时也会发作,即使我安心地坐在自己的桌前也一样。我的身心大大地衰弱。我不会去任何附近没有厕所的地方,每一次乘车都分外煎熬。

而且这种焦虑不仅仅以偶尔的恐慌显现出来。我的脑海中一直萦绕着一个声音,像一个魔鬼电台,不断哭哭啼啼地告诉我,我的生活可能会**出错**,从平常的事到荒谬的事。从存不够养老金、在贫困中死去,到遭遇惨烈的车祸事故,缓慢而痛苦地死去。我的想象力像脱缰的马,而我的大脑在制造即将发生在我和至亲身上的灾难场景上,熟练得令人恐惧。这种小声的啼哭从未消失。如果母亲还活着,她一定会说:"别再胡思乱想了,查理!"

有时别说第二天,几个小时我都撑不下去。我可能只是坐在哥哥家里,大家热热闹闹的,小孩子们在说笑打闹,还有日常家庭生活开心的喧闹声。我表面上以微笑掩饰,和理查德聊着天,但内心却因焦虑而颤抖。

我开始承受着一种无名恐惧。万一一切都出错呢?万一呢?万一呢?万一呢?这个想法在我脑中一遍遍地循环。好笑的是,当我在想象自己人生毁灭的新方法时,那是我最富创意灵感的时候。

我把它看作面对幸福的持久挣扎。哪怕嗅到一丝幸福的甜蜜浮上心头,我就会立刻抗拒。我想如果我接受了幸福,让它充盈了我的心房,命运就会立刻给我当头一棒,把幸福从我身边夺走。

但是,如果你在这段时期接触过我的话,你压根不会知道我的内心暗流涌动。我戴上了欢快的面具,继续做我自己的事情。

一天,我在周日的报纸上读到了认知行为疗法。听着像是在幼儿园乱咬人的孩子接受的治疗,不过越是了解,我越觉得这个方法不错。认知行为疗法的初衷是解决当下的问题,而不是打听你过往的八卦来寻找解决方法。我真的不想被某个完全不认识我的、高高在上的心理咨询师说,这是你原生家庭的错,或者你的症结要追溯到二十世纪八十年代中期在英国寄宿学校度过的青春。

我从未考虑过去看心理咨询师，并对自己现在需要去做心理咨询感到很羞耻。去看心理咨询师是软弱的象征。心理咨询的整个过程我都是瞒着别人偷偷去的。谁也没告诉，连玛丽都不知情。说实话，哪怕被人撞我在苏活区（Soho）[1]某个乌烟瘴气的性玩具商店闲逛，都比被别人发现去看心理咨询师要好。只要我鼓足勇气，坚定果敢[2]，坚持到底。不能再这样下去了，我必须做点什么。我还能坚持工作，但是我的整个世界都在渐渐缩小。很快我就要无法走出家门了。

最后我总算在伦敦维多利亚车站附近找到了一个认知行为疗法的专家，离我的办公室也不远。那人非常好。如果是我祖母就会说，"你懂的，美国人嘛。但是人真的**特别**好。"。我也待他非常好。在总共四次、每次一小时的治疗中，我都表现得极度礼貌，同时以坚定的意志守住了我的秘密，一点都没泄露。就连我坐在他小到让人喘不过气的工作室里，和他隔着一米不到的距离，此刻正努力想要控制那蠢蠢欲动的焦虑这件事，都丝毫没

---

1 伦敦苏活区位于伦敦西部次级行政区西敏市，以前是红灯区，现在是著名的娱乐区。
2 "Screw your courage to the sticking place."出自莎士比亚《麦克白》中，麦克白夫人怂恿麦克白弑君时所说："只要你鼓足勇气，坚定果敢"。字面意思是将十字弓拉满，箭在弦上准备发射的状态。此处原文作者将 place 写作 plate，可能是笔误。

有告诉他。我就像在1958年的一场酒会上和朋友的朋友聊天一样,对着他谈个不停。即便这样,我还是付给他每小时八十英镑。

我觉得自己真是没救了。每次治疗,我都拼命挣扎着守住自己的内心。然而焦虑依然切实存在,并且正一点点将我侵蚀。

我的救生索是玛丽。她平静、坚定而又有耐心地支持着我。她真的很有耐心。身体和精神的疲惫常常让我精疲力竭。我可以勉强对付一种疲惫,但当我身心同时发生问题时,这感觉真比地狱还糟。玛丽一直冲在前面帮助我。

平时玛丽和我优势互补。她像蜜蜂一样忙碌而且具有领导者的前瞻性。她帮我克服拖延症,让我用最省力的方法解决问题。我们是最佳搭档,但阴阳并不能总是友好相处。有时阴会厌倦阳,反之亦然。玛丽忙碌地操持着我们的生活,这让我恼火,尤其当我精神和身体都不在状态时(现在有时也是,因为家里有两个未满五岁的小男孩)。

玛丽是个忙人。事实上,她是我认识的最忙碌的人。她从早忙到晚,从早上醒来一直到晚上手机电池用完。她的脸埋在枕头里,双手仍握着苹果手机。玛丽一直很忙。工作,孩子,小家庭,大家庭,朋友,房屋改造,她自己的问题,她娘家的问题,朋友的问题,朋友的朋友的问题。玛丽乐于助人,生活中大事小事她都喜欢掺和,都令她着迷。有时候看着她忙活就让我感觉累得不行。

我不是一个晚起的人。但当我早上7：15左右慢条斯理地走进厨房，半睁着眼，趿拉着拖鞋，喘着粗气抓过茶杯时，玛丽已经打开了洗碗机、打扫了厨房、发送了三封工作邮件、重新归置了客厅（两次）、为男孩们做了两个硬纸板忍者，还完成了一个电子表格，上面清楚计算了如果我们想送孩子们上私立学校，接下来的五年里总共需要存多少钱。

相比之下，那天早上我的成就是从卧室到厨房没有弄伤我的脚趾。当我的大脑刚刚进入一档时，玛丽已经是第五档了。有这些问题需要回答：孩子、房子、明年的假期、工作、壁纸设计和下周六的周末计划。我要喝过两杯茶和一杯浓咖啡才能开始回答这些问题。我茫然地呆坐了十五分钟，然后吃了一根香蕉。

虽然我爱玛丽的最大原因之一是她敢于挑战我的固执己见，并且不惧怕向我转告我不想听也没有其他人会告诉我的有关我行为的议论。但是在这样的早晨，我的头脑常常被冲昏了，我会猛烈地抨击她。我完全相信我的性格有一些（完全可以想象的）小小的不足之处，我只是生气她不理解，或者似乎根本不在意我！比如不在意我找不到小屋钥匙这样的事。不是说我现在需要去小屋，但我以后可能会去。"为什么你永不能把钥匙放回它该在的地方?！现在我不能锁门，我们会失窃的。"

"别对我吼。"

"我没对你吼!"

"你在对我吼。停。你正在变成你的父亲。"

"我根本没有在变成我的父亲!

"好吧,我承认我刚才吼了。但我之前并没有吼啊。但是钥匙……"

玛丽会困惑地看着我说:

"问题是,查理,你在和自己吵架。是你没事找事,这架吵得毫无道理。你毫无由来地开始这轮争吵。"

令人气愤的是,我一直都知道她是对的。很快,我意识到昨晚我突然进屋时,我把小屋的钥匙留在了门上。但是,特别是在妈妈去世后的几周和几个月里,我的自尊心并没有变弱,我是在雷暴雨的乌云密布下怒气冲冲地工作。我决定一整天都不回她的信息。这些身不由己的争吵变得越来越多。在我最需要她的支持和建议时,我发现自己在莫名其妙地和玛丽断绝联系。我有意和无意地想把所有人都从我身边推开,推得离我越远越好。我陷入自怜的泥潭中,就像认为每个人都忘记了你的生日时的那种感觉:敏感的、自找的痛苦。

"没有人爱我,但我不在乎!"

但玛丽明白。她懂我,她忍受了这一切。当我接受她安慰我时,她会轻柔地劝我摆脱不受欢迎的思维模式。当我拒绝她的安慰时,她会变得很厉害("噢,上帝,她很凶吗?"我父亲曾经这样问过我),向我灌输建立生存能力的信念。最重要的是,她给了我对未来的希望。她也来自一个什么样的人都有的家麻雀家庭,也许比我家少一点吵闹和烦乱,有一大群兄弟姐妹、堂兄弟、叔叔和阿姨。她年纪很小时就不得不去面对父亲的去世,不得不努力去维系亲友。此时她不仅是妻子,还是不可或缺的最好的朋友和导师。在我不切实际时,她脚踏实地。在我烦乱时,她不动声色。

但是,即使是玛丽,在没有彻底闹翻时,我也努力与她保持距离。我"礼貌地疏远"她,然后继续前进。坦率地说,唯一能让我摆脱困境的人是我自己。为什么要相信别人?不仅仅是对玛丽,我也对理查德和凯蒂关上了心灵的百叶窗。我不再接他们的电话,也很少和朋友见面喝酒。

因此,我在充满焦虑的日子里跌跌撞撞,与世界抗争,将朋友和家人推开,并将自己置于一种情感隔离中。然后有一天,出乎意料的是,我周围的墙壁倒塌了。

那是妈妈生日那晚之后的几个星期。玛丽出国工作。我独自一人不安地待在家里。从表面上看,那有可能成为一个相当舒适、鼓舞人心的夜晚。通常我非常期待这样的夜晚。完全不受妨碍的安宁,可以吃垃圾食品、喝好酒。我会不好意思告诉我的朋友还有玛丽(她有汤姆·汉克斯恐惧症),我看了那种温暖可爱的九十年代浪漫喜剧。那天晚上开始时还挺好。我把一块冷冻比萨饼放进烤箱,开了火,给自己倒了一大杯金汤力。不过,遗憾的是,我根本没心思看这部鼓舞人心的浪漫喜剧。

相反,整个晚上我都在不停地喝酒,变得越来越忧郁。我心里充满了怀疑和不安全感。不停地、漫无目标地质疑我在这个奇怪且越来越陌生的世界中的位置。我发现自己生命中所有那些不可让与、确定的事情其实都只是海市蜃楼。我在过去的日子里用来定义自我意识的所有坚如磐石的信念都崩塌了。过去无论我多么沮丧,我对生活总还有目标,对自己的宏伟计划非常有信心,但那已成为一通过时的胡说八道。事实证明,我的存在原来是没有目标的,更糟糕的是,这个人们一直在谈论的宏伟计划只不过是个大骗局。它根本不存在,只是一个无穷无尽的未计划空间。我告诉自己没有人可以帮助我,没人能理解我。不知怎的,这让我感觉自己像个彻头彻尾的骗子,像是一出戏,我只需要人们相信我为自己打造的人设。这个世界上快乐而有哲理的人,大自然的一个古老灵魂,其实是一个脆弱的躯壳。

所有这些毫无用处的想法像很多教堂大钟一样在我的脑海中回响,当当声如此之大,我简直无法应付这种喧嚣。就在那时,我人生中第一次开始认真思考自杀问题。在过去,自杀只是我抽象地思考过的事情:是跳下悬崖还是过量服药更好?我第一次真正感到自己在这个世界上没有位置。如果我摆脱这具凡人的身体,我周围的人都会过得更好。我有点崩溃了。那天晚上,我是否有了把这些想法付诸实践的念头,谁知道呢?我可能太生气了。没过多久,出于某种莫名其妙的原因(只有我知道),我把所有的家具都推了个底朝天。

当我坐在倒置的椅子上,啜饮杜松子酒时,我开始觉得,也许自杀是会遗传的。毕竟,我的舅舅——妈妈的哥哥迈克尔,很可能是自杀的。妈妈总是否认哪怕是最微小的可能性。你骨子里有抑郁症吗？我是生来就带有这种根深蒂固的悲伤，还是我有可能找到一条回到楼梯上并走进阳光的路？我只是不明白如何才能再快乐起来，或是为什么任何事情都不再重要了。最奇怪的是，我无法将我的焦虑，甚至妈妈的死，与这种感觉联系起来。我只是把它看作自我放纵。这是我自己天生的软弱。

我在家麻雀的叫声中醒来。天知道那是几点了。我应该坐火车去上班，或者坐在办公桌前向同事发送各种商务邮件。我和衣躺在床上，摊开手脚，眼神飘忽地盯着床头柜上的一大杯水。然后，用我冻僵了的大脑想："太亮了。这是十二点的光线，而不是大清早六点的光线。"应该是窗外有其他亮光的缘故。我看了看我的手机：有玛丽的好几个未接电话。好事。有人关心。还有爸爸的五个未接电话。坏事。今天不能和爸爸打交道。

我匆忙喝了床头的水，徒劳地试图分开干巴巴的舌头，不知怎的，一夜之间，它就紧紧粘在了我的嘴巴上。我摇摇晃晃地爬下楼，决定等清醒后再给玛丽打电话。然后泡了杯救命茶。路过那个"安静的夜晚"留下的残局。发现我抽了大约6500支香烟，喝了3.5加仑杜松子酒（和一瓶奎宁水）。天哪，还有一瓶红酒！我什么时候喝的？房间里散落着孤独的醉汉留下的垃圾。空烟盒、满得要掉出来的烟灰缸、丢在一边的瓶子和iPod，还有耳机，里面还在循环播放彼得·萨尔斯泰特（Peter Sarstedt）的《你要去哪里，我的爱人？》("Where Do You Go To My Lovely?")。家具怎么都是倒置的？

家麻雀还在外面欢快地叽叽喳喳。它们抢占着喂食器，赶走了其他想靠近食物的小鸟。这些卑鄙、无耻又粗鲁的家伙。我看了它们几分钟，并不是因为它们美丽迷人，而是因为在我头脑昏沉、眼睛又酸胀时看它们比较轻松。那些家麻雀不需要我思考。它们只是继续忙着自己的事。我也忙着我自己的事。老实说，我想不起来当时看那些忙乱的、叽叽喳喳的小鸟时，我是否有过灵魂升华的感觉。我极力地想稳住我的头脑。我想我应该去散散步。确实我应该强迫自己去散步，而不是躺在沙发上，拿着两瓶可口可乐，为自己难过直到天亮。但我知道，如果我这么做了，我会被自己的思绪淹没。我都不敢去想。

我步行穿过村庄，走到运河，然后折回。这大约需要四十分钟，当地人称之为"环行"。散步时你总会碰到认识的人。大家愉快地跟你打招呼，八卦闲聊几句。人与人的接触让人感到温暖，还可以分散你的注意力。散步时我并不一定想遇见什么人。就是之后我也不想见到什么人。但是内心深处有个声音在轻轻催促我朝前走。"如果不为别的，那就算是为鸟儿吧。"它说。

事实上，我对这条小路非常熟悉。我认识每一只鸟，也知道什么时候可以看到它们。沿着教堂的小路朝前走会有一只欧亚鸲，下一个拐角处有一只鹪鹩。向西转向运河时会有几只蓝山雀、一两只大山雀，还有粗声大气的欧乌鸫。然后会看到红腹灰雀飞来飞去。通往运河的小路大约有一百码，是红腹灰雀的领地。我总会看到或听到一只红腹灰雀在矮树篱中尖叫。就像我那天看到的那样。如果幸运的话，可能还会在小路上看到一只树麻雀（家麻雀的乡下表亲，它很害羞）和一两只苍头燕雀在忙碌着。

朝运河走，我总能在桥边看到鹭，看到鸭子和黑水鸡漂在河面游弋。幸运的话，还可能见到翠鸟。散步回到家，我看到村里的家麻雀七七八八散落在路两边矮树篱上。它们一直在那里，总是在一起。

我要重新学会正常的生活。为了继续生活下去，必须像那些家麻雀一样与群体在一起。我真的不能再让自己沉沦下去。那夜是我最消沉的夜晚。我真的、真的不能再重复这种冒险行为了。除了杜松子酒不能多喝，我还需要在生活中重新建立与家麻雀的联系。我需要鼓起勇气敞开心扉，去谈论这些事情，而不是感到羞耻或软弱。

所以我开始改变。这需要一个过程，一个非常漫长的过程。我需要时间。这个转折点就在那天，在那条乡间小路上，在两个光秃秃的山楂树之间，家麻雀七七八八出现在我面前。

我决定不再逃避恐惧。在好几次突然掉头的情况下，缓慢而坚定地强迫自己去开会、去理发店，甚至去教堂做礼拜。我开始故意让自己置于焦虑症要发作的状态。起初很可怕。但随着时间的推移，它变得容易对付了，就像是婴儿在学走路。这确实有点像我在黑白战争片中看到的英勇的英国皇家空军，他们在严重的坠机事故后不得不重新学习走路。一段时间后，我甚至拾起信心站上了演讲台，这其实是我以前工作的重要内容，我没想到我还能恢复这个能力。那是重要的一天。

除了勇敢地去理发，勇敢地公开演讲，我还决定与人交谈。几个月后，一个真正的转折点出现了，我决定回维多利亚站找我的美国小伙，实话实说。

"问题是，当我在开会或任何封闭的地方，我会有可怕的无法控制的焦虑。"

美国小伙子："为什么？"

我："嗯，这个。你知道。嗯。事情是这样的。嗯。我想我会出丑，弄脏我的裤子。"

暗示深深的羞耻和尴尬。

美国小伙："那又怎样？"

我："嗯？"

美国小伙："那又怎样？真的发生过吗？"

我："没有。这不重要。它**可能**……会毁掉我的职业生涯。"

美国小伙："为什么？查理，可能发生的最糟糕的事情是什么？你拉在身上，他们还一直不结束？"

我："是啊，但是。噢。如果我放屁怎么办？有时我非常害怕放屁。"

美国小伙："那就放屁好了。"

我的生活发生了变化。美国小伙告诉我，我的遭遇实际上很普遍。它是由内心深处深层次的焦虑引起的。他解释了我们天生的"战斗或逃跑"本能。那是我们的祖先被可怕的长着大牙齿的巨型哺乳动物追逐时训练出来的本能。我所经历的就是其中的一个很自然的部分。

"当你感觉到即将发作时,做两次深呼吸。这有助于缓减那个战斗或逃跑的本能。"

听他这样讲,我觉得非常有道理。

"事实上,有个来找我看病的跨国公司的领导,说他在股东会议上也遇到过这种情况。"他说。

好了,一切都不同了。我并不孤单。更欣慰的是,还有人与我一样,还是一位非常成功的首席执行官。突然间,这件可怕的、莫名其妙的、让我感到害怕的、让我感到极其羞耻的事情,变成了一件非常普通的事情。它是有科学和理性基础的。

离开他的办公室时,我感觉像是赢得了一百万美元。肩上重担卸下了。我身轻如燕,好像要高高地飞起来。

我不想再隐瞒了,我告诉了玛丽。她没有笑,也没有小瞧我。我告诉了理查德,他说他也有这样的情况。我告诉了凯蒂,她只是把我搂得更紧了。我不断向亲朋好友讲述着。我的姐夫埃德,他也理解了。事实上,似乎没有人会介意或小瞧我。我开起了玩笑,还告诉更多人我的经历。好像知道的人越多,这种事情似乎就越不重要。你看,我现在告诉你们了。

电影《鳄鱼邓迪》(Crocodile Dundee)里有一句很棒的名言,

我已经把它当作人生信条了,开始以此为生。把米克·邓迪(Mick Dundee)带到纽约的记者跟他说了她的朋友去看心理医生的事,米克扭头对她说:

"她没有朋友吗?如果你有问题可以回家告诉沃利,他会告诉镇上的每个人。把问题公之于众,那么一下子什么问题都没有了。"

我们常常会忽视和忽略离我们最近的人和动物。这非常危险。以往,我从来没有注意到在我周围家麻雀欢快的叫声。它们只是嘈杂的背景音:没有生气的白色和棕色的小动物,它们不会引起我们对自然界的敬畏或惊奇。它们不像捕鱼的鱼鹰,也不是翱翔的金雕。真是这样吗?我大错特错了。那些家麻雀是不可或缺的。

长期以来我们一直忽视门外常见的枯燥的自然环境。它像陈旧的、快要剥落的墙纸一样不受关注。但是,人们与日常自然环境的脱节是有后果的。在我们生活的时代,鸟类曾经数量繁多现在却极为稀有。就家麻雀而言,它的数量在一些地方下降的比例高达70%。坦率地说,我不确定是否有人已经注意到这一点。

这些家麻雀给我上了非常重要的一课:活着,从每天的日常生活中获得安慰。这个天空灰蒙蒙、心绪无着落的星期二下午,极可能让人不知不觉地因过度思考而忧郁起来。但是家麻雀可不知道这是一个星期二的下午。林鸽或椋鸟也不知道。它们只

是继续做着它们的事情,并未察觉我内心的挣扎。正如哲学家艾伦·瓦茨(Alan Watts)曾经说过的:

> 生命的意义就是活着。它是如此直白,如此明显,如此简单。然而,每个人都在极度惶恐中四处奔波,好像必须实现一个超越自己的目标。

上帝保佑你,艾伦。上帝保佑那些不起眼的家麻雀。

家麻雀,那个为城里人和乡村居民的生活提供了背景音乐的最粗鲁、最无礼的家伙:不久前它们欢快的叫声还从未停止过,但现在没有了。它们已经从我们的街道上消失了,甚至从大片的乡村中也消失了。从此杳无音信。奇怪的是,家麻雀曾经是那么生生不息的小动物,无论你多么努力,都无法摆脱它们。它们完全自由自在地与人们生活在一起:在我们的房子里筑巢并享用我们的蔬菜。我记得当年早上开门时,我父母对着菜园里飞出的大量家麻雀发愁,想方设法要抓住它们。事实上,它们的适应性很强。即使第二次世界大战时英国政府采取的家麻雀歼灭行动也没有太大效果。当时是食物配给期间,不起眼的家麻雀吃掉了太多的水果和蔬菜。因此,每杀死一只家麻雀,人们就能得到相应的报酬。但尽管家麻雀随后被大肆捕杀,其数量仍然一如既往地坚挺。

我的家麻雀朋友是如何从生命力顽强、厚颜无耻的害鸟变成挣扎在灭绝边缘中的弱者?当我漫步在寂静无雀的街巷时,这个问题一直萦绕在我的脑海。有些人归咎于麻雀栖息地的丧失,另一些人则归咎于雀鹰和猫的捕食。还有些人甚至指责城镇中的无铅汽油。就个人而言,我认为前两个理由兼而有之(我不完全确定如何证明最后一种理由)。家麻雀曾经在城镇和乡村茁壮生长。因为在过去,我们的房子常常发生倒塌,花园里长满了青草、鲜花和杂草。家麻雀喜欢在墙壁的裂缝中、在破碎的瓦片下或挤进松散的砖块中筑巢,它们吃草、谷物和种子。现在我们不再容忍家中有家麻雀存在。我们的花园,往往变成毫无生气的低维护草坪,就像一片绿色的沙漠。我们希望生活在安全、密封的小盒子里,这些盒子易于操作且价格低廉。每一个裂缝都被填满,每一片瓦都被固定,每一块散落的砖都被整齐地灌浆。没有一片草叶不是齐齐整整。这让我们保温,减少了取暖费用,让我们感到安全。但我们没有给大自然留下任何空间。简而言之:家麻雀无处筑巢,无处觅食。我们已经将它们从我们的生活方式中驱逐出去。我们已经做到了,只是还没有意识到。

我认为我们的祖先之所以与他们周围的鸟类关系更为密切,除了当时鸟的种类和数量更多外,一个原因是他们收集鸟蛋。上溯到十八世纪和十九世纪(也可能在此之前),这片土地上的每个孩子都通过在花园和邻里周围寻找鸟巢,收取鸟蛋来集齐本地鸟类的品种。这是收集神奇宝贝卡片的十九世纪版本。不过,我当然不主张将偷蛋作为当今儿童的一种可行的爱好。多年来,偷盗野鸟的蛋都是违法的,这很正确。

但是所有这些找鸟巢和抢鸟蛋的活动让从前的孩子熟悉了当时大量生活在他们周围的野生动物。他们以一种非常亲密的方式了解这只鸟及其周围环境。通过寻找鸟巢,他们也切身了解了鸟类的生活与居住环境的关系,它的外观和声音,它的行为,它在一年中的什么时候筑巢,以及鸟巢的样子,当然还有不同鸟的鸟蛋的样子。这是一种励志的知识聚宝盆活动。

我常想建议我的小儿子参加一种类似的活动,用一种对他们来说有趣且不违反法律的方式将野生动物的重要性强有力地灌输到他们的意识中。坦率地说,我并不想鼓励他们去寻找鸟巢,更不用说偷鸟蛋了。因为找到鸟巢会提醒周围的捕食者鸟儿的存在。一只目光敏锐的喜鹊、乌鸦或狡猾的猫但凡看到你指指点点就会袭击鸟巢,抑或这只鸟儿会因为不喜欢你在附近四处转悠选择离巢而去。

我还留有余热,希望它能影响到我的孩子。我想,我在他们的生活中喋喋不休地成为一种背景音是有点烦人。但有一天,当他们长大后,他们会发现生活中的潜移默化已使他们不知何故知道那是 只叽喳柳莺在三月啼鸣,或者是一只绿色的啄木鸟在花园里吃蚂蚁,不需要再花功夫学。

我想让他们知道这些东西,因为我想为他们提供情感镇静剂,这是大自然的赐予。我希望他们接受大自然赋予我们的视角。我希望他们将自己视为大自然中不可或缺的一部分,而不仅仅是盯着照片的旁观者。我不希望他们在"人类居住地附近""邂逅"这些家麻雀。我希望孩子们能视家麻雀为生命,每天观察并赞叹它们和我们生活在一起。

家麻雀的唧唧声,林鸽的咕咕叫,鸫鸟感人的啼鸣独奏,日复一日,构成了我童年中春天和夏天的背景交响乐。然而今天,在我长大的农场里,只有鸽子和欧乌鸫还保持着不错的数量,家麻雀和其他鸫鸟几乎消失了。椋鸟也消失了。当我还是个孩子的时候,椋鸟的数量非常多。它们会在一年中的某些时候把天空都变成黑色,十分神奇。爸爸会拿着他的猎枪笨拙地冲进暮色中,不抱希望地朝它们开枪,看到他造成的破坏是那么小,这很好笑。然而,今天,你要靠运气才能在一年中的同一时间在同一个地方看到十到二十只椋鸟。

但每隔一段时间,那些椋鸟还是能够发挥它们的魔力。不久前,我冲进客厅,一把抓住我五岁的儿子(无视他的强烈抗议),把他拽到外面。我把他拉到花园里去见证大自然最古老的一个奇迹。我急切地低声说:"看!看,亚瑟!"

我们的山毛榉树在天知道几百(几千?)只椋鸟的重负下苦苦支撑。那是旋转的一团黑色和紫色,椋鸟比树还多。那些成群结队的鸟儿恐怖的咯咯叫声,再加上弥漫的薄雾,给我们的花园带来了一种神秘的感觉。然后,突然间,叫声停止了。世界静止了一毫秒。我们面前的树炸出无数只翅膀,发出雷鸣般的声音。椋鸟不见了。对我来说最重要的是我的儿子看到了这一种自然奇观。他感受到了它的力量。他意识到生活不仅仅有巴斯光年和蝙蝠侠。

近来,椋鸟的叫声越来越少了,但当椋鸟飞翔时,它们会变成巨大的鱼群,飘浮在空中。有一次我把花园里的那些椋鸟指给亚瑟看,虽然只是一闪而过,但我敢肯定我看到那个小男孩的灵魂震动了一下,然后他光着脚穿过了薄雾,跑回他的乐高玩具。

妈妈去世时,我意识到大自然已经变得像一个我已遗忘的几十年未见的老朋友。我当时意识到,我们人类和我们周围的野生动物,在地球生命的盛大鸡尾酒会上已经成为陌生人。让我们面对现实吧。周日晚上七点手拿一杯饮料,坐在舒适的沙发上观看BBC节目中的大卫·艾登堡(David Attenborough)在马达加斯加的丛林探险,比到外面与路上一群叽叽喳喳的普通的褐白色的家麻雀建立联系要容易得多,也更有吸引力。它们是大自然的镇静剂。一旦它们走了,我们就再也看不到它们回来了。

生活中所有事都一样,一旦你开始认真面对你很重要这个事实,确实很重要,无论你是否高兴,你都会对周围的人和人自然产生影响。那么当事情出错时,应对起来就会容易得多。哪怕你只是经历了一场你不知道怎么引起的一种绝望。我决定要更加努力地去处理我与家麻雀,以及我最亲的人的关系。因为我现在意识到,如果我变得自满,我就会失去他们。而且一旦我这样做，他们可能永远不会回来了。有一天我向窗外望去，家麻雀将从路上的尘土浴中消失，通往我家门口的路也会空无一人。

这些天来，我设法控制住了我的焦虑。而且我还发现焦虑和抑郁有着千丝万缕的联系。我以前从未有过将两者联系在一起的想法。焦虑会导致抑郁。抑郁会导致焦虑。

命运的那根看不见的曲棍球棒仍然经常伤害我，从后面砸我的脚踝，把我打飞出去。但我认识到，焦虑和悲伤是我生活中自然秩序的一部分，我们一起共同生活。我和老朋友、家人谈论焦虑和悲伤。我让这些人离我更近，如果不是距离上的，但绝对是情感上的。他们只是一个电话的距离。老实说，我仍然觉得分享很难：这种行为在前不久的我眼中就是放纵地"袒露我的灵魂"。

我的第一本能是掩饰所有的痛苦，戴上面具，就像我妈妈那样。我会告诉自己，我是一个自给自足的人。我不需要帮助。这是我在预备学校学到的。有时我还会嘲笑自己无法独自解决这些问题。我现在我知道我错了。

当我强迫自己向亲密的朋友和家人敞开心扉时，我从没有失望过。据我所知，从来没有人小瞧过我。坦率地说，他们小看我，我也不在乎。我不再认为承认自己极度焦虑或莫名其妙地悲伤，甚至需要在会议中间去厕所是丢脸的。就是这样。通过转换思维方式，我发现活着变得容易多了。像家麻雀一样，你可能会幸运地在人类居住地附近遇到沙浴。

家麻雀

♣ **它的外形**：棕色、黑色和灰色，色彩交织。家麻雀是一种看起来有些邋遢的小鸟，成群结队地闲逛。雄性有灰色的冠、粗短的喙、突出的黑色眼膜、黑色和栗色的条纹翅膀及灰色的腹部。雌性家麻雀以棕色和灰色为主，没有黑色的眼膜。

♠ **它的声音**：家麻雀整天欢快地叽叽喳喳、叽叽喳喳、叽叽喳喳地叫着，每个季节都能听到它们的叫声。

♥ **它的住所**：家麻雀一直喜欢与人类相伴。在房屋、农场和谷仓及其周围的洞中和屋顶的空间筑巢。它出现在城镇和乡村、街道、城市的公园绿地和农家院中。它不需要宽阔开放的空间。它的表亲树麻雀（更整洁，长着栗色的冠）在大片的耕地里觅食。

◆ **它的食物**：吃的东西很杂。种子、杂草、坚果和浆果，以及昆虫和厨余。

★ **看见它的概率**：直到二十五年前，100% 可以在任何城市街道、城镇广场、村庄或农家院看到一大群家麻雀。然而，在英国的某些地区，家麻雀数量下降了70%。没有人能就这种下降的确切原因达成一致，但人们认为，现代建筑技术导致可筑巢的地方越来越少，杀虫剂和集约化农业导致食物减少，以及猫和雀鹰过度捕食，这些都是重要原因。你仍然有大约70%的概率可以在英国低地地区、城镇和乡村的任何地方看到家麻雀，但这家麻雀的数量已远远少于过去。

8
叽喳柳莺

> 春天还是春天。工厂里在大规模生产原子弹,警察在城里巡逻,谎言在广播里泛滥,地球仍在绕着太阳旋转,就算独裁者和官僚们暴跳如雷,也没有人能阻挡它的脚步。
>
> ——乔治·奥威尔,《普通蟾蜍随想录》

> 你看那飞翔的鸟
> 在橡树顶上玩耍,
> 唱着不歇的旋律,
> 整天都在叽叽喳。
>
> ——约翰·克莱尔,《柳莺》

叽喳柳莺有一身不起眼的橄榄绿小羽毛,眼睛上方有一条非常浅的黄色小条纹。它体型大约有一个壁球那么大,从树梢上轻轻盈盈、悄无声息地掠过,几乎无法用肉眼辨认。它是三月从非洲飞抵我们海岸的第一批莺鸟之一,它在高高的草丛和灌木丛中筑巢。不过,假如你有幸发现一只,那可真值得仔细看看,叽喳柳莺仅重9克,不到半盎司,要知道它在平静的林间小径从你身边掠过前,已经从西非不远万里一路飞来,穿过了撒哈拉大沙漠和茫茫的地中海。

我承认在外观上它没啥可写的:外表既不如一只拥有醒目的赭色胸部的骄傲的苍头燕雀,也不如一只穿着华丽的黄蓝制服的精致蓝山雀。但是,叽喳柳莺的重要性不在于它的衣着,而在于它的啼鸣。当它鸣叫时,叽喳柳莺的歌声,响亮而持久欢快的叽喳、叽喳、叽喳像是大自然的春天闹钟。一旦你听到三月份第一只叽喳柳莺的啼鸣,你就可以确定春天即将来临。大自然即将从冬眠中苏醒,并爆发出勃勃生机。在妈妈去世后的几个月里,这些快乐的音符对我来说具有了新的意义。它们打破了我父亲和我之间非常需要打破的缄默。

那年春天来得很晚。冬天像酒吧打烊时的老酒鬼一样赖着不走。它既然来了,就不会走了。就在我以为春天已经打着哈欠、准备好用温暖的拥抱张开双臂迎接我时,冬天做了一个鬼脸,春天害怕地跑回被窝里去了。在我情绪低落的那个夜晚不久后,我去了爸爸的农场,想看看他接生了多少只羊羔。三月中旬一个凉爽的星期六,我到了那里,我能感觉到周围的树木在复苏。地上正开出大片的小黄花,在爸爸家的橡树下,一月和二月的雪花莲已让位于三月遍地的黄水仙,但空气中弥漫着刺骨的寒意,在微弱的阳光照射下有一种冰凉的雨夹雪感觉。冬天还无心马上退去。"我是否定的精神。"[1]正如歌德所说的那样。

这是第一个没有妈妈的羊羔接生季,对爸爸来说难度很大。我记得,小时候,这是农场一年中最艰难、最寒冷、最黑暗的一段时间。按大家普遍认为的羊羔接生场景,这是一年中的神奇时刻。小羊羔在阳光照耀的田野周围嬉戏,在轻轻摇曳的黄水仙和充满活力的鸟鸣声中嬉戏。这都是真的,但这个田园梦幻未能描绘出来阳光明媚的田野和活蹦乱跳的小羊羔出现之前的画面。那是个困难时刻。

在我童年的时候,每年有六个星期左右的时间我们都忙着给羊羔的接生。我们一直生活在压力、劳累和新生命带来的强烈气味中。厨房呈现的是农场妇产科的氛围(和气味),满是瓶子、奶嘴和奶粉,泥土和羊粪,以及源源不断住进我们温暖的燃油炉旁边用稻草铺垫的盒子里的孤儿羊羔。作为孩子,我们的工作就是用奶瓶喂养这些饥饿的小羊羔,它们的母亲要么死了,要么拒绝喂养它们。我哥哥的杰克罗素猎犬会轻轻地舔它们,让它们恢复健康,或是安抚它们,让它们回到母羊的怀抱。这只

---

[1] 这句话出自歌德的《浮士德》,"靡非斯特发现浮士德的思想正处在矛盾之中,立刻将自己变为一个书生,走来与浮士德相识。他告诉浮士德:他是'否定的精神','恶'就是他的本质;他要与自然的权威抗衡,要毁灭一切,包括人类。浮士德向他诉说尘世生活束缚的痛苦,他宁愿死也不愿过这种安贫守分、无所作为的生活。"该段译文参考了《浮士德》,歌德著,钱春绮译,上海译文出版社,2013年。

忠诚的小狗会毫不犹豫地撕开兔子或老鼠（或邮递员的裤子），但它还能变成充满爱心的保姆，照料这些可怜的小家伙，这一直让我感到很惊讶。

因为妈妈的手小，她在羊羔接生季被指定为首席助产士。而且由于爸爸饲养的特种母羊号称"难产羊妈妈"，因此妈妈在大多数晚上都一直在接羔棚里值班。那些三月的夜晚还是很难熬的。爸爸当然在一年中的这些困难日子里分担了一些工作，但总觉得还是妈妈承担了大部分的工作。她会在午夜起床，对怀孕后期的母羊进行最后一次检查，然后在凌晨三点再返回检查是否有任何意外发生。而且似乎总是会发生许多意想不到的情况，通常需要用一只手去拍母羊的后背。事实上，妈妈如此敬业，以至于都把结婚戒指丢失在了羊背上。

没有了她的支持，我真的不知道爸爸会如何应付这个特殊的羊羔接生季。不仅仅是因为他不会用手去拍难产的母羊的背，而且更糟，悲恸对他造成了严重的伤害，夺走了他的精气神。如果他不尽快开始正常饮食，还会夺走他的健康。

尽管爸爸的邻居们每天都在前门口给他送来源源不断的千层面和农家派，但他从来没有碰过它们。他的食谱总是杜松子酒和香蕉。这个曾经胖乎乎且精力充沛的红脸汉以前每天早上会享用一份全套的英式早餐，午餐吃一个三明治、喝一品脱啤酒，晚餐吃肉和两份蔬菜，再加上半瓶便宜的干红葡萄酒。比起以前，他现在显得苍白而憔悴。当他拖着脚步爬上小山走向接羔棚时,他低着头,让人几乎认不出来了。在三月的刺骨寒风中,他那邋遢的破旧连衫裤工装拍打着瘦骨嶙峋的身躯。他走路有点踉跄,步履蹒跚,就像一头跛脚的毛驴走在去屠夫院子的路上。

这是折磨人的几个小时。我无法从他身上感受到生命的火花。他沉默寡言,闷闷不乐。在绝望中,我犯了一个小学生的错误,问他羊羔接生怎么样了。永远不该问养羊人羊羔接生的情况,特别在他的妻子刚刚去世并且他已三个月没有好好吃饭的时候。

"简直糟透了!"他回答。接着他列出了一系列令人沮丧的不幸,从腹部下垂、患病到死亡和羊羔产量的减少。"今年我们几乎没有双胞胎或三胞胎!"农夫们从不承认好消息或兴旺,只承认坏消息和贫困。

在花了大约半小时灌满饮水槽、铺好稻草、整理好干草后,我们慢慢走回家。爸爸建议我们去给妈妈上坟。葬礼后,我还没去过妈妈的坟墓。我不知道会怎么样。妈妈被埋在山顶一座简朴、坚固的十八世纪教堂的墓地里,就在我长大的小村庄外。这是一个偏僻的地方,视野广阔。有几棵古老的红豆杉树,两二棵参天的山毛榉树,以及一片矮树篱笆围起来的草地。我是在山上那个简朴的小教堂里受洗的,但我还没有找到我愿意被埋葬的地方。

两个月前的葬礼让我们在冰冷的现实面前充满了悲伤,却也给我们带来意想不到的鼓舞和温暖的回忆。早上举行老式葬礼,下午举行感恩仪式。上午十点,我们在这个安静的地方埋葬了妈妈,只有近亲在场。地面坚硬如石,结了一层厚厚的霜。我还记得我为此向前一天不得不挖坟的人感到抱歉。这些事情在这个时候突然在你脑海中冒出来真是奇怪。教堂里,到处都是若隐若现的阴影,冷飕飕的。老式的供暖系统还没有来得及让这个地方暖和起来。在那个一月份灰蒙蒙的早晨,微弱的光线还没照进来。天气很阴沉。我们挤在教堂前三排的长椅上御寒,竭力坐直了,勇敢地去面对。然而我们还是未能做到。我们以传统方式送妈妈上路:上帝给的,上帝会拿走。我们说了我们的祈祷词。然后,在一台旧录音机上,我们播放了几首妈妈最喜欢的苏格兰民歌。妈妈一直为她的苏格兰血统感到无比自豪。闭上眼睛,可以鲜活地看到这个精力充沛的红发女人("赤褐色,亲爱的!")在舞池里翩翩起舞。麦克达夫格子呢腰带在她身后飘扬,一片欢声笑语。然后我哭了。这是她死后我流下的第一滴眼泪。我拼命想忍住,但它们时不时地从我眼中簌簌落下来。玛丽握住我的手,好像她的生命就掌握在我的手中,眼泪顺着她的脸颊滚落。

在随后的下午,我们在邻村的教区教堂举行了感恩仪式。我们的世界从早晨阴暗的黑白变成了绚丽多彩的彩色。我在仪式开始前大约三十分钟到达,发现村里完全陷入瘫痪。教会根本无法承受那么多前来参加仪式的人。门和门廊里涌进很多人,挤满了教堂周围的墓地,给人一种感觉,一个非常重要的人,一个以她自己安静和轻松的方式改变生活的人已经永远离开了的感觉。"我的天啊,这可真是了不起。"这是我唯一能想到的话。

仪式以一种令人头晕目眩的方式进行。到处都是温暖的身影和明亮的色彩,与早晨寒冷的单色形成对照。我们唱了《王者之舞》[1]("Lord of the Dance")。这是妈妈最喜欢的歌,我找不到对她更合适的致敬方式。那天在那个教堂我以从未有过的疯狂和投入演唱了那首赞歌。

> 我从天而降,
> 我在大地上舞蹈。

我非常骄傲,为了我亲爱的母亲的葬礼,整个村子的人都不干活了,惊动了当地的警察,并在我童年走过的蜿蜒小路上造成了三英里的交通堵塞。那是为了妈妈堵的车,为了我们堵的车。

我们喝了香槟,大量的泡泡水下了肚。我们并没有为这样

---

[1] 出自舞台剧《王者之舞》,该剧是麦克·弗莱利(Michael Flatley)成功制作的风靡全球的爱尔兰舞剧《大河之舞》(River Dance)后,又掀起的一场娱乐风暴。《王者之舞》的故事基于一个古老的爱尔兰传说,赤裸裸而真实地呈现人性黑暗与光明的斗争:为了权势、爱情、欲望,黑暗之王挑战正义之王和他的臣民。

做感到一秒钟的内疚,因为这是我们议定的一个行动,绝对清楚,这就是妈妈真正想要的。在她短暂的患病期间,她从未想要死去,一点都没有,但她确实非常清楚地表明了一点:如果我死了,我的葬礼上要有香槟。我父亲非常重视这件事。事实上,香槟是当天唯一提供的饮品。我们都喝多了。

那就是妈妈的葬礼。两个月感觉就像两年,在那个寒冷的三月早晨,我站在那个小墓地里。爸爸在妈妈的墓碑前放了几朵黄水仙,那块墓碑刚刚竖起来。"非常棒,爸爸。"我说。再次对他选择的铭文露出发自内心的微笑——"……和彼得·科贝特相守了近四十四年的爱妻"。我当时当然意识到,今天是我爸妈的结婚周年纪念日。如果妈妈再坚持两个月,就不需要写"近"了。

虽然我发现完全不可能与父亲谈论任何话题,更不用说谈论悲伤或创伤了,我深信他对我母亲,他的妻子,所具有的爱的力量。"那里也给我留了足够的空间,"他指着墓碑说,"我让他们挖了一个十二英尺深的穴(可怜的家伙)。你一定要把我埋在这里。"

"我们会的,爸爸。"

我不记得爸爸和我在那座孤山上站了多久,我们局促不安地站在一起,寒风吹过我们的脚踝。我思忖着过去苦涩的几个月里发生的事情,以及它们留下的伤痕。悲伤就像冬天一样,在它身后无论好坏都留下了已改变的景色。站在我旁边的是我曾经认识的那个人的躯壳。精神和身体都变得非常虚弱。就在一年前,我是否会梦到这种可能?去年这个时候我在做什么?没错。玛丽和我刚从墨西哥度完两周的延期蜜月回来不久。我一生中从未感到如此精神焕发和活力充沛。我充满了幸福的期待。我感到自信,充满了爱和安全。然而,仅仅十二个月后,我就站在我母亲的坟前,旁边是我父亲憔悴而无精打采的身形。对于一年前那个开朗乐观的新婚男人来说,这是一次难以想象的成长。

我看着爸爸,我在想,这片小土地现在要为他留下多少记忆。他的孩子们在这里受洗,凯蒂在这里结婚,他的妻子葬在这里,噢,上帝啊,关于艾玛的记忆就像一块沉重的石板落在我身上。

从没有人提过艾玛。她是我的姐姐。她在我出生之前就去世了。婴儿猝死症。这是妈妈生命中又一个合上的章节。她从未提过,这是继她哥哥和父亲死后残酷的命运施加给她的又一个极端的折磨和悲剧。爸爸也没有提过。我一直以为这是妈妈经历的事情,它对我父亲能有什么影响?他是否也感受到了同样的痛苦?我永远不会知道。因为我从来没有问过。艾玛去世时,她才十五周大,人们有什么权利不让她以传统方式入葬。当我写这一章节问起这事,我父亲说"那个医生是个混蛋"。然后他很快转换了话题。妈妈想把艾玛埋在这里,就在这座小山上,但他们不让。所以,村委会把她的小尸体用货车拖走,然后火化了。我父母能去纪念她的不是坟墓,而是教堂里那个坚硬的小牌子,就在门边,一个不起眼的小收纳箱上,用水泥砌在墙上。在我整个童年时期,我甚至不知道它在那里。在这片汉普郡的土地上,我们小心地储存了这么多的记忆。

我想,很多年后的某一天,当我们都去世后,人们参观这个小教堂,他们会看到那块纪念我从未见过的姐姐的不起眼的青铜牌子,会想,这个小姑娘是谁?他们会认为她这么小就死了是多么可怕。对于她悲伤的父母来说,这是多么可怕啊。就像我现在一样,当我看到那些刻着长长名字的老坟时,这些听起来如此坚固耐久的名字掩盖了铭刻在它们下面的微小生命。

我甚至不可能靠近那种程度的痛苦。我无法靠近我母亲曾经经历过的那些事情。这一定从根本上改变了她。人们是如何战胜这种经历的?因为她从来没有说过,我永远也不会知道。但有一件事我知道:以某种方式,她战胜了。我从这些事情中汲取了巨大的力量。妈妈和爸爸想方设法以某种方式走出了黑暗,她和父亲又生了一个孩子,我。无论当时感觉它是一座多么大的山,他们都将攀登它并继续他们的生活。我经常在想,如果艾玛活了下来,我就永远不会出生。她的死带来了两年后我的生命。虽然妈妈内心充满了矛盾,可温暖的微笑掩盖了冰冷、无休止的痛苦。我不知道她内心的真实感受。但我可以绝对肯定,我知道在癌症侵袭她之前,她非常幸福。她和父亲已经达到了他们前所未有的满足程度。这就是这个悲剧的核心。就像你认为将要在比赛获胜时扭伤了脚踝。

我站在那座山上,非常希望能和父亲谈谈这些事情。谈谈妈妈和艾玛,凯蒂和理查德,还有我自己的悲伤。但我们没有。我们不能。相反,我们站在一起,尴尬地沉默着。我正想要找一个小借口说需要回去吃午饭,这时我的思绪被三月的柳莺明亮清晰的声音打断了。

叽喳、叽喳、叽喳!

"一只叽喳柳莺,爸爸!一只叽喳柳莺!我今年第一次听到!"

他抬起头,环顾四周,他冷冰冰的外表也许只是稍稍透露出内心的一丝微笑,说道:"那会让妈妈很开心。"确实会。

妈妈是春天的造物。当树木开始开花,番红花和雪花莲从坚硬的土壤中破土而出时,她便焕发活力。如果我必须用一种颜色来描述她的生活,那一定是黄色。浓郁的金黄色。三月黄水仙的到来一直是一个非常特殊的时刻。黄水仙年复一年带来了祝福,我拿出了相机。我已经数不清在生命的不同阶段她为我们所有的这些孩子,以及花园里黄水仙中间无数大大小小的狗,拍了多少张照片。当那只叽喳柳莺啼鸣时,尽管我们默默无语,但我知道爸爸和我在想同样的事。妈妈和她的黄水仙。我知道她会多么兴奋,因为这只叽喳柳莺预示着季节的变换。我也知道她也会为羊羔接生就快结束而松一口气。感谢上帝。

那些欢乐的乐音从我们肩上卸下了三月的沉重负担和巨大

压力。虽然我过去一直对那些相信他们所爱的人会转世为花园棚中的欧亚鸲或老橡树上飞翔的莺的人抱有深度怀疑,但那天我选择相信那只快乐的橄榄绿的莺鸟的声音容纳着妈妈的魂灵。在那个寒冷的初春早晨,在那个漂亮的小墓地里,它给了我们一线希望,让我们的精神为之振奋。就像我的云雀会在八月回来,大胆的鸫鸟会在一月底回来,大自然再次提醒我,无论我们喜不喜欢,生活都会继续。

叽喳柳莺是春天的真正先兆,而不是杜鹃。杜鹃是在一个月后的四月才来。叽喳柳莺就像一缕温暖的六月阳光照进我的灵魂。我愉快地思考着,几千年来这种天籁是如何为陷入困境的灵魂带来安慰的。

叽喳柳莺与其说是啼鸣,不如说是在刷它的存在感。"听呀,听呀。这是一个会冻死人的冰冷三月,感觉永远都不会化冻,但我要告诉你,查理,一切都会好起来的!"当我们站在墓地想着妈妈时,它对爸爸和我说了这些话。我的手指因陶醉而颤抖。正如温斯顿·丘吉尔可能说过的那样:我的悲伤还没有结束。这甚至不是结束的开始,但这也许是开始的结束。

在妈妈去世后的第一个春天,我把叽喳柳莺当成大自然轰动的春季秀正式开始前的热身表演。一天晚上,我拉上了冬日的窗帘。第二天早上,景色被上千种不同深浅的绿色照亮。我的精神,就像我周围的树液一样,开始充盈起来。这是妈妈的季节。这让我更加深切地感受到她的缺席,也让我对周围生命的迸发感到极大的安慰。

紧随早到的叽喳柳莺,所有其他歌喉婉转的莺鸟都跟着从非洲回到北半球繁衍。从三月下旬到四月,经过数月的沉寂之后,我家乡的矮树篱和河岸在歌声中活跃起来:欧柳莺、庭园林莺、芦苇莺和水蒲苇莺,等等,穿过这片土地占据了它们的避暑胜地。

不过,在所有莺鸟中,我最喜欢的是黑顶林莺。在三月的那个特殊时期,我听到了第一只叽喳柳莺的啼鸣,在接下来的日子里,我专心聆听第一首黑顶林莺的感人旋律。你不会在许多浪漫的诗歌或文学作品中发现黑顶林莺。诗人倾向于关注它更迷人的表亲夜莺(夜歌鸲)。我认为这是不公平的。而且有些奇怪。因为黑顶林莺的歌声与夜莺、鸫科鸟的不相上下。它是莺鸟界的尼克·德雷克(Nick Drake)[1],有生之年没有受到重视。你可以不相信我的话。西奥多·罗斯福(Theodore Roosevelt)在他的自传中写道,他有一天在英格兰汉普郡的新森林(New Forest)里漫步:

> 我们听到的最具音乐性的歌手是黑顶林莺。在我听来,它的歌声似乎比夜莺更动听。对于这么小的一只鸟来

---

[1] 尼克·德雷克(1948—1974),英国创作歌手、音乐家,以轻柔、简单的吉他歌曲著名,去世后才逐渐受到瞩目和承认。

说,它的能量大得惊人。在音量和音长上,它比不过鸦科鸟和某些其他鸟类,但在音质上,它的独段的旋律很难被超越。

回首那个春天,我记得它就像大自然的三幕戏剧:在那个灰蒙蒙的三月天,我和那只早到的叽喳柳莺,那个春天的使者,从第一幕进入第二幕,日复一日,越来越多莺鸟的刺耳叫声充满矮树篱,越来越多的色彩和声音进入激动人心的最后一幕,和所有演员一起为我表演黎明合唱。黎明合唱是大自然真正的奇迹。最奇妙的是,即使是那些对鸟类一无所知,或者根本无意去发现的人,也无法对此置若罔闻。无论我们愿意与否,这合唱都会有力而欢快地响起。这是对地球上生命最纯粹、最大声的歌唱。

对一些人来说,凌晨四五点被不断升高渐强的鸟鸣声吵醒是巨大痛苦的源头,因为他们要为漫长一天的辛劳争取尽可能多的睡眠。我会欣然承认,在我生命中的某个阶段,我就是那个人。我一直有点失眠。我会在凌晨三点躺在床上害怕黎明的到来,因为我知道当那些鸟儿开始啼鸣时,所有睡着的希望都将破灭。但是随着我对周围鸟儿的爱和知识的增长,我开始认识到这种态度是多么不理智。你不能告诉自己,想睡觉就指望就能睡着,人类不是这样的。无论你买多少遮光窗帘和耳塞,你都无法阻止太阳升起,也无法阻止鸟儿啼鸣。

所以相反,我学会了在凌晨三点和鸟儿拥抱。既然我睡不着,何不沉浸在这美妙的歌声中呢?因为它确实是大自然所能赋予的最神奇的表演之一。一场震撼人心的表演。这些天来,当我在春日的早晨睡不着觉时,我会躺在床上好奇地听着,想象就在此刻,鸟鸣声层层叠叠正欢快地回荡在整个欧洲,然后我就睡着了。

我第一次接触黎明合唱是在我八九岁的时候。那时我离开了寄宿学校,住在一个朝向一片小树林的阴暗小宿舍里。我的床靠在窗边。在某个可怕的时刻,我被震耳欲聋的喧闹声惊醒。简直是不可理喻,那感觉就像一堵噪音墙。我蹑手蹑脚地走到维多利亚时代的小平开窗前,坐在窗台上,并没有其他人走动,听着那些鸟儿的声音,我感到无比震惊。那是三十多年前的事了,可这些歌声在我脑海中回荡了几十年。

然而,就黎明合唱的描述而言,爱德华·格雷《鸟的魅力》中《永恒的伴侣》这章写得最好,这篇其实是由他妻子写的:

> 它以几个鸫鸟的切分音开场。它惊醒了没有半音的山雀。接着出现了锯子音、钟声音、嬉戏音,还有独属于蓝山雀的悄悄话。但是在整个花园响起之前,你几乎无法分辨出单独的鸣叫声。嘹亮好听的鸫鸟响起来了。似乎在更远、更美的地方,飘来了欧乌鸫的声音。在潮水般音调越来越高的啼鸣中,这些音温暖、轻盈,富有创造力。黎明合唱就像被转化成声音的壁毯。槲鸫、欧乌鸫、欧歌鸫,也许还

有鸫的圆润乐音都是整场演出的主角。所有其他的声响都构成了针脚细密的背景;鹪鹩除外,它以响亮的音镇住了群鸟。当它的声音突然升起时,"这座升起的声音宫殿"开始趋于平静。

我读到这段文字,听到鸟儿歌唱,不再害怕黎明。

但即使是那种优雅、动人的描述,也永远无法真正做到准确地再现黎明合唱。它需要被听到,需要被相信。所有的鸟鸣都是一样的。作家、诗人和作曲家花了几个世纪的时间试图在散文、诗歌和歌曲中重现它。在我看来,他们从来都没有完全实现目标。不是这些借助于鸟儿啼鸣的灵感所创作的散文、诗歌和音乐本身不美,而是它们永远无法捕捉到我听到明媚的六月天的欧柳莺,或是四月的杜鹃,抑或三月那只叽喳柳莺的叫声时我内心深处的那种感觉。你无法真正模仿出一只莺鸟在春天啼鸣的美,或者是它啼鸣时给你的感觉,无论是庭园林莺、黑顶林莺、芦苇莺还是我亲爱的叽喳柳莺。我所知道的悲伤也是如此。每个人对悲伤的体验都不一样。都是独特的。尽管所有经历过个人悲剧的人都有类似的记忆。但对我们每个人来说,它们排列组合的顺序是无限的。它不会以任何方式整齐地分类或重建。没有人能真正重现我和爸爸站在妈妈的坟旁,听到春天里第一只叽喳柳莺时的那种感觉。但对我、对爸爸和农场来说,它标志着人生旅程的一个组成部分、一个转折点。那一年,爸爸用钩子和牧羊杖,在家人和朋友的支持下,做完了给羊羔接生的活儿。羊群成功地爬上阳光明媚的田野,黄水仙花摇曳,莺鸟啼鸣,一如往常,年复一年。爸爸和我仍然没有恢复,一点都没有。我们几个都没有:凯蒂和理查德也有他们自己的仗要打。但是我们已经进入了下一阶段。我们都还在这里。我们已学会思考失去了我们的顶梁柱后,生活该如何继续下去。妈妈现在已经不在了。而且毋庸置疑,她在高高的天空中,伴随着叽喳柳莺合唱,跳着苏格兰里尔舞。

叽喳柳莺

♣ **它的外形**：每年三月从北非和西非飞抵欧洲的一种橄榄绿色中带着一点浅黄色的小莺，十月返回。不过，有许多叽喳柳莺在冬天依然会留在欧洲。不要将叽喳柳莺与春天来的其他莺鸟，特别是欧柳莺、林柳莺和庭园林莺混淆。如果大一点的话，它们看起来都很相似。所有迁徙莺的主要识别特征不是它们稍显迟钝的外表，而是它们悦耳的歌声。

♠ **它的声音**：叽喳柳莺是第一种抵达欧洲的莺鸟。它欢快的拟声歌声是春天的使者。它充满个性、持久的"叽喳，叽喳，叽喳"声在三月脱颖而出，你很容易将其与其他鸟儿区分开来。

♥ **它的住所**：在英国，叽喳柳莺有很多。它是农村的鸟，而不是城里的鸟，可以在农村地区的大多数小巷和小路上看见它们。它在高草和灌木的脚下筑巢，喜欢以一种充满活力的动作在树顶觅食或掠过。

◆ **它的食物**：叽喳柳莺主要以昆虫为食：苍蝇、蚊子、蠓虫和毛虫。

★ **看见它的概率**：如果你在春天或秋天走在英国的任何一条乡间小路上，你有80％的概率听到叽喳柳莺的歌声。像大多数鸟儿一样，七月和八月换羽期间，叽喳柳莺会保持缄默。

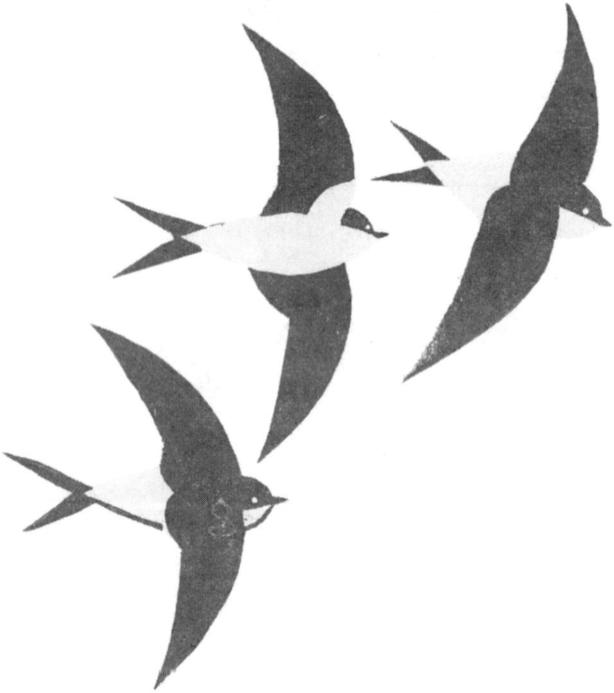

9

毛脚燕

我,一个异乡人,害怕
迷失在一个陌生的世界里。

——A. E. 豪斯曼

夏天的客人,
巡礼庙宇的燕子,
也在这里筑起了它的温暖的巢居,这可以证明这里的空气
有一种诱人的香味;
檐下梁间,
墙头屋角,
无不是这鸟儿安置吊床和摇篮的地方:
凡是它们生息繁殖之处,
我注意到空气总是很新鲜芬芳。[1]

——威廉·莎士比亚,《麦克白》

---

[1] 该段译文引自《朱生豪译莎士比亚戏剧》,威廉·莎士比亚著,朱生豪译,人民文学出版社,2015年。

我最喜欢迁徙中的毛脚燕，是因为尽管人类有能力把人送上月球，把机器人送上火星，并创造出智能手机可以知晓下周四你想要吃什么午餐，但还没有人能弄清楚毛脚燕每年冬天到底去了哪里。事实上，在过去的几年里，在欧洲，人们认为家燕和毛脚燕冬季在池塘底部的泥土中冬眠。在中国，人们普遍认为家燕在冬天会变成蚌。在俄罗斯，人们用一首特别的歌来迎接第一只返回的燕子，全世界都认为，毛脚燕或家燕在你家或附近筑巢会给你带来好运。

毛脚燕具有大自然最精巧的构造。浑身光滑，结实，蓝黑色和纯白的外衣简洁优雅。它集美貌与效率、速度与优雅于一身。如果史蒂夫·乔布斯设计的是鸟儿，而不是计算机，那么毛脚燕就是他要创造的那种动物，一种经典设计。毛脚燕经常会与它们的近亲家燕相混淆（稍后会继续介绍），在这些夏季游客中，它身材最小，有粗短的分叉的尾巴和白色的羽翅。它快乐的咔哒咔哒的叫声并不响亮，不会为它赢得任何歌唱比赛。但如果有令人愉悦的俯冲、滑翔，以及空中杂技表演比赛的话，那么毛脚燕的奖杯柜将会满得叮当作响。

毛脚燕与家燕和雨燕一起，在四月和五月间从非洲的越冬地飞抵北半球的花园。它们要在这里度过六到七个月，在此繁衍并带来欢乐，然后回到约4000英里外的地方，嗯，没有人真正知道是哪里。每年冬天，毛脚燕究竟回到非洲的哪里，仍旧是个谜。

我从这些知识中汲取了极大的安慰。毛脚燕迁徙之谜同样也引起了我的兴趣,让我惊讶不已。正是这个谜团将毛脚燕和家燕植入人类民间传说的DNA之中。这些动物在深秋消失时我感受到的悲伤,与四月和五月间它们返回时我感受到的喜悦一样深刻。我们也不要忘记雨燕,那把优美的空中镰刀,几乎与家燕和毛脚燕同时抵达,但在七月早些时候就返回到非洲。如今,人们经常使用奇迹这个词,甚至由于使用过度变成陈词滥调。但是,每年春天,毛脚燕,以及它们的表亲家燕和雨燕的回归,都堪称真正不会令人失望的奇迹。

这些非洲候鸟的到来是一个又一个世纪人们所关注的事件。它们每年向人们宣告夏天的来临。当然,这对我们的祖先来说意义更大,因为冬天的那些日子只会带来寒冷、饥饿和大量人在死亡边徘徊。看到春天的第一只家燕、雨燕或毛脚燕对过去几个世纪的人们来说具有切实的意义:意味着食物、温暖和欢乐即将到来。

这篇简短的日记是十八世纪的牧师兼日记作家詹姆斯·伍德福德(James Woodforde)于1785年4月18日写的。我看了很感动:"今早看到了本季的第一只家燕。"235年前这个写作的人正在寻找家燕,并渴望在他的日记中标注这只家燕的到来。我很喜欢这点。这样,几个世纪后,我可以拿起一本已经在嘎吱作响的书柜里不知放了多少年的旧书,打开它,读一读从书页中跳出来的那几个字,直接把我和这个早已死去的牧师联系在一起。我喜欢我们共享的那一刻。

到了四月,随着这些神奇的小动物的到来,我经历了我最低落的那一刻——那个情绪低落的夜晚是我悲伤的最明显见证。虽然我非常有把握地感觉到我的生活正继续朝前走,但我内心仍然有种我无法摆脱的难以形容的日复一日的悲伤。一种根深蒂固的忧郁。我一直思考的问题是,生活如何才能再次回归正常?

年轻的时候,我觉得在内心深处建立了这样一种信心,虽然当时各方面还有些不稳定,但还算是在沉稳的上升通道上。无论事情变得多么糟糕,无论我感到多么可怕、沮丧或讨厌,总有一个微小的声音在告诉我:"你还年轻,没关系。生活会变得更好。必须的。它会的。毕竟,还有好几年的时间可以把事情做好。可以获得快乐。"中学,大学,第一份工作,婚姻,按部就班。一切都按照我的成长手册展开——步骤1、步骤2、步骤3、步骤4:"恭喜查理,你现在长大了,可以开始自己生活了。来抽一支雪茄。"但是,有一天,我三十岁左右(或更早),不知何故,我感到接下来的岁月似乎就像这个无穷尽的向上楼梯,让我感到无比压抑。我爱的人开始陆续死去。我再也没有明显、清晰标记的步骤去做事了,因为某个恶魔撕掉了手册的最后一页。

这种信心和自信的下降,和我年轻时所认知的一切背道而驰。这是一个令人不安的认识。事实上,每过一年,我都觉得自己不能更明智、更确定、更有力地应对一个残酷而反复无常的世界。坦率地说,这个世界对我或我所爱的人并不太在乎。这非常令人沮丧。我真的觉得就像 A. E. 豪斯曼(A E Housman)所说的:"我,一个异乡人,害怕迷失在一个陌生的世界里。"我真的讲不清楚。

如果用月份去形容感受,我会把它描述为八月:令人窒息和停滞不前的盛夏三伏天。春天的清新奇观已经远远落在你的身后,鸟儿无声无息,树木在炎热中枯萎不振,一种难以形容的忧郁笼罩着这个地方,像一个阴霾。"我近来不知为了什么缘故,一点兴致都提不起来,什么游乐的事都懒得过问。"[1]莎士比亚的这些台词不断浮现在我的脑海(坦率地说,现在仍然如此,感觉特别糟糕。宿醉特别糟糕)。然而,那时候,这个世界确实感觉像哈姆雷特说的那样:"现在它对我来说,只不过是一团乌烟瘴气而已。"[2]好吧,可能并不是那么强烈,也不接近十七世纪初的氛围,但这句话却很接近我在妈妈去世后那几个月的感受。我失去了我的欢乐。

我还失去了工作。噢,更准确地说,我的工作失去了我。他们总是告诉你,在亲人去世后的一年里,不要做任何重大决定。而我下决心做一个重大的决定,终止我值得炫耀的工作,这曾经是我梦寐以求的工作——在伦敦的报社做特别报道编辑。

回想起来,我根本无法理解为什么我会走进编辑的办公室,递上我的辞职信。这可能与一个事实有关,在与她合作了大约

---

[1] 出自《哈姆雷特》第二幕第三场的开场白。该段译文引自《朱生豪译莎士比亚戏剧》,威廉·莎士比亚著,朱生豪译,人民文学出版社,2015年。
[2] 同上。

十八个月之后,她仍然不知道我的名字,也不知我为这份报纸做了些什么。

不,不是那样。事实是我心力交瘁。我感觉当时那样做是正确的。离开她的办公室时,我兴高采烈,因为我刚刚放弃了一份我知道很多人会为之拼命争抢的工作。虽然我对她接受我辞职的冷漠方式有些失望。

"对不起,呃,查理(?),"当我离开她的老巢时,她在我身后叫道,"你能找到别人来接替你的工作吗?"

就这样吧。我怀疑她可能需要四处打听一下,才能确切知道我为她做的是什么工作。但是,就像我母亲会说的:嘿嘿,我们走了。我感到筋疲力尽,我找不到自己在这个世界上的位置,也找不到做任何事情的意义,真的,无心锦上添花,对没有工作或失业的前景感到非常困惑,更不用说最近痴迷于金汤力。

有一天,我独自一人,情绪低落地走在我们当地运河的纤道上——我想当时可能是刚刚和玛丽就我岌岌可危的职业状况和明显的收入不足起了争执——在小路上我停下了脚步,惊奇地发现有一大群毛脚燕。那年,我已经见到过一两只毛脚燕,它们每周都会断断续续来几只,但我还从没有看到过这么一大群。我以前还没有体验过那种巨大的安慰:毛脚燕或家燕观察者看到它们不断增多,形成好大一片,把天空都遮住时感受到的安慰。但那天我体验到了。它们为我表演了一场那么精彩的演出。我坐在运河岸边,看着它们轮番俯冲,在空中保持着一种姿势,然后每只鸟都会依次俯冲,掠过水面,飞上天空。我坐在纤道上,欣赏着这场五星级的戏剧表演,大约有二三十分钟。我完全沉浸其中。后来我意识到我笑得很厉害,脸都笑痛了。

看着运河边的那些毛脚燕欢乐的空中飞行表演,我身上散发出一种空灵的平静。观看这些天上的飞鸟,和听到八月份云雀的啼鸣还是有区别的。在威尔特郡的那条运河边,我突然意识到,这是我一直以来非常期待的东西。我等待这个时刻已经好几个月了,只是没有真正意识到。这种感觉完全出乎意料。我认识到这些小鸟飞过了数千英里,才在这一天,在这个时刻,来到这里和我在一起。我的这种感觉并不是由具体的事物引起的,比如生日或假期或与朋友共度夜晚(这些事件不再给我任何快乐期待)。它是免费的。这让人很满足。这一切都发生在外面,在这条运河边,离我住的地方只有几百码远。它的力量即使是短暂的,也让我很快乐。事实证明,我一生的幸福指数曲线并没有戛然而止。即使我再也看不清下一步该怎么走,而且那本人生规划手册也早就丢失了,我知道我的旅程还会继续下去,还会有新的目的地就像我已经经过的地标一样令人兴奋和充满冒险。

春天慢慢过去,我饶有兴致地观察并追随那些毛脚燕。我看着它们建造神奇的泥巢——粘在金天鹅酒吧的墙边,随着每天的进展变得越来越大(一只毛脚燕建造一个巢大约需要十天,尽管它们更喜欢重复使用前一年的旧巢,如果粗鲁的家麻雀没有把它们弄坏的话)。

我很想知道它们从多远的地方来到这里。它们怎么知道年复一年回到它们出生的地方。我的车载卫星导航不经过至少三个"请掉头"是不能让我到达沃金的。所以这些动物如何能够每年都像机械钟表一样从很远的地方精确导航到这里,并且有精力在几乎没有栖息的情况下做到这一点,这让我百思不得其解。要知道,一百年后,在我死后很久,我的生活和问题早已蒸发到宇宙中,它们仍会回到这里。在刚果盆地某处,那些遥远的毛脚燕的一些不可知的开关将会关掉,而前往金天鹅酒吧的旅程将重新开始。

这些天来,我像孩子一样对毛脚燕、雨燕和家燕顶礼膜拜。"看,看!你看到它了吗?亲爱的!你看到它了吗?"当我们在四月的一个凉爽的下午走在小巷里时,我朝玛丽大喊大叫,狂风夹着阵雨打在我们的脸上。当然,她已经习惯了我的这种孩子般的热情,而且通常会顺着我。"是的,亲爱的,我看到了那只家燕。"这时我变得唠叨起来。"噢,太好了,现在是四月十三日,我看到了我的第一只家燕。我想这至少比去年早了一个星期。太棒了!"

毛脚燕、家燕和雨燕最初是待在悬崖上的动物,但经过数千年与定居在那里的人类混居,它们选择在我们身边,在我们的房屋、学校、教堂和谷仓中生活和繁衍。好吧,如果我们允许的话,它们就会生活在我们中间。我最近看到附近某个残忍的人在他家谷仓的檐上放了金属丝网,以防止毛脚燕筑巢。这就像砍掉你的花卉以免蝴蝶来访一样荒谬。

毛脚燕把泥巢建在建筑物的外部,屋檐下或有点倾斜的屋顶上。这些巢是神奇的小型建筑,悬挂在建筑物的侧面,看不见用什么方法支撑。如果你真的很幸运,你会看到连续四到五个巢排成一排,不断增多的毛脚燕(它们每年往往养育两窝雏鸟)整个夏天都在你家周围横冲直撞。

另一方面,家燕在我们的棚屋和谷仓内的壁架上、在旧家具上,甚至在一个翻倒的水桶上筑起敞口的巢。我认识的一些人为了方便燕子进来筑巢不惜砸破外屋的窗户。这些人都是我的朋友。雨燕喜欢更高一些的好位置,比如教堂的塔楼,或者我曾经住过的伦敦当地小学的旧钟楼。我每年春天都会去数有多少只雨燕。我还没有提到崖沙燕,因为它们非常少见。如果你很幸运,在一条河附近,你可能会发现一群崖沙燕。它们生活在河岸上的沙洞里,成群结队地在离水几英寸[1]处捕食昆虫。它们的形状和大小与毛脚燕相似,但外表不那么迷人:羽毛暗淡,呈浅黄色。不过,在我看来,它们同样美丽。

在我开启重新发现鸟类之旅之前,和许多其他人一样,我曾经很难分辨这些鸟儿。夏天坐在当地酒吧的花园里,我经常无意中听到的谈话是这样的:

"那是一只毛脚燕还是一只家燕?",一个穿着粉红色赫特威灵顿靴的女人问她的丈夫。

"这是一只家燕。"他自信地回答,他的雪芙牌贝心在微风中轻轻颤动。"或许是雨燕?说实话,我不太确定。"

---

[1] 1英寸约等于2.54厘米。

区分它们的最好方法是，首先，记住雨燕与毛脚燕和家燕完全无关。它们是体型大得多的鸟，有长长的羽翼，回旋飞行（这是我曾经读过的描述，没有什么要修改的），尾巴粗壮，有明显的分叉。或者，更诗意地说，雨燕是一把在空中舞动的镰刀。

雨燕在飞行时也会发出不那么令人愉快的尖叫声，就像老旧自行车上生锈的刹车一样。这使他们在更古老的时代从我们富有想象力的祖先那里获得了许多值得炫耀的名字，包括：尖叫毛脚燕、尖叫猫头鹰、尖叫的家伙、吱吱叫的东西、斯基尔（Skeer）和尖叫魔鬼。一旦你习惯了这种声音，一旦它传进你耳朵里，那么它就会惊人地勾起你的很多回忆。那简直就是温暖晴朗的七月夜晚一种近乎尖叫的噪音。

还有一种雨燕称为白喉针尾雨燕。在欧洲你不太可能看到它。我提起它，是因为这无疑是我听过的最好听的鸟名，也许除去将昆虫串在荆棘上贮藏的屠夫鸟（红背伯劳）。雨燕另一个与众不同之处是它几乎一生都在飞行中度过，除了落在巢上。如果由于某种邪恶的命运转折，它们落在地面上，就再也飞不起来了。为了能飞起来，雨燕需要变换位置到高高的岩架边缘，就像远洋班轮一样在空中启航。我在某处读到，一只雨燕可能会（从初次飞行到找到下一个巢）在两个夏天中间飞越三十万英里。稍微想一下这件事，你就会觉得匪夷所思。

家燕和毛脚燕都比雨燕小，在飞行中很难分辨出前两者。毛脚燕在上方急冲和俯冲时，你可以注意到它亮亮的白色屁股。毛脚燕只有两种颜色，蓝黑色和白色，而家燕是蓝色、白色加上一张小红脸。家燕的尾巴也比毛脚燕长,个头也略大。如果想分辨在飞行中的它们,我唯一能给出的建议是,家燕往往比毛脚燕飞得低,飞行中襟翼拍打得更轻松。不过,坦率地说,当你看到它们在暖融融的夏末傍晚聚集在一起时,谁在乎哪个是哪个。我们只需要坐下来,放松一下,享受它们的表演。

我很容易选择家燕甚至雨燕作为我的十二只救生鸟之一。每一种鸟儿都以自己的方式,在我生命中的不同时期给我带来了喜悦和安慰。八月下旬,随着暑假即将结束,我童年的家燕落在我卧室窗户外的电报线上,当我在离家很远的尼日利亚拉各斯感到疲惫又有些害怕时,有一大群雨燕陪伴着我。事实上,那些拉各斯雨燕对我有着特殊的意义,因为正是在那次旅行中,在拉各斯,我第一次见到了玛丽。

事实上,我非常幸运,我纯属偶然发现自己处在全球两个主要的雨燕迁徙途中的停靠港,一个是向北的停靠港,另一个是向南的。如前所述,第一次见到雨燕是在拉各斯。我完全不想去那里,但被一个无情的编辑派去写一篇关于尼日利亚经济的报告。当然,我现在必须感谢他。如果不是那个没有趣味的驼背男人,以及他下决心让我在世界上最危险的城市之一待上两个星期,我就永远不会遇到玛丽,我的生活将截然不同。我还能清晰地记得在那个炎热的尼日利亚三月天喝着冰镇的星拉格啤酒,和玛丽聊天。这时,三十三层楼高的艾科酒店天空酒吧窗外的雨燕吸引了我,就像在一个全是陌生人的聚会上碰到一些熟悉的老朋友。

多年后,我碰巧再次偶遇雨燕,是在圣特罗佩(St Tropez),在它们往南飞的路上。同样,那里光滑的人行道和镀金的街道标志并不吸引我。不过我获得了一个惊喜。七月下旬,我们被邀请参加一位老朋友的四十岁生日派对。我们到达的那天晚上,我注意到了雨燕。好吧,你不可能不注意到它们。成千上万只雨燕在我们周围尖叫、俯冲,这是一个疯狂的空中团伙。它们在空中蜂拥而至,准备穿越水面返回非洲。我极度兴奋。让我大为不满的是,当我伸长脖子,兴高采烈地跑来跑去时,似乎没人在意它们。没人察觉到它们。"看,看,"我狂喜地喊道,"雨燕!多么壮观的景象。"

获得的反应仅仅是"它们吵死了,不是吗?"。

对于我们所处的技术先进、自诩开明的年代,最让我感到难过的一件事是,我们几乎对这些自始至终在我们身边日常发生的小奇迹和奥秘一无所知。有一段时间,也就是不久前,我自己也不曾察觉这一切。我回头看看过去的自己,感到很惋惜。完全错过了另一个维度。我们花费了太多时间(主要是通过我们的数字设备)去寻找片刻的满足感。但我了解到,真正的满足感不可能是片刻的。片刻的满足感会在应用程序闪烁的一瞬间消失得无影无踪。这些天来,我尽我所能,从远离屏幕的世界中获取我的乐趣,如毛脚燕和家燕的到来,以及圣特罗佩那些正在离开的亲爱的雨燕。

多年前,当我仰望天空,看到那些雨燕时,我看到的不仅仅是一些吵闹的鸟儿。我还看到了一段似乎不可能的4000英里的旅程。我看到成千只雨燕在我头顶飞过,每一只都是一个奇迹。我试着想象它们要去哪里,它们去过哪里,明年夏天会有多少鸟儿回到这些海岸。它使我愣在原地,留在那个季节。我无法告诉你这种感觉是多么令人安心。夏天快要结束了,雨燕正在回来。它们发出的噪声,远非令人讨厌的分心干扰,那些高声尖叫把我带回到过去早已遗忘的地方。而且,它们以一种更有先见之明的方式,让我停下来预测我自己未来的冒险经历——我自己人生的奥德赛。

我认识到,我们很容易陷入一维或二维生活的陷阱。我们视而不见,听而不闻。我们很容易把自然这个第三个维度视作理所当然的存在,太轻易就忽视它了。今天,我感到非常幸运,我花时间重新与它建立起联系。每一天,每个月,每个季节,大自然都有它自己的故事要告诉我。我收听到了那个故事,我从未回头观望。

前几天我学到了一个新词:幽玄(yūgen)。对我来说,它非常巧妙地总结了我在生活中对毛脚燕,以及那些雨燕和家燕的感受。它字母并不多,只有两个相当难听的音节,但它充满了意义。幽玄是日本传统美学——用简单的英语来说,即日本传统的美和艺术——中的重要概念。据说它的意思是"对宇宙之美的深刻、神秘的感觉……以及人类痛苦的悲哀之美"。幽玄超出了可以言表的范围,我真的不能说还有什么比这更好了。当我看到那些毛脚燕在春天抵达,或在秋天离开,抑或当我想起我亲爱的母亲,以及她短暂的一生带来的快乐,或者我自己未知的、有时令人困惑的旅程时,我找不到确切词汇来定义我的感觉,但我现在知道我不需要去找词了:幽玄就是这个意思。

从那以后,我搬离了那个毛脚燕给予我很多慰藉的村庄,但离得不远。我可以经常去看它们,这意味着在阳光明媚的夏日去酒吧。在搬到新家不到一年后,有幸有一家子毛脚燕在我们家的屋檐上筑了一个巢,所以我们只需要打开后门就能充分体会幽玄的意境。事实上,在我们的新村庄里也有大量的家燕和雨燕。我无法用言语表达我是多么引以为豪,它们的到来每年都会带给我内心的宽慰和平静。这又一次让我想起威廉·莎士比亚在他的戏剧《查理三世》(*Richard III*)中的那句充满哲思的名言:"真正的希望如飞翔的家燕那样快。"

毛脚燕

♣ **它的外形**：一个结实而优雅的夏季游客，蓝黑色的背部、白色的臀部和楔形的短尾巴。它与家燕几乎同时在四月和五月从非洲越冬地飞抵欧洲繁衍，人们经常把它和家燕混淆。分辨它们最好的方法是通过尾巴：家燕的尾巴比毛脚燕的楔形尾巴要长得多。毛脚燕比家燕略小，臀部为白色。

♠ **它的声音**：一连串欢快的叽叽喳喳的啁啾声，它们通常栖息在鸟巢附近的电报线上。

♥ **它的住所**：每年春天，成百上千的毛脚燕都会飞抵欧洲。如"house martin"这个英文名暗示的，它们在屋侧筑巢，用泥土建造球形的巢，用唾液将其粘在屋檐下的墙侧。很多时候，毛脚燕会被嫉妒的麻雀从巢中赶出。欧洲的人多数村庄和城镇都有毛脚燕的群居地。

◆ **它的食物**：毛脚燕通常在空中捕食飞虫，特别是苍蝇和蚜虫。它们也喜欢在水面上狩猎，在低空俯冲。捕捉在水面上盘旋的苍蝇和昆虫。

★ **看见它的概率**：近年来，毛脚燕的数量下降惊人，尤其是在英国。但从五月到十月，你会有很高的概率在欧洲的随便哪个村庄或城镇看到它们。找毛脚燕的最佳时间是九月，那时他们聚集在一起，为返回非洲的长途旅行做准备。

10
翠 鸟

> 然后,我们坐在长着樱草的河岸上,聆听鸟儿啼鸣,让我们自己像这些无声的银色溪流一样平静,看着它们在我们身边静静流淌。
>
> ——伊萨克·沃尔顿,《钓客清话》

> 不,可爱的小鸟,你并不自负;
> 你也没有骄傲、雄心勃勃的头脑;
> 我也喜欢一处安静的绿地,远离人类;
> 一个孤零零的池塘,
> 让一棵树敞开怀抱
> 在我面前发出叹息般的声音。
>
> ——威廉·亨利·戴维斯,《翠鸟》

我想肯尼斯·格雷厄姆(Kenneth Grahame)的《柳林风声》(*The Wind in Willows*)我肯定读过有十五次之多,多数是我小时候读的。成年后也读过两三次。我觉得有必要时不时地去重温一下。事实上,我现在正在给我的大儿子睡前朗读《柳林风声》。不知何故,这个鼹鼠上蹿下跳的世界之旅,以及它遇到的形形色色的人物,在我还是个小男孩的时候,就让我产生了极大的共鸣。我被迷住了。当我第一次读到它的时候,鼹鼠争先恐后地抓挠着,推搡着从它"地窖的隐居处"爬出来,进入"温暖的大草坪",在那里,"鸟儿开心的颂歌在它听来,几乎就像一声呐喊",这一画面让我眼前一亮,从未忘记。

也许我一直是那只寻找自己的莱特(Ratty)[1]的孤独鼹鼠。等待我生命中真正理解大自然治愈力量的那一刻,等待莱特关于河上生活的那些话语对我真正产生意义:"它们是我的兄弟和姐妹、姑姑和婶婶、伙伴和朋友、食物和饮料……这是我的世界,其他我什么也不想要。它所没有的东西都不值得拥有,它所不知道的东西都不值得知道。"

当我还是小小孩、还没读过《柳林风声》的那一时期,我会花很多时间一个人在父母家里四处走来走去,无聊透顶。周围似乎从来都没有人。爸爸外出在农场的某个地方工作,妈妈骑马去了,凯蒂和理查德住在寄宿学校。当我六七岁的时候,我对那所房子的每一寸都了如指掌。我探查了每一个布满灰尘的角落和隐蔽的缝隙。没有哪个房间、抽屉或橱柜没有被我好奇的小

---

1 《柳林风声》主角水田鼠的名字。

手彻底翻找过。如果我现在闭上眼睛,穿越回到八十年代初,我仍然可以通过它独特的气味识别出每个房间、抽屉和橱柜。

我就像一个活着的幽灵,一直在这里出没。房屋结构的每一部分对我来说几乎都没有什么秘密可言。当然,除了妈妈锁着的小盒子。我每天都会晃晃那个盒子,就像晃动圣诞节包装好的礼物那样,带有一丝希望或许我能以某种方式解开这个谜。但除了那个盒子里装着的令人震惊的秘密之外,会激起我独自对房子周围进行探索的想象力的大都是一些普普通通的东西。我记得在小餐厅里,有一个古老的威尔士梳妆台架子上摆放着一组瓷器小房子。我曾经在没人看见的时候小心地把它们都拿下来,在我的卧室里玩。有一天我打碎了一个。直到今天我从未忘记。"那些有趣的小房子很值钱,"爸爸会说,"除了查理打碎的那个。"

我父亲的书桌是一个特别的亮点。里面都是些让人兴奋的玩意。一个没有什么意义的宝藏:锋利得令人难以置信的铅笔刀、背面印有乔治国王的旧硬币、很久以前早已生锈的锁的奇怪钥匙、装满别针和插销的烟草罐、包裹成捆的做工粗糙的明信片、时间停了的老手表、已经褪了色的狗和马的老照片、戴着发网微笑的女人、戴着三角帽抽着烟斗表情严肃的男人。一个人的历史浮木被生活的潮水冲上来并搁浅在这张桌上。不用说,这对我具有一种无穷的魅力。爸爸非常讨厌我去那里。"你又来我的办公桌了!你打碎了什么东西吗?离远点!这不关你的事。"

不过,有一件东西更让我着迷。这是一个非常小的十八世纪瓷啤酒杯,被塞在大厅书架顶上一个被遗忘的角落里。一看就知道这个杯子描绘的是一幅宁静的东方风景。有一棵柳树,树枝垂下,亲吻着小溪的涟漪。有一座宝塔,背景是白雪皑皑的群山。真的就是一个很平常的物件。但这个杯子有一个秘密。如果你非常仔细地看,眼睛眯起来,把它从你眼前移开,突然一个男人垂钓的图像就会从背景中出现。他和周围的风景组成了一幅画:一部分是树,一部分是塔,一部分是山,一部分是河。这个人与景观融为一体隐藏在平面的视野中。这就是在河边的生活。当然,我现在明白了。我也明白了莱特的含意。这么多年来,我只是一只勤劳的小鼹鼠,盲目地在自己的生存环境中蹒跚前行,视而不见,听而不闻,寻而不得。

在所有的鸟类中,没有比翠鸟更能体现这种从黑暗到光明的环境变化给人的感官造成的冲击。每当我看到那**光滑橙色和电蓝色的闪光**,像悄无声息的喷火式战斗机一样从水面上飞过,我的心都会震颤。看到飞行中的翠鸟既令人出奇地兴奋,同时也令人出奇地宁静。

古人有一个美好的传说。他们认为,翠鸟的鸟巢随着洋流漂流,会给周围几英里带来宁静。事实上,"宁静"一词来源于关于翠鸟的神话。古希腊人把它称为"宁静鸟",据说它有使狂风和大海宁静的力量。当我看到一只翠鸟的时候,我不需要家人、朋友，甚至是治疗专家来安抚我困扰的内心。在那些日子里，我不需要任何人。因为我有我的宁静鸟。它让我沉浸在快乐的宁静中。

现实中翠鸟的巢并不令人惊艳：远不是在海上漂流，给四处带去宁静。实际上翠鸟的巢位于河岸斜坡顶部，一个堆满了鱼骨和垃圾的肮脏小屋。令人惊讶的是，这样一个美妙的自然奇迹竟然能在如此阴暗的环境中出现，就像一个住在棚屋里的超级名模。

我想看翠鸟的时候并不总是就能看到。但它会让这儿和那儿的景致变得更加赏心悦目。这种麻雀大小的鸟儿有着非同寻常的色彩，让人兴奋不已。翠鸟看起来像是来自亚马逊雨林的一位打扮精美的游客，与我家乡的土地上变化不明显的绿色、棕色和灰色天空形成鲜明对比。它以异国情调照亮了河岸，就像一个耀眼的桑巴舞者在灯光昏暗的伦敦酒吧里蹦跳，既罕见又让人惊喜。它飞行时的悄无声息也让人特别满足。如果我够幸运能看到一只翠鸟在捕鱼，我会兴奋地看着它一头扎入水中，不发出任何声响，甚至不会溅起水花。它像剃须刀片一样划破水面。事实上，这就是翠鸟的喙在空气动力学上的卓越之处，据说给了日本人设计子弹头列车的"鼻子"的灵感。

就在兴奋无比地看到翠鸟时，或此后不久，我感到了无比的宁静。妈妈去世后，这成为我疗愈过程中非常重要的一部分。观赏空中快乐翻飞的毛脚燕，或是聆听莺鸟和鸫鸟的舒缓啼鸣都让我感到安慰,从这种丰富的生活中获得了巨大的慰藉。但翠鸟和它筑巢的河岸对我来说是个全新的世界。这种鸟生在一个完整的水生态系统。这个生态系统并不是给个人提供片刻的慰藉,而是将大自然的点滴连接起来,向我展示了自然界是如何作为一个有机体汇聚在一起的:一个相互关联的生命链,而我就是其中的一部分。

在我们当地运河上看到第一只翠鸟时,我就上瘾了。我走了一英里又一英里,穷追翠鸟,试图找出每只翠鸟的领地。有一天,在五英里的步行中,我看到了四只翠鸟。这是一次巨大的胜利。除了我每次看到翠鸟,内心都感受到美妙的震撼之外,在这一切的宁静中,我们知道当地有这么多健康的本地翠鸟,而在英国的大部分地区它们的数量正在下降,这给我的灵魂多了一丝慰藉。这些是我的翠鸟,我知道在哪里可以找到它们。

最重要的是,寻找翠鸟的过程教会我,在自然界我从来都不是孤独的,尤其是在河岸上我从不孤单。尽管事实上,翠鸟是深度独居的鸟类——大自然的孤独者——无法忍受其他翠鸟的陪伴,这使得交配季节变得尴尬。它们的存在是健康多样的河岸生态的有机组成。

白垩溪流是独特而珍贵的生态系统,蕴藏着丰富的生命。在这些"无声的银色溪流"的源头,水就像一个奇迹从地下涌出,从含水层深处冒出来,然后平静地、不张扬地流向大海,经过砾石和燧石床的净化和清洁,水变得清澈。这些溪流周围是牛羊稀少的水草地,也没有密集的农业,因此景观看起来与两三百年前甚至更早完全相同。站在一条治理良好的白垩溪流旁边,就像站在一幅康斯特布尔[1]的油画前。它能激励人,同样也能治愈人。但就在这样一个飘着细细的太阳雨的日子,在一个天堂般的地方,在亲密的朋友中间,我从未感到如此孤独。

母亲去世大约五个月后,六月底,我和三位老朋友在威尔特郡当地的一条白垩溪流上钓鱼。我在不断增进对周围鸟类的热爱。这些鸟儿每天都在给我力量,也让我悟出了人生的真谛。但有趣的是,我看到的每一只鸟都和剩下的一切是分开的。我还没有看到大自然作为一个有机整体在同呼吸共命运。我还没有真正感受到自然界不同元素汇成一个恢宏整体所产生的力量。莱特的河岸显而易见。

尽管事实上我在继续我的生活,在我新发现的人与野生动物之间联系中,我找到了不同的视角和亟需的安慰,但这种深刻的孤独感侵蚀着我的灵魂,我无法摆脱这种情绪。母亲去世后不久,大量来自交情深厚的朋友和家人发自内心的信息和充满同情的电话潮水般向我涌来,但现在这些已经退去,成了背景中的涓涓细流。几个月过去了,人们自然是回到了他们自己的生活。但事实是,妈妈还是不在了,爸爸还是很伤心,我还是很生

---

[1] 约翰·康斯特布尔(John Constable,1776—1837),英国皇家美术学院院士,十九世纪英国最伟大的风景画家。

涩,不想与人说话,也没有人想和我说话。我发现和朋友们谈论这件事太尴尬了。

不是为了我,而是为了他们。我讨厌给别人造成尴尬。在六个月车祸慢镜头回放般的妈妈的诊断、预后和死亡之后,人们不知道该说些什么。如果他们真鼓起勇气想说些什么,我可以感觉到他们的不安,担心他们自己说错了话。当然还有遇到不认识的人时的极度尴尬。我尤其为那些人感到难过。"嘿,你好,查理,好久不见!你可爱的妈妈怎么样了?"

"呃,我很遗憾地告诉你,她在一月份去世了。"

沉默。脚步慌乱。很不自在。

"哦,上帝,我很抱歉。我非常抱歉。真是没想到。我很抱歉。"

我非常同情那些人。因为我知道他们的感受:你不知道那种强烈的羞愧感。充满罪恶感的、完全不理性的无知之罪。我发现,更容易做到的是,根本不去谈论它。因此,我听从了我母亲的建议,她经常说的一句话:少说为妙,多说误事,亲爱的。

"振作起来,查理!看在上帝的分上,控制住自己!"我对自己说,河水在我身边荡漾,潺潺流过,一只灰色的鹡鸰在远处的岸边轻轻摇摆。"看看你周围!"

在过去的几年里,我和杰米、马克和尼尼安这三个朋友一起逃去河边已成为一种传统。这三个名字放在一个句子中,前面加上"砰地打开一品脱"这个词组,会引起玛丽的轻微抽搐。"看在上帝的分上,不要喝太多,"她会说,"当你终于回房间时,不要叫醒我!"但玛丽也知道,这三个朋友对我来说是一个小酒馆治疗小组,所以她容忍我偶尔出去跟他们厮混。

他们是那种朋友:在他们的陪伴下你可以完全放松。这种朋友不管你喜欢与否都会毫不留情地取笑你,并准确地告诉你他们对你的看法。这种朋友会在你摔倒的时候把你扶起来,不管是身体上和精神上。当你的车抛锚时,他们会在一个大雨滂沱的隆冬之夜驱车三十英里去伯明翰以北的地方接你。

除了和这三个人经常光顾酒吧和赛马场之外,最重要的是,我很珍惜在河边闲逛、钓鱼、聊天,还有在欢快的河畔酒吧喝啤酒的五六个小时。就在这年的六月,组织这些短途旅行的杰米选择了威尔特郡肯内特河(River Kennet)一片引人注目的田园风光,离一家体面的酒吧不远。但无论我多努力,无论风景多美丽,鸟鸣声多悦耳,这些都激不起我的兴致。我的大脑就像一个混凝土大坝,根本无法吸收任何东西。

那天我第一次看到河水平静地从我身边汩汩流过,看到浸水草地上懒洋洋吃草的奶牛、柳树和椴木,看到灰色的鹡鸰在河岸上轻轻摇摆。这一切都是如此宁静。我应该能感到一种彻底的解脱,但那天早上不行。那天早上,我与之抗争。我专注地保持着一只鼹鼠的样子。意义不大,但也没有什么能更有意义。

"你没事吧,伙计? 你今天比较安静。"马克说。

在我的脑海里:

"不,我一点也不好。我感到难以言喻的孤独,我不知道为什么。我在世界上最美丽的地方之一,身边有三个我最喜欢的人,但我觉得自己不属于这里。我无法用你可以理解的方式解释这种与人类脱节的感觉。主要是因为我自己不理解它。在我孤独的大脑里我感到完全找不着北。"

而大声说出来的却是:

"一切都好,伙计,状态很好。"

我决定专注于垂钓。继续处理手头的事情。耐心等待。我希望,大自然会像以前一样,以某种方式发挥它的魔力。

垂钓就是要有耐心。一个好的渔夫总是会在一天的头二十分钟左右用最敏锐的目光观察河流,确定什么样的虫子和苍蝇在水面上嗡嗡作响、等待成为鲑鱼的早餐,这样他或她就能在鱼线尾部模仿苍蝇做饵。但我不是一个很好的渔夫,所以我问杰米,他告诉我该怎么做。

我用苍蝇钓鲑鱼就是想打发掉一天。这也是实际情况。早上醒来时,我的脑海中是美丽的白垩溪流背景(到目前为止,非常好),我优雅而精确地朝一条褐色鲑鱼甩过去一条钓鱼线,我已经能够熟练地用我敏锐的眼睛识别水下的鲑鱼。假苍蝇轻轻地落在水面上,就像真的一样,恰到好处。鲑鱼穿着红色、金色和棕色的斑驳外衣,看到了我的苍蝇,喜欢它的样子,从深处向它游来。当它的鼻子压过清澈的新月形水面时,嘴巴张得大大的。我的身体紧张地期待着。它咬住了苍蝇。成功了!看在上帝的分上,别搞砸了,查理。搞定了。它已经上钩了。紧张解除。现在是难点。

鲑鱼随着鱼竿上呼啸滑出的钓线顺着河流而下。我的心怦怦直跳,就像胸前有一只蜂鸟,我在和鲑鱼激战。我的鱼线绷紧了,鱼竿拱起的样子很好看,也就是钓到鱼时的样子。我对自己说钓鱼需要全神贯注,当我的注意力集中在我面前的最大挑战上时,我所有的忧虑都顺流而下。五分钟后,和鲑鱼的战斗结束了,它在我的努力下乖乖投降了,静悄悄地滑向我给它准备的网。

而现实是我第一次抛线时,鱼线就被树钩住了。我的苍蝇在树枝上弄丢了,因为我没有把它系好。当我在河岸上跌跌撞撞、骂骂咧咧地想解开鱼线而办不到的时候,两百码范围内的鱼都吓跑了。经过二十分钟全神贯注的努力,我解开了鱼线,又系上了一只苍蝇。我希望它就像在水面上飞来飞去的真苍蝇,一些运气不佳的鲑鱼会想把它当作早餐。

我以为我是一个专家,能够发现水中游动的鱼的影子,与它们在自然环境中完全同步,能够将一只苍蝇直接投掷到它们的鼻子上方。但我不是专家,我对此毫无把握。我和一个目光敏锐的渔夫朋友沿着河岸漫步,他指出一条又一条隐藏着的鲑鱼:"查理,你看,你看到岸边远处橡树下的那片杂草了吗?另一边有一条大鲑鱼,就藏在河岸下面。如果你能投在它的上游一点……"

"嗯,啊……"

为了效果故意停顿一下。

"啊,是的。现在我看见了。好漂亮啊!"

十有八九我是没看到鱼。但我不想让人失望,所以我撒谎了。然后,我茫然地击打着我朋友指出的那一片水面,希望运气爆棚,有一条特别的鲑鱼,或许因为年老,或是非常饥饿,会去吞食我的苍蝇。

和过去一样,那天早上我根本没能钓到一条鲑鱼。我们谁都没有钓到。快到中午时,下起了毛毛细雨。努力工作的渔民会继续钓下去,但我们绝不是努力的渔民,所以,我们决定和以前一样去酒吧吃午饭。这场雨看上去会下很久,这可以让我们有理由多点些酒。然后再点一些酒。然后,就是为了开心,再来一瓶。在那家欢快的河畔酒吧里,我们在小餐桌边开怀大笑、举杯豪饮和共叙友情。"欢乐"这个词就是被发明用来形容这样的场景的。然而,尽管有愉快的气氛和好朋友的陪伴,我内心却在沉思和不安。我感到孤独。

当我们回到河岸边的时候,太阳已经出来了,垂钓是我最不想做的事。我只想独自一人到一个安静、蜿蜒的河岸上,睡觉,逃掉。我对其他人说,我打算到河的上游打几个窝,然后到一个我早上发现的隐蔽处,在那里,河流有一个巨大的"U"形转向,如果再下雨的话,有一棵老残柳可以为我遮挡。我用钓鱼包当枕头,头一挨上去,很快就醉醺醺睡意蒙眬起来。

躺在威尔特郡的河岸上,我有一会儿体验到我是整个大自然的一部分,同命运共呼吸。就像河岸上摇曳的柳树,下游平静的黄色鹡鸰,我也是周围景色不可或缺的一部分。就在那一刻,我成了那个彩瓷啤酒杯上隐藏在宁静画面之中的人。我已在自己的画中。

在我周围,春天醒目的黄色鸢尾花已经换成柳叶草、金钱草和勿忘我这类野花。它们给大自然添了几抹雅致的粉红色、紫色和淡蓝色,所有这些都与浓密、深绿色和密不透风的芦苇丛相映成趣。

芦苇丛中发出的到底是什么声音?

我听到芦苇莺高亢的叽叽喳喳声,听起来像是大教堂唱诗班的合唱,虽然当时我不知道它们是芦苇莺。突然,一只黑水鸡从我下面的河岸下飞奔而出,疯狂地冲向水面,似乎生死攸关,咔咔地叫着,一路狂奔。无论我往哪里看,大自然都在影响着我的感受。蜻蜓懒洋洋地嗡嗡飞过水面。还有一只苍鹭,它是捕钓鲑鱼的渔夫的最大竞争对手。此时的它自信非凡,用黄色眼珠子打量着我,然后笨拙地把它长长的身躯抛向空中——一条"J"形飞行曲线。它巨大的翅膀拍打得如此缓慢,根本不顾所有航空物理学规律。

我以前还以为柳树下是一个冷清偏僻的地方,但那其实根本不是一个能让我孤独沉思的地方。到现在为止,这个繁忙的河岸场景仍然还少了一块。我渴望的大自然拼图中还要有一块色彩丰富的拼图,来完成这个场景。翠鸟。

我知道,它会来的。只要我等得够久,够有耐心。就在这时,就好像听到提示一般,它出现了——橙色和电蓝色一闪而过,优雅地掠过我的视野。一瞬间,它就消失了,毫无疑问,它跟在一条美味的鳑鱼或刺鱼之后,像镰刀一样划入水中,看不见了。但对我来说已经足够了,画面已经完成了。我急忙赶回下游我朋友那里,报告爆炸性的翠鸟消息。午餐时的啤酒和红酒给我的眼眶留下了黑色的印迹,但我感到神清气爽,就像我周围的水一样。我的思想某种程度上得到了清洁和净化。因此,我很清楚地明白了为什么古希腊人称翠鸟为"宁静鸟",并相信它具有平息风暴的能力。

那天我接受了悲伤是一种孤独的所在,我对此无能为力。生活也是一件孤独的事情。我现在意识到孤独是人类生活的一部分,地球上的每个人无一例外都经历过孤独。这是人类应有的一部分。虽然我对各种形式的孤独并不陌生,无论是身体上的还是精神上的,但从那一天起,我知道大自然可以提供一种摆脱孤独的方法。我是那只刚从洞里跑出来在草地上打滚的鼹鼠,对周遭的一切充满好奇,我接受这样一个事实:无论我多么努力地寻找答案,我都未必能找到答案。

翠 鸟

♣ **它的外形**：麻雀大小的鸟，有着闪闪发亮的蓝色背部和翅膀、光滑的铜橙色胸部和黑色匕首般的喙。当它在低处飞过河流时，很容易被认出来。不过翠鸟不容易辨认雌雄。

♠ **它的声音**：翠鸟飞行时发出高频的轻声尖叫。

♥ **它的住所**：在整个英国低地河流和运河岸边。它在岸边挖出的又长又细的地道顶头筑巢，在那里为自己的鸟蛋建了一个小房间。

♦ **它的食物**：小鱼，如鲦鱼和刺鱼，是翠鸟的主要食物，但它也会吃河里的昆虫、蝌蚪和虾。

★ **看见它的概率**：有耐心的话，大约有25%的概率能看到一只。尽管翠鸟羽毛色彩鲜艳，但很难被发现。最好的方法就是坐在河边或运河边等待。翠鸟喜欢在悬垂的树枝上栖息和捕鱼。当它们在水面上飞速掠过时，请注意电蓝色和橙色一闪而过。

11

杓 鹬

我从杓鹬的声音,而不是男人的笑声中获得快乐。

——无名氏,《水手》,约公元 1000 年

什么？长了翅膀,却留在这里？

——塞缪尔·约翰逊

"在一个平静的日子里,人几乎能感觉到空气随着那令人愉快的声音震动。"我停下。一天晚上,我坐在床上睡不着觉,读着一直陪伴我的《鸟的魅力》。这句话突然从书页上跳了出来。这是爱德华·格雷在描述春天早晨杓鹬的叫声。我放下书,闭上眼睛,想象自己是马尔岛(Isle of Mull)上的孩子,独自一人在山上,惊奇地听着从草丛中流出的令人难忘的杓鹬叫声。那叫声如泉水汩汩涌出,超凡脱俗。他接着写道:

这些音符听起来并不热情似火:它们带来了和平、休

憩、疗愈的喜悦，以及对过去、现在和未来的幸福的保证。在一个明亮、晴朗的四月天，在春天依然充满期待的情况下，聆听杓鹬的叫声，是鸟类爱好者最好的享受。在寂静的一天，人们几乎可以感觉到空气随着祝福的声音而颤动。

正是如此。这就是我所有问题的答案。我必须尽快去马尔岛找寻到一只杓鹬。我并不在意现在已经是六月，接近七月（它们繁衍季节的末尾），我不太可能听到杓鹬的叫声。但也许我仍有机会能看到，或是听到。

曾经在一些地区被称为"大麻鹬"的杓鹬是我家乡小山里和海岸线上的一种神秘的鸟儿。它是一种涉禽，春季和夏季在英格兰、苏格兰和威尔士高地繁衍，冬季向南迁徙寻找避寒之处，河口泥滩给它们提供了丰富的食物。或许，正如老人们常说的那样，牧羊人和渔夫都很熟悉杓鹬。它是一种精致的动物，大约一个小橄榄球大小，有优雅的长腿，身上穿着斑驳的棕色和浅黄色的制服。它有细长的脖子，看上去很高贵，似乎又有点傲慢。它的喙向下弯曲像一把精巧的镰刀，喙的尖端优雅地伸向地面，能找到一两只埋在沙子里的虾是最好的。一旦找虾或幼虫，它就会把它抛向空中，然后用嘴叼住它。

读到杓鹬，我心中重新燃起了在妈妈生病和去世期间一直怀有的愿望，那就是独自去一个地方，逃避一切，专心思考我在生活中真正想要的是什么。我想要的是看着无边无际的光秃秃的小山、听着杓鹬萦绕的叫声这种意境。抑或如我当时想的那样，我想"做一个梭罗那样的人"。大卫·梭罗（David Thoreau）在1854年写了一本书，《瓦尔登湖，或林中生活》（*Walden; or, a Life in the Woods*）。写的是在美国东北部马萨诸塞州荒野一个叫瓦尔登湖的地方，他在小屋里与世隔绝生活了两年。他在谈到这段经历时说：

> 我去森林是因为我希望从容地生活，只面对生活中基本的事，看看我是否能掌握生命的教诲，而不是在我临死时，才发现自己从来没有活过……我想活得深刻，汲取生活的所有精华。

我决定，深入生活，汲取生活的精华。为了摆脱在我周围再次出现忙碌喧嚣的疯狂生活，我想亲自感受一下孤独荒野上能够疗伤的杓鹬的声音。

显然，找一间十九世纪五十年代美国荒野森林中池塘旁的小木屋不太现实，而且与梭罗不同的是，我只能抽出一周时间，更不用说两年了。但我还是有足够的时间到内赫布里底群岛（Inner Hebrides），体验一下我所渴望的无拘无束的孤独。我那时觉得只有马尔岛符合我的条件。我想与童年时见到的景观和野生动物重新建立起联系，它们陪伴我度过了丰富有趣的童年。我想再一次感受无限的空间和可能性，那种风景一直在催促着我。因此，在那个不眠之夜，我决定坐进车里，第一时间开车去马尔岛。

小时候，夏天我都是在马尔岛度过的，住在祖父母的农场里。而且作为一名通过了 A-Level 考试[1]的少年，我也在那里工作过。我的祖父母在二十世纪九十年代末去世，之后我叔叔一家接手了农场。该农场位于岛的尾部，远离常规的旅游路线，由峻峭的花岗岩海岸线、被风吹得蓝灰色的海滩和海里凸起的陡峭小山丘组成。从仅有的一条路蜿蜒穿过山丘，然后沿着两个受保护的湖泊（一个是海水湖，一个是淡水湖）向下，穿过一小群石头房子，那是洛赫比伊村（Lochbuie），大西洋突然就在眼前。抑或是，如我叔叔吉姆，爸爸的弟弟，眼中泛光地给游客指路时说的："一直走到海边。"

然而，谈到农业，这片土地真的是中看不中用。抛开浪漫的想法不谈，在薄薄的土壤上种植任何有收益的作物都是不可能的，因此，作为一个农民，在那里唯一能谋生的就是养羊和养牛，主要是养羊。马尔岛真的很遥远。在雾气包围你的时候，它会让你毛骨悚然，或者当马尔岛的蠓虫在你的头上形成一层厚厚的裹尸布时，它会使你感到非常不舒服。如果天气真的出现频繁的大风和暴雨时，文明的外衣很快就会被扒掉。这里是英国

---

[1] A-Level 考试，全称为 General Certificate of Education Advanced Level，是英国普通中等教育证书高级水平考试。也被称为"英国高考"。

仅存的几个真正的荒野之一。

当我的朋友们在澳大利亚各地背包旅行,在印度果阿或泰国的海滩上拓展他们的思想,或者在维多利亚瀑布上蹦极时,我选择了在马尔岛做牧羊人的助手。我住在一个修缮过的谷仓,名为茅屋。我承认,没有我在果阿和曼谷的朋友住的地方那么迷人,但我的生活体验同样丰富。我从未如此接近过大自然。我清楚地记得正是这一次我决定了与鸟儿和野生动物重建联系。那时我想,在我马尔岛工作的几个月里,我已经对生活在我周围的杓鹬和蛎鹬、鸢和雕、田凫和红脚鹬有了深入的了解。鸟儿喜欢英国的荒野和空旷的海岸线。我变得非常接近我一直想成为的那种人:**一个好的乡野村夫**。抑或是,正如岛上一位去世已久的地主的墓碑上写的:"一位有用的乡绅。"

我可以从低洼沼泽地里召回一群迷失在雾气中的高地奶牛,在大风中步行四英里把它们赶回家;我会治疗一只生虫的公羊(别问具体怎么治的);用最好的夹子抓住一只野生黑脸羊;还在睡梦中开着拖拉机和拖车倒车。我甚至学过如何宰羊上桌(这不是我经常和我的素食朋友提起的事)。

其中一个记忆令我印象很深,有助于总结这个地方。我们在一个偏远的高地人称为"羊圈"的石头围栏里剪羊毛,那里离文明还有好几英里。在英国各地一个电源插座就可以解决的问题,但我们要想法找一台柴油发电机将电力输送到这个偏远的地方才行。一辆路虎车载着这台柴油发电机沿着崎岖不平的道路行驶了五英里。这样我们第一次用到了电动剪,而不是手工剪。活儿变得非常省力。我的叔叔吉姆一边用电动剪剪羊毛,一边对一个工友说:"你看,詹姆斯,洛赫比伊村终于进入二十世纪了!"

尊敬的格兰特家族的詹姆斯·格兰特爵士,斯特拉斯佩勋爵六世,新斯科舍男爵,格兰特家族的第三十三任族长,从他正在打包的羊毛袋中抬起头,慢悠悠地从嘴里拿出乐福门香烟,啐了一口唾沫,露出被尼古丁熏黑的牙齿苦笑着说:"是的,吉姆,和世界上其他人一样正在进入二十一世纪!"

虽然这是一项难以置信的艰苦工作,有时还会受到责罚,但我取得 A-Level 成绩后在马尔岛的五六个月里,与周围的环境几乎融为了一体。我还能记起当时自己的样子,十八岁,自信满满,开着一辆破旧不堪的三系路虎(要靠一个四磅重的锤子敲打来发动)风驰电掣,沿着一条偏僻而多岩石的小道行驶,好像是一只羊在后面蹦蹦跳跳。左边是大西洋巨浪拍打的海滩,右边是高耸入云的陡峭岩坡。我在世界之巅,我是我领地的主人。

在中间的几十年里,在不同的地方生活和充实自己的同时,我也离开了那个我曾熟悉的环境。我与动物之间的亲密关系消失了。最重要的是,我也失去了鸟儿带给我的安慰。无论多么短暂,我想回去再次体验这一切。

苏格兰的家庭农场是一个野生动物园,到处都是各种各样的动物。我的家人天生就懂得亲近野生动物和家畜的好处。他们根本无法想象他们的世界里如果没有了动物会是怎么样。当我回头看所有这些不同的角色:秉性各异的祖父母、姑姑婶婶、叔叔伯伯和堂兄弟姐妹,其中有些人比其他人更古怪。但我从不记起他们有过极度悲伤或沮丧的样子。很多时候他们只是气急败坏、焦虑躁狂或大喊大叫,但从来没有彻底意志消沉过。他们也不会有悲伤的内省或反思。他们是摆平麻烦事的专家。对他们来说,生活过去是、现在仍然是为了活着。毕竟,有鸡要喂,有羊毛要剪,有篱笆要修,有狗要追。我一直羡慕那种"继续干就好"的基因。

家族树的顶端是我的祖父,也是族长:高大,目光敏锐,脾气暴躁。他的脸像一只威严的抽着烟斗的鹫,带着一点恶狠狠的幽默感。我们所有人都能感受到他的这种魔力:我们既敬畏他,又害怕他。

尽管这个爱德华时代的人物相当严肃,但也是一只相当淘气的老鹫。毫无疑问,他是一个迷人的家伙并且深受周围人的喜爱。我还记得他试图用十英镑收买我妹妹去文身,给我弟弟二十英镑去买耳环以此来激怒我爸爸。他很乐意教我们讲一些非常下流的笑话,并且喜欢我给一些人(包括他)画粗俗的漫画。他喜欢我的母亲,我们都知道这是因为她是唯一敢站出来反对他的人。她从来没有受道过老鹫的严厉批评。

在整个苏格兰,你找不到比我祖父房子所在地更漂亮的地方了。它位置僻静,面向西南,偏居天堂一隅,离大海只有几码远。在这里可以一览无余地看到广阔的海湾,两岸都是闪闪发光的山丘,似乎可以延伸到美国。春天随着荆豆花开变成了金黄色。洛赫比伊的盖尔语名字叫 Lochbuie,是黄色湖泊的意思。难怪我想回去。

但是房子的内部则完全不同。我不知道我祖父是否花钱做过维修。"我希望这个地方会塌掉,那样我就可以住到一个温暖的平房里去了。"他曾经这样对我说。我倒不怪他。卧室里有水桶,用来收集下雨时从天花板破洞里渗漏下来的水。在不同的房间,椅子上都会有小牌子,上面写着:"不要在这里走动。你会从地板上掉下去的。"房间里非常潮湿。即使在八月,我晚上也要穿着睡衣、晨衣、羊毛帽和袜子睡觉。

然而,尽管条件艰苦,环境又潮湿,作为孩子,我们一点也不介意。这座摇摇欲坠的大房子的简朴之美是我们每天冒险和惊喜的源泉:洞穴般的空房间挤满了可以让我们爬进去的家具。漆黑的长廊通向锁着的门,更激起了我们的好奇心。门里面有让我脚趾颤抖的鬼故事。我从不会觉得无聊,尤其因为周围有那么多动物,遍地都是。死了很久的海豹、鸮和雕的遗骸(来自一个更野性、不那么多愁善感的时代残存的痕迹)会从房子周围的大玻璃柜里用它们呆滞的眼睛向下窥视我。还有所有的鹿角!我曾经数过,仅在餐厅的墙上就有四十二头马鹿的鹿角。

当然,我还记得这个地方活着的动物,领头的是麦克塔维什,一只温顺的黑脸公羊。嗯,我用"温顺"这个词是非常客气的。麦克塔维什待在房子的大厅里,整天虎视眈眈地潜伏在前门附近,伺机发动突然袭击。在我幼小而恐惧的头脑里,它是一只恶狠狠的羊。它脾气暴躁,长着巨大的角,使得每次进入房子都成为一个高风险的动作。如果你幸运的话,它朝另一个方向看,你可以偷偷溜过去。但如果你不走运,你就有可能像一个碍事的布娃娃一样被它用头顶翻。我姑妈常带它去购物。

我的祖母坚韧善良,所有的粗花呢裙子、发网和"哟——呼!"声都来自她。有一次,她收养了一只孤儿马鹿,她称之为仙鹿。它像麦克塔维什一样常常待在屋子里。她在起居室火炉旁读《赛马邮报》(The Racing Post),马鹿就趴在她的脚边。还有两只西高地白㹴犬米奇和梅格依偎在她身旁。

我记忆最深的是那时候我祖父养的两只约克夏犬,苏娜和米妮。它们意味着一种特殊的危险。它们和麦克塔维什,那只脾气暴躁的公羊待在一起。在祖父母的屋檐下,我们可能犯下的最大的罪过——会让爸爸在寒冷潮湿的晚上夜夜不得安眠——就是不小心坐在、踩在、压在祖父的这两只小狗身上,或有意无意地用别的方式弄死它们。那是一种多毛、暴躁的棕黑色小动物。它们喜欢长时间使劲撕咬人的脚踝,就像一双愤怒的卧室拖鞋。我们一直处在对它们的恐惧中,不仅仅是因为脚踝有被撕裂的危险,还因为它们的体型意味着它们很容易被踩到。理查德的杰克罗素猎犬"飞儿"被禁止进入我祖父母的房间,因为它会立刻将约克夏犬误认为老鼠,那将是它们的末日,更令人担忧的是,那也将是我们的末日。

毋庸置疑,我的祖父很喜欢这些危险的小猎犬。它们在家里掌有大权。它们晚上睡在床上,一天的大部分时间从祖父的夹克口袋里向外偷看,对任何胆敢靠得太近的人咆哮。我依然可以想象我祖父挺拔的身姿,一件老式粗花呢夹克松松垮垮地挂在他宽阔的肩膀上,每个口袋里都有一只小狗。两全其美。

谢天谢地,我们从未有意或无意地伤害过这些狗。但这也意味着你永远不能放心大胆地坐下来。当不在床上或口袋里时,它们会像变色龙一样消失在附近的扶手椅里。我父亲给我人生最好的建议是:如果你不小心杀了祖父的一条狗,看在上帝的分上,不要告诉任何人;把尸体埋掉,然后加入搜救队。

除了狗、鹿和羊之外,还有两只叫艾米丽和菲比的鸽子,它们有段时间在房子里自由放养,栖息在起居室的灯座上。鸡在沙发上下蛋,旁边是雌孔雀。有人告诉我,我祖父年轻的时候养了一只温顺的狐狸,跟着他四处逛;一只叫宾宝的猴子,还有一匹小马经常和他一起开车旅行。

六月底的一天,当我驱车前往英国奔宁山脉寻找我的杓鹬时,所有这些记忆和家庭故事都涌上心头。我一直对这些血亲的古怪行为感到吃惊。我可以清楚地看到,为什么我的母亲会爱上这一切。与这些养猴子、驯狐狸的疯子相比,我的母亲来自一个非常正统的家庭。而所有这些古怪行为最终生成了我的父亲。

作为孩子,我非常喜欢成为这一切的一分子。我非常自豪。我知道,即使在那时,我也是多么幸运,我的夏季游乐场是赫布里底群岛中这个神奇、无限迷人、遥远的岛。

从我住的地方到马尔岛的家庭农场需要十二个小时:先要横跨英格兰和苏格兰五百英里,再乘一小时渡轮,然后还有十五英里到岛上。事实上,去香港都比这里要容易些。一旦从斯特灵城堡(Stirling Castle)的高速公路驶出,穿过深深的峡谷,沿着波光粼粼的湖边前进,道路就会很快蜿蜒进入高地。你可以感觉到令你发狂的人群越来越远,消失在身后。汽车穿梭在一堆名字古怪的地方,比如克里安拉利(Crianlarich)、达尔马利(Dalmally)和敬畏之桥(The Bridge of Awe)。然后一路向下,到了阿盖尔(Argyl)美丽的小渔港奥本(Oban)。这条路我一定开过一百次了,但我从未厌倦过。最重要的是,它给了我足够的时间去思考。然后,在这段漫长而曲折的道路的终点,是一次跨海轮渡。

当我看到驶入奥本港的"卡尔麦克"号黑红白三色渡轮时,我还是同样兴奋得颤抖。即使在我写这篇文章的时候,在多雨的威尔特郡的一间小卧室里,我还能品味到那个清新、带些咸味的空气,那里弥漫着那天奥本拖网的渔民渔获的刺鼻气味。登上那艘渡轮对我有一种难以置信的疗愈作用。我把我的麻烦都留在奥本的码头上,看着它们在远处消失,船载着我抵达我的宁静之地。这是地球上一个令人难忘、令人震惊、令人改变心智的美丽角落。我想那混合了泥炭沼泽气味的石楠香气一定已经渗透到了我的基因密码中。

晚上七点左右,我到达了我的目的地,一座小农舍,离我祖父的老房子只有几英里远。我把车停下来,把包扔在卧室里,然后立即出发去湖边散步。太阳在西边的山后缓缓落下,天空变成了一片怡人的粉红色,在海湾投下友好的影子。我渴望充分享受它的落日阳光。马尔岛是整个欧洲降雨量最大的岛屿之一,所以如果真的阳光普照,你可千万不要浪费它。然而,当我下山到湖边时,最让我兴奋的就是期待能听到杓鹬的叫声,那样画面就完美了。但杓鹬没有叫。没关系,我还有很多时间。

接下来的三天三夜什么也没有发生。什么都没有发生也让人愉快。我慢慢养成了白天长时间散步、晚上在火炉边喝点威士忌然后早早上床睡觉的习惯。事实上,近一年来我一直睡得不好。我渴望那种无梦的深度睡眠。但是杓鹬没有来。

关于苏格兰西海岸,我一直最喜欢的是它那种浓浓的衰败感。不仅仅是物理意义上腐烂的植被和带咸味的空气,以及风晒雨淋的天气对建筑和机器的侵蚀。当然,那也是。但还有一种从前的生活向我袭来的感觉,虽然已经过去很久了,但我的脑海里往事仍不断浮现。

作为马尔岛的孩子,我总觉得被一种怪异的感觉包围着,一种奇怪的生活态度:衰败。几个世纪以来,岛上几乎没有什么发展,居住在那里的人也很少,所以打量四周你可以很容易地看到过去几代人的痕迹。可以追溯到几十年、几百年、一千年,甚至更久。你可以从山坡和海岸线上读到该岛的历史。从距离我祖父的房子几码远的新石器时代石围栏,到隐藏在常春藤中的城堡废墟(此城堡建于十四世纪,用来护卫河湾),从屋顶塌陷的废弃房屋和农舍、墙上长出的树木,到曾经可能是牧场的灶间。大自然正在不断地再生。冷冰冰、空荡荡的壁炉在摇摇欲坠的烟囱下,这些烟囱曾一度闪耀着家庭生活的光芒。一个废弃的码头,曾经挤满了船只和牲畜,以及繁忙的西部高地生活的嘈杂能量,现在安静了下来,随着时间一年又一年的流逝,慢慢地沉入大海,腐烂的渔船骨架散落在周围。

我曾经喜欢,现在仍然喜爱沉浸在这生生不息的历史之中。我特别喜欢过去的旧机器。二十世纪三四十年代的生锈的旧拖拉机和卡车,被遗弃的半埋在地下的农具。多年前有人把它们留在这里,然后就走了。从那以后,它们就永远一动不动地躺在那里,等待着成为迷人的古代遗物,在我死后很久,被未来的后辈子孙挖掘出来,成为一千年前忙碌的农业生活残存的碎片。

在一个精力充沛的早晨,我决定前往我记得的一个废弃村庄,爬到山顶上去俯瞰大海。苏格兰西海岸到处都是这些废弃的村庄。其中一些村庄在十八世纪被肆无忌惮的地主"清理"了,羊群取代了人群,其他村庄也慢慢地消亡了,因为村民们为了寻求更好的生活逐渐跑到苏格兰本土或新大陆。

我步行走过一大片衰败的景象:经过废弃的码头和没了屋

顶的船夫小屋,登上山顶,我在一座被毁坏的农舍处找到了方向（这座农舍被戏称为"盲人的土地"）,然后向东南方向直通我记忆中的村庄。事实上,这是两个相邻的村庄,由几十座房子组成。它曾经是这座山上一个由几百人组成的繁华社区。但是,没有留下一丝有人在这儿居住过的现实记忆。房子里空空荡荡,敞开着。现在只留下一排排凸出的齿状石头。

我在村庄里散步,坐在这座平缓的小山顶上,内赫布里底群岛在我面前延伸。看着这个地方,我觉得它已经被永远遗弃了。其实有人居住的时间比无人居住的时间长很多。无数的生命,无数的故事,日常生活的痛苦和欢乐,都埋在我周围的石头里,现在都寂静无声了。

小时候我和妈妈经常在这里散步。她完全理解我在这里独自一人的感受。我知道人们一直说在茫茫宇宙中人在地球上活着的时间是多么短暂。站在此地看大自然,确实有意想不到的效果。不是一种行走在可怕的人间地狱、时光飞逝、我已时日无多的可怕感触,不会突然开始想购买红色跑车、痴迷跳伞;而是以一种放松的心态去看待我们在这世上拥有的时间。当我站在那些被遗弃的房子中间,看着一代代人都会看到的景象时,我没有感到悲伤或失落,也没有想制定一份遗愿清单的强烈冲动,我觉得我所有的担忧、焦虑和紧张都不再重要,真的不重要。

轮到枸鹬了。

你在哪里?现在是时候让你的阴魂从废墟中冒出来了。如果是在一部电影里,或是根据托马斯·哈代(Thomas Hardy)小说改编的作品里,你肯定会叫出声了。毕竟,正如博物学家乔治·博拉姆(George Bolam)曾经说过的那样:"没有杓鹬的沼泽就像没有月亮的夜晚。"但是并没有叫声传来。取而代之的是草地鹨。这正好。就在下面,在海边,我可以听到一只蛎鹬欢快的音调,它的衣着档次很高。黑白相间的外衣、红色的绑腿和华丽的橙色喙。如果一个没有杓鹬的沼泽就像一个没有月亮的夜晚,那么一个没有蛎鹬的海滩就像一片没有星星的天空。

寂寥的几天过去了,还是没有发现杓鹬,理查德和凯蒂却带着家人出乎意料地出现在家里。我有些不太能接受。我独居的梭罗生活被搞得一团糟。这么多人和事破坏了我的安宁,我怎么能够坦然应对呢?但我对此无能为力。事实证明,无论如何,我并不真的适合梭罗的生活。我才走了三天,就开始厌倦独自一人的生活。可我还没有听到或看到一只该死的杓鹬。这里,一夜之间从独自一人变为九人之多。与这些吵吵闹闹的快乐的家人在一起是一种快乐。我的家人。妈妈的家人。我们在一起度过了几天,散步,聊天,喝酒,熬夜。我们还一起游览了山上一个空无一人的村庄。我的四个侄子和侄女快活地在废墟中飞奔,我和哥哥正儿八经地猜测那些人多年前的生活状态,而其他人都沉浸在美景中。

然后我们谈到了妈妈。她非常喜欢这个岛。她全身心投入重修一间破败的农舍中。这间农舍曾一度由一位牧羊人居住,长期没有修缮。毫无疑问,它注定会与我们周围的房屋遭遇类似的命运。她把它变成了一个舒适、充满活力和笑声的地方。这是她晚年的一个伟大项目。在这片我们都非常喜欢的荒野里,她的孩子们可以聚在一起。这正是我上个星期一直住的农舍,就坐落在山坡上,俯瞰着湖水:建筑坚固,粉刷过,有一种朴素的美。

妈妈去世后不久,我们在房子旁边的山坡上埋了一块石头,可以俯瞰湖水,石头上刻着她的微笑。或者,至少,我们可以刻上这样的话:"微笑不用花钱,却能给予很多。微笑只需一刹那,但关于微笑的记忆有时会永远持续。"这句话也适用于对杓鹬的呼唤。我该回家了。我难过地说,在那次旅行中,没有杓鹬为我啼鸣。事实证明我根本不需要一只杓鹬。

大约在七月底,也就是我扮演浪漫的自然主义者失败而归的一个月后,玛丽和我去苏塞克斯郡的西惠特林(West Wittering)海滨小村看望她的奶奶,那里离我们家只有一个多小时的车程。西惠特林是玛丽的宁静之地,小时候她在那里与奶奶一起度过了所有夏天。她奶奶现在已经一百多岁了,有六十二个在世的后代,是位充满吸引力、无所不知的女族长。和"海边奶奶"一起住在靠近苏塞克斯海岸边的家里,是为了寻找一个避风港,无论现实中的挣扎怎样压垮你,都可以躲到此处。

这是一个对玛丽和我有着特殊意义的地方。因为就在那里,在河口一棵树枝旁斜逸出的古橡树下,我喝得醉意朦胧,周围是一片五月风信子,我向玛丽求婚了。她接受了。因此,每次我们去西惠特林,都会去同一个地方俯瞰奇切斯特港。那里离一家名为"船舶旅馆"(Ship Inn)的漂亮小酒馆只有一小段路。七月下旬的这一天,我们又走在这一条人迹罕至的幸福之路上,谈谈这个,谈谈那个,抑或什么都不说,这时我在路上停了下来。"玛丽,玛丽,你听!你听到了吗?"经过这么长的路程,这么多的搜寻,在距离我们家后门仅一个半小时的英国南部泥滩上,我应该是听到了令人愉快而又难忘的回响。当然是一只杓鹬。

> 潮水涨,潮水落,
> 暮色暗,杓鹬叫;
> 沿着海边潮湿的褐色沙滩
> 旅人匆匆往镇上赶,
> 潮水涨,潮水落。
>
> ——亨利·沃兹沃斯·朗费罗

杓 鹬

♣ **它的外形**：一种大型涉禽，羽毛呈褐色和白色，脖子细长，独特的长喙向下弯曲。

♠ **它的声音**：一旦听过杓鹬的叫声就永远不会忘记。它发出一种独特的、像液体起泡的"克哩哩哩"的叫声，春夏时节在沼泽和高地回响。

♥ **它的住所**：杓鹬于春季和夏季在高地繁衍，在浅洼地的地面上筑巢。它们喜欢草丛和石楠，那里遍布无脊椎动物。它们可以很好地保护自己巢里的鸟蛋和雏鸟不受食肉动物的袭击。在繁衍季节之外，在冬季，杓鹬会退回海岸上，享受温暖的天气，并以河口泥滩中丰富的食物为食。

◆ **它的食物**：在山里繁衍时，杓鹬以蠕虫、昆虫幼虫、蜘蛛、毛虫和其他无脊椎动物为食。冬天它们在海岸上，用它们的长喙在水中寻觅，以小鱼、螃蟹、虾、蠕虫和蜗牛为食。

★ **看见它的概率**：本书中介绍的鸟儿中，杓鹬是英国最濒临灭绝的一种。它根本无法应对现代农业技术和越来越多的狐狸和乌鸦（它们以地上巢中的鸟蛋为食）大量捕食的双重压力。自1969年以来，英国的杓鹬数量下降了60%以上。尽管数量急剧下降，但现在看到和听到杓鹬仍相对比较容易。冬天是前往海岸保护区观赏的好时机，这是因为成千上万迁徙的杓鹬增加了本地杓鹬的数量，这些杓鹬从北欧南下寻找更温暖的气候和更多的食物。春天，杓鹬飞入山里，前往它们主要在北部的繁衍地。去那里，尤其是在管理良好的松鸡沼泽地，是听杓鹬独特而动人叫声的最佳选择。

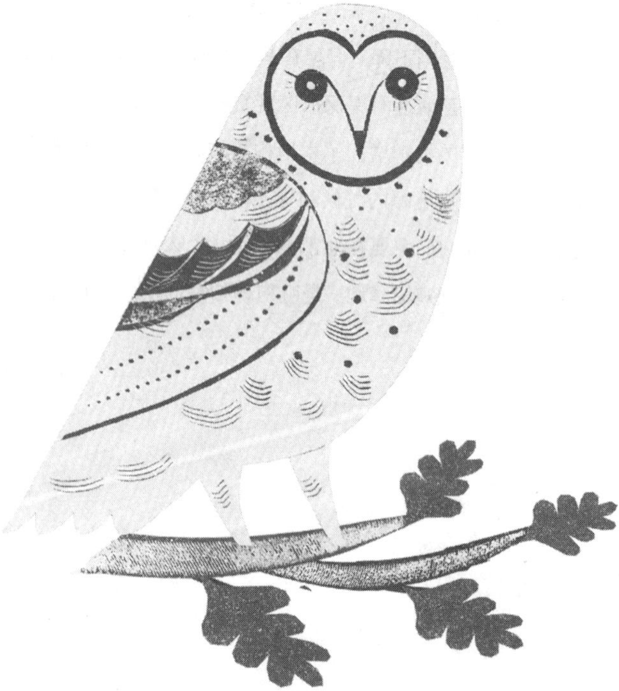

12

仓 鸮

没有悲伤,就不可能有快乐。没有痛苦,就不可能有解脱。没有残忍,就不可能有怜悯。没有恐惧,就不可能有勇气。没有绝望,就不可能有希望。没有剥夺,就不可能有感恩。生命中,悖论比比皆是。生活其实就是在其中寻找方向。

——朱莉·叶-威廉姆斯

庄严的庙堂,甚至地球自身,

以及地球上所有的一切,都将同样消散,

就像这一场幻景,连一点烟云的影子都不曾留下。

构成我们的料子也就是那梦幻的料子;

我们的短暂的一生,

前后都环绕在酣睡之中。[1]

——威廉·莎士比亚,《暴风雨》

---

[1] 该段译文引自《朱生豪译莎士比亚戏剧》,威廉·莎士比亚著,朱生豪译,人民文学出版社,2015年。

当,当,当,钟声敲响,

什么样的声音什么样的景色,

鸮的怪叫声

在诺克海峰的山林间呼啸而过!

——亚历山大·安德森,《恶魔之石》

我的终点就是我的起点

妈妈去世已经很多年了。我正开车行驶在一条畅通但起伏的道路上,从东向西越过威尔特郡的最高处,穿过佩瑟山谷。秋天美丽的日落照在我的周围。玛丽坐在我旁边。在我身后,是我们的两个儿子:亚瑟和泰迪。我们正从我父亲家回来的路上。车里充满了笑声和只有两个五岁以下的男孩才能够制造出来的喧闹声。至少这两个小家伙可以。未来并非命中注定。我很高兴。我们很高兴。生活是甜蜜的。

"小心!看在上帝的分上,查理。你到底在干什么?你会害死我们的。"

"可那是仓鸮,亲爱的。你没看见吗?"

不,玛丽没有看见。她正忙着抓住一切可以抓住的东西,因为汽车(对我们来说很幸运)在空旷的路上飞驰。孩子们变得异常安静。

在我自己看来,我通常是一个很好的司机:勤勉而小心。但在秋天的晚上沿着乡间小路开车看到仓鸮的时候就不是这样了。当看到我们当地的仓鸮时,交规、健康与安全都被我抛之脑后。而且,很不好意思地说,我拿到了官员大人的罚单。此外还有:2014年11月,在布里斯托尔附近的M32公路往回开的路上我听见了椋鸟的咕咕声,差点把车开进卡车肚子里;2016年2月,在M4公路上的纽伯里岔路口,我被一群没认出来的田凫吓了一跳,疯狂地突然变向开上了紧急停车道。

我看到一只仓鸮幽灵般的身影在我右边的草地上悄无声息地俯冲过来,在暮色中猎食老鼠和田鼠。汽车的摇晃吓得玛丽脸色苍白,好像老了一岁。仓鸮也许是大自然最好的造物之一。我很幸运,有一对仓鸮住在离我家不到三英里的地方。它们每年都在一个孤零零的维多利亚式谷仓里筑巢,这个谷仓就坐落在那天晚上我们驱车驶过的漂亮雅致的威尔特路路旁。更让我感到幸运的是,一旦它们在一个适合的地方定居,仓鸮将一辈子生活在那里。这让人高兴。除非我们当地的草场被彻底破坏,我和家人将享受到一代又一代仓鸮的乐趣。

在一个暖洋洋的九月夜晚,在日落时分观看一只仓鸮猎食,真是惊心动魄。除了仓鸮纯白、棕色和浅黄色的外表那超自然的鬼魅之外,最突出的是整个事件悄无声息。仓鸮没有发出一点声音。我不是说彻底的静默,如果你仔细听的话,有一点"嗖嗖"的声音,但基本上是静悄悄的。它们是大自然的无声杀手。

一个有脸、有羽毛、身板经过千百年修炼、最具杀伤力的乡村夜间杀手。它们的心形脸将高频噪声传到耳朵，这样它们既可以通过声音也可以通过视觉进行猎食。它们的眼睛光敏度是人眼的两倍。事实上，人们认为仓鸮把75%的大脑用于听觉和视觉。真的，真的不要在夜里成为一只在仓鸮领地里垂死挣扎的小田鼠，特别是在它饥饿的时候。它会听到你小心脏跳动的声音，然后把它撕开。观看仓鸮猎食会让你感觉自己在一个真正处于游戏巅峰的动物面前。它是一个大自然的真正捕猎高手。

但我最喜欢仓鸮的地方是它们能经济有效地使用自己的能量。有些人甚至会说它们有点懒。一只仓鸮每天要栖息二十二个小时，除去三个月的繁衍季节，一年可以杀死多达一千只老鼠和田鼠。它们就像生活中一整天坐在沙发上看电视的人，只在睡觉前到街角的商店买一品脱牛奶和一罐豆子。假如你的工作能做得那么好，你为什么不整天躺平呢？

然而，就像生活中的人和事不可能是完美的一样，即使是极端优雅和致命高效的仓鸮，也是有缺陷的。大自然在匆忙设计这个最安静的鸟儿杀手时，忘记了让仓鸮有防水的能力。它们不能在雨中猎食。如果整个繁衍季节都在下雨，那将是灾难性的。但在那个宁静的、紫红色的夜晚，当我们从父亲家开车回家时，天并没有下雨，仓鸮悄无声息地飞行。将那种在忙碌的酒吧里连针落地都能听见的听力和剃刀般敏锐的视力展现在人们面前，这两项技能让所有人都惊叹不已。

尽管观看仓鸮猎食能让人感到非常平静，那种内心的平静。但是纵观历史和文化，鸮（猫头鹰）都被视为不祥之兆，甚至是死亡的可怕预兆。莎士比亚的戏剧中充斥着带来厄运的鸮，比如《麦克白》中的谋杀邓肯的一幕：

> 这是夜鸮在啼声，它正在鸣着丧钟，
> 向人们道凄厉的晚安。[1]

在中东，鸮曾被视为死神、邪恶的化身，甚至会在夜间带走孩子。我认为，这种可怕的迷信大多可以归咎于仓鸮。这不仅仅是因为它幽灵般的存在、隐秘的活动，还因为它在鸣叫时发出可怕的噪音。那可不是它西灰林鸮表亲带来的"嘟喂嘟呼"的欢快叫声和晚间抚慰。哦，不。仓鸮的叫声很刺耳。听起来好像有人在杀害一个小孩。难怪它过去被称作尖叫猫头鹰，也难怪人们认为听到它就预示着死亡或灾难。直到二十世纪五十年代，人们都会把仓鸮钉在门上来吓跑恶鬼。在英国的一些地方，仓鸮的叫声被认为预示着一场大风暴，或者寒冷天气即将来临。但从积极的一面来看，也有人说，如果你在暴风雨中听到仓鸮的叫声，那么这是风暴很快就会减弱的明确信号。

但除了尖叫、死亡和凶兆，鸮在历史上最为人所知的特质是

---

[1] 朱生豪译。

智慧。人们常说鸮很聪明。事实上，鸮与智慧的联系最早出现在古希腊。智慧和理性女神雅典娜的手臂上栖落着一只鸮，罗马神话中对应的女神密涅瓦[1]也是如此。这种关联持续了上千年。但事实是鸮并不比任何其他鸟儿更聪明。我认为，这个神话之所以持续存在，是因为它们有什么都能看见的大眼睛、敏锐的听觉和几乎能三百六十度转动的脖子。

当科学家对鸟儿进行智能测试时，渡鸦、寒鸦和乌鸦等鸦科鸟在推理和解决问题方面经常排名第一，而鸮则接近垫底。那智慧在哪儿呢？鸮在它所处的环境里如鱼得水。它不需要到处去解决问题。它的大脑大部分用于猎食，因此它非常擅长猎食。然后它栖息二十二个小时。这不是智慧吗？我希望我能花更多的时间处理手头的事情，而不是去拼命解决我脑子里的问题。

其实，智慧就是知道你并非无所不知，并能欣然接受这个事实。还要接受很多事情是没有答案的。生活也许就像量子力学："如果你认为你理解量子力学，那么你就是不懂量子力学。"或者像鸮可能会说的那样："我永远不会像我聪明的鸦科表亲那样去识别形状、从左数到右、使用工具打开装有坚果的有机玻璃盒子。我对此并不在意，谢谢。相反，我只会去做我最擅长的事，去宰杀一只田鼠做我的晚餐。"

---

[1] 密涅瓦是罗马神话中的智慧、战争、月亮和记忆女神，也是手工业者、学生、艺术家的保护神。

懂得死亡和变化、焦虑和抑郁就像五月国际锦标赛开幕日的雨一样不可避免,这是智慧吗？懂得尽管有悲伤,生活还是会再次变得更好,这是智慧吗？如果我们一味地等待,那也是智慧吗？懂得在 iPhone 或 Instagram 上不会找到智慧的答案,这是智慧吗？有时候,答案可能就是放下电话,在树林里长时间地散个步。不要不断地询问什么是智慧,这是不是也是智慧？

有时候,我可以用一双新的火而明亮的眼睛看到我自己的存在。三百六十度视野。我突然意识到,我的生活是多么充实,充满了欢乐。就像是在乌云笼罩下的马尔岛山顶上,没有任何预兆,风就吹散了雾霭,露出石楠覆盖的亮闪闪的山景、蔚蓝的天空和碧蓝的湖水。我提醒自己,景色总是在那里,让它变得模糊的只是我脑海中的迷雾。正是在那些日子里,比如我和家人坐在车里的那一天,我有一种强烈的愿望,想跳进时光机,回到所有不同时段的那个我,向那个焦虑和悲伤的家伙保证,一切都会好起来的：

这个超重、脸上长斑的大学生在聚会上笑着开玩笑,但在人群中却感到格格不入、没有安全感、孤独,渴望着人们的认可。

青春痘会消失的,别担心。体重也会减下来。你周围的所有人,那些你认为非常自信和有把握的人,都和你有过一样的感觉。有一天,你会再次找到你开着旧路虎在马尔岛崎岖小路上颠簸时那种无比自信和与周围环境融为一体的感觉。

二十多岁时体重不达标,失恋,没有方向,失去自尊,在伦敦度过第一个冬天时,他绝望地感到应付不下去了。

> 很快,有一天你就会遇到你生命中最爱的人,所以不要担心。你会在旅途中找到方向和你要去的地方。现在做好你自己就够了。要有信心。

三十多岁时悲伤地失去了所有的快乐,虚弱到惊恐发作,对未来的深不可测充满了忧郁和恐惧。

> 生活是个贱人,查理。再这样下去你人就没了!总有一天,你车保险杠上的贴纸会让你安心,你还会点一点歪着的头,而不再是极度焦虑。

我甚至会安慰那个心烦意乱的家伙,因为几个月前他目睹喜鹊摧毁了槲鸫的窝巢。

> 它们回来了!槲鸫回来了,查理。我昨天刚看到它们在花园里追一只疲于奔命的啄木鸟。

但在从爸爸家回去的路上,我开车穿过威尔特郡的山坡时,内心充满了平静和爱,还在想着仓鸮,我不想和其他的以前的自己说话。我只想和一个小男孩说话,那是八岁的我,独自站在汉普郡的一个果园门口。

现在是九月,苹果成熟了,沉甸甸地压在他家周围的树上。假期已经接近尾声,在家里待了九个星期之后,他还有几天就要回学校了。

我想用我的胳膊搂住那个小男孩,就像他是我的亲生儿子一样,向他保证一切都会好起来的。他真的没有什么可害怕的。我为那个孩子感到非常难过,因为我知道他不太喜欢自己。他想知道,如果连**他自己**都不喜欢自己,那还会有其他人喜欢他吗?我想告诉他,这种感觉完全没有根据。从他的大英雄斯蒂芬·弗莱(Stephen Fry)和休·劳瑞(Hugh Laurie)(这个小男孩喜欢《黑爵士》)到阿加莎·克里斯蒂(Agatha Christie)、约翰·贝杰曼(John Betjeman)[1]和温斯顿·丘吉尔,我们中的许多人都曾有过这种感觉。看在上帝的分上,查理,即使是伟大的阿道克船长[2]有时也会情绪低落。毫无疑问,丁丁也是。(虽然阿道

---

[1] 约翰·贝杰曼(1906—1984),英国桂冠诗人,作品有《高与低》《几朵迟开的菊花》《钟声的召唤》等。

[2] 阿奇波尔德·阿道克(Archibald Haddock),是《丁丁历险记》中的男二号,该人物急性子、嗜酒如命、为朋友两肋插刀、顽劣固执,有时不太聪明,常常破口大骂。

克船长的情况可能与威士忌有关。)

我会告诉他,他就是一个正常的孩子,和其他人一样,大家都有缺陷,都有莫名其妙的悲伤、天生的弱点和没完没了、难以理解的矛盾。我会说:这就是生活甜蜜的奥秘,查理。

在未来的几年里,你也会有很多快乐时光;很多真实的快乐,还有莫名其妙的自我怀疑和悲伤。你不能只要这个而不要另一个:正如佛教徒所说,它们是相互依托的,就像大黄蜂和花一样。我非常希望,当我说这话时,这个小男孩会相信我。不过我很肯定他不会的。这个愤世嫉俗的家伙。

有些人很幸运,能够保持对上帝的信仰。我不再是那些人中的一员。至少,我觉得我不再那么有信仰了。即使我这么做了,我也会像约翰·贝杰曼一样,不那么坚信我的信仰,还会认为这是一堆老生常谈的废话。我想大多数人已不再虔信天空中有一位父神,他会帮助我们摆脱困境,在我们死后让我们通过他的大门。

对天父形象失去信心对我来说是一个大问题,不仅因为一段时间里我在学校非常强烈地感受到了我的宗教信仰,更重要的是,当它开始消失时,我没有找到什么东西可以去替代它。妈妈去世的时候,我需要答案,而且我需要很快得到答案。我需要找到另一种信仰。科学对我没有用处。科学都是些又冷又硬的事实和富有挑战性的命题。对于人类探索我们赖以生存的地球,回答可以改变我们生活的问题至关重要。但当我面临母亲去世这样的个人危机,或者莫名其妙的焦虑和忧郁时,科学永远不会照亮我的灵魂。在那些冷酷现实的日子里,它永远不会温暖我。科学就是要找到问题的答案。但如果我的问题没有真正的答案呢?或者如果我甚至不知道这个该死的问题是什么呢?

事后诸葛亮很容易。我发现真正的诀窍是找到一种方法,当我感到深深的绝望时,不需要一个恼人的快乐的我从未来穿越过来,对自己喋喋不休地谈论一切都会好起来。我知道,如果只是等待,生活确实也能变好。然后黑暗会再次来临。它会走了又来,来了又走。好日子和坏日子,起不了床的日子,让人生气的日子,愤怒的日子,莫名其妙的快乐日子,突然间一切变得有意义的日子,如从父亲家回来的那天。

自从我在威尔特郡的山坡上发现了那只孤独的云雀后,我每天都在研究鸟儿和兽类的能量,以及它们的栖息地,以获得治愈。例如,仓鸮告诉我,大自然是没有感情的。没有残虐就没有美丽的雀鹰在我眼皮底下从鸟群中抓住一只椋鸟,或是游隼撞上一只漂亮的小林鸽时羽毛折断发出的爆裂声。

有时我会觉得我所属的种群正遭遇某种群体性的迷失。集体焦虑发作。感觉就像我们忘记了如何生活。我们从社交媒体、酒精、红色跑车、大房子或无数其他死角中寻找答案。然而,就像你花了二十分钟在橱柜里寻找的那罐芥末,其实它就在我们鼻子底下。我们忽视它太久了。我忽视它太久了。我对周围的自然界失去了惊奇感,更糟的是,我失去了敬畏感。没有了敬畏,我们什么都没有了。

我再也看不到,再也不对我身边的自然界感兴趣。不管是春天里美丽的黄色白屈菜的美丽,还是一只栖息在老橡树树枝上小戴菊的优雅,或是威尔特郡山坡上水坑中模糊的倒影都不能引起我的兴趣。我已没有能力去观赏日常生活中的壮丽美景。而这一切都是免费的,就在我的家门口。我的十二只鸟都在一小时车程内,在英国的任何地方可以找到。事实上,不管你在何处,只要踏出家门,就可以在几分钟内找到它们。我们只须时不时抬头看一看。

这本书并不想教你如何更好地生活的哲学。我不会假装自己知道答案。甚至是了解这类问题。我也不是鸟类专家。真的不是。我当然也不是心理健康专家。但我也许是认识了解我自己的专家:我是一个有缺陷的人。

我比以往任何时候都更清楚地认识到,生命是一个循环,我母亲的去世是其中不可或缺的一环。大自然把她从我身边带走了,当然不会把她再带回来。但通过大自然,我也找到了一条摆脱悲伤的途径。鸟儿和它们栖息地让我明白,我属于我的环境,且不仅仅是身在其中。我想分享这一点,因为我知道这会让你成为一个更有适应力的人,甚至我敢说,一个更快乐的人。

我可以回顾我的全部生活,不停地思考我在不同时期是否快乐。有时会有明确的标记,比如与玛丽相遇和结婚,或者我儿子出生。但大多数时候,幸福几乎是不确定的。事实上,我并不知道幸福和充实生活的秘诀是什么。但我知道一件绝对肯定的事：我知道，在这个世界上，就在此时此刻，我哪儿都不想去——比如十一月的一个下午，当我在花园里焚烧落叶时，一只欧亚鸲停在我旁边的篱柱上。再如我看到一只鹪鹩在寒冷的冬天飞过，抑或是我听到一只欧歌鸫在那个最漫长的夜晚意外地啼鸣，一只忙碌而专注的红腹灰雀在小路上轻轻吹着口哨，抑或是一只寒鸦在秋天的傍晚叽叽喳喳地叫。再如我看到有十七只麻雀在我门外的水坑里洗澡。冷酷的三月天里的第一只叽喳柳莺，或是五月的毛脚燕，还有六月河岸上闪闪发光的翠鸟。黎明时分我听到在苏塞克斯泥滩上回荡的杓鹬叫声，或是一天结束时我目睹仓鸮捕杀田鼠。但最重要的是，最重要的是，一只云雀的啼鸣响彻空谷。

这是我听到的宇宙之声。我每天都很感激它。

仓 鸮

♣ **它的外形**：晚上静静地捕猎时，一个幽灵般的白色存在。仓鸮是一种纯夜间活动的动物，它的背部是斑驳的灰色和淡褐色，而腹部是明亮的白色。它有一张独特的心形白脸。

♠ **它的声音**：仓鸮的叫声，不像它更温柔的西灰林鸮表亲，它在深夜发出尖锐刺耳的叫声。

♥ **它的住所**：仓鸮在草地和草甸内筑巢，在废弃农舍的高而平的窗台上也可看见它的巢。它们分布在英国各地，但由于集约农业，它们通常只在无农药的田地边缘和道路边缘捕猎，在那里还可以找到猎物。

◆ **它的食物**：像老鼠和田鼠这样的小型哺乳动物。

★ **看见它的概率**：虽然仓鸮在欧洲的分布很广，但它是现代集约食品生产的又一受害者。在日常的散步中几乎看不到它们。首先是因为它们只在夜间捕猎，其次是因为英国盛产老鼠和田鼠的大型野花草甸已经为数不多。也因为供仓鸮筑巢的废弃谷仓少之又少了。但现在许多农民为仓鸮提供筑巢箱，在乡村找当地人稍微问问就能找到当地仓鸮的猎食地点。如果你晚上外出到仓鸮巢的附近，特别是在繁衍季节，你将有80％的概率看到一只仓鸮，或听到它的声音。

地名索引

一年四季来看鸟

当我再次渴望探求鸟类知识并重新燃起对鸟类的热爱时,最让我感到沮丧的是,所有的指南书都是按照品种来分类。每当我看到一只想认识的鸟儿时,我都不得不从书的第一页翻起,直到找到它的正确插图。但即便如此,我也不能确定它是否就是正确的。我无法回过头去再次查看那只鸟所在的矮树篱或树林。我渴求的是能有一本指南告诉我在什么地方和什么时间能看到这些鸟。我想要知道鸟儿出现的场景。例如:在一个夏日的午后,你坐在花园里很可能会看到欧亚鸲、大山雀、苍头燕雀和欧金翅雀。如果你抬起头,还可能会看到家燕和毛脚燕威风凛凛地俯冲过来捕捉空中的蝇虫。如果你竖耳聆听,也许会听到欧乌鸫或欧歌鸫在背景声中响亮地啼鸣,甚至有可能是庭园林莺或叽喳柳莺在歌唱。这样的指引对我来说才是真正有帮助的。它会让我的脑海中出现夏日午后我在花园里能看到和听到的场景。

当我刚着手重新寻找我周围的鸟儿时,我似乎有点不太好意思询问下面这些基础问题,我曾希望有人能够给我答案。

鸟儿什么时候会啼鸣? 鸟儿只在春天和初夏啼鸣。他们在七八月开始换羽毛时便停止啼鸣。这一阶段它们脱落旧羽毛并长出新羽毛过冬。在冬季,鸟儿大多数是静默的,欧亚鸲除外,你在每年的这个时候可能会听到它们尖锐的报警声,那是它们在警告其他鸟类附近有捕食者。

鸟儿为什么啼鸣? 雄鸟啼鸣是因为它们想确立自己的领地并吸引配偶。除了少数品种,如鹪鹩和欧亚鸲,雌鸟一般不会啼鸣。一些博物学家认为,鸟儿也会纯粹因为极致的快乐而啼鸣。

鸟儿的寿命: 野外大多数鸣禽的平均寿命在两到五年。它们通常会被捕食、冻死或饿死。然而,圈养的鸟儿会活得久一些。据记载有一只圈养的欧亚鸲活了十一年。最长寿的蓝山雀令人惊奇地活了二十一年。

在一年中的不同时间里有望看到哪些鸟儿? 以下是各个季节的概览,它将向您展示一年中不同的时间和地点你可能看到或听到的鸟儿。这绝不是一份详尽的清单。它只是根据我自己在英国农村和城市的经历罗列出来的。

春 天

第一批开始啼鸣的鸟是苍头燕雀和欧乌鸫。有些鸟儿更是早在二月份就开始啼鸣了。它们很容易被发现,因为那时树上的叶子还没有长出来。欧歌鸫和槲鸫则是在十二月和一月开始啼鸣。

春天迁徙

从三月开始,源源不断的小莺鸟从非洲飞来。夜莺(夜歌鸲)的名气最响,它们主要分布在英格兰东南部。其他飞来的莺包括:黑顶林莺、庭园林莺、芦苇莺、水蒲苇莺和欧柳莺,它们都广泛分布在英国和欧洲。每年的这个时候它们的啼鸣将使树篱重新焕发出活力。特别是叽喳柳莺,它能发出持久的叫声,像是在模拟一种声响。

杜鹃:它在四月从非洲飞来,在六月底返回时唱出了春天的"布谷——布谷——"副歌。杜鹃利用其他鸟如林岩鹨或草地鹨的巢来孵育自己的雏鸟。孵化十二天后小杜鹃将推开另一种鸟的蛋和雏鸟横空出世。这些绝不是唯一在春天迁徙到英国并在这里繁衍的鸟儿。其他鸟儿还包括:白喉林莺、鹟、西黄鹡鸰和斑鸠。

黎明大合唱:这是大自然的一个奇迹。雄鸟在一年中的某个时候争夺领地并寻找配偶。它们通过闪闪发亮的羽毛和响亮而甜美的歌声宣告它们的存在。大约从三月开始这种黎明大合唱,柔和的音调到五月左右逐渐变得气势磅礴。到了六月音量稍微下降进入尾声,七月繁衍季节结束到换羽开始时,大合唱就彻底消失了。

繁衍:鸟儿从十二月左右开始寻找合适的筑巢地点,并在二月底左右开始筑巢。从三月起直到六月底,所有品种的鸟儿都会啼鸣、筑巢和繁衍。大多数鸟儿会孵育不止一窝,有些欧亚鸲甚至一季可能孵育四窝小雏儿。一般来说,小型鸟类需要大约两周孵蛋,再需两周雏鸟才能出壳。较大的鸟类需要更长一些时间。此时威胁鸟巢的主要捕食者是喜鹊、乌鸦和松鸦,它们吃鸟蛋和刚出生的雏鸟。家猫每年也会杀死数千万只鸣禽。

夏 天

一年当中的这段时间你会看到大量的家燕、毛脚燕和雨燕。它们从非洲过冬的老家飞来,四五月到达。到了六月,它们会定居下来开始繁衍。当它们掠过水面寻找飞虫时,观赏它们最好的地方是水边。家燕在棚屋和谷仓中筑巢,毛脚燕在屋檐下建造锥形泥巢,雨燕在教堂塔楼等古老建筑的高处筑巢。

一些猛禽也会迁徙。如果你在天空中看到很多雨燕,您可能还会看到一种燕隼,这是一种中等大小的猛禽,背部呈灰色,胸部有斑驳的白色和黑色。它会吃雨燕。在飞行中,它看起来与它的猎物非常相似。燕隼主要集中在英国南部。

如果你春季和初夏在开阔的乡村：总是能听到云雀的叫声。它们在离地三十英尺高的地方盘旋,不停地大声啼鸣。你可能还会听到黄鹀的独特呼唤声,听起来有点像有人说:"一小块没有涂芝芝芝芝士的面包(a-little-bit-of-bread-with-no-cheeeeeese)。"草地鹨也会从地上飞起,到处发出哔叽、哔叽、哔叽的叫声。盘旋的鵟的尖叫声也可能会响起。

如果你每年的这个时候在公园或花园里：你最常听到的曲子将是欧乌鸫酣畅的乐音、鸫鹟狂喜的颤音、欧金翅雀嘶哑的喉音,苍头燕雀会唱着欢快、或许有点刺耳的曲调,大山雀声嘶力竭地一遍又一遍重复"提气,提气,提气",蓝山雀和欧亚鸲唱着更婉转的曲调。如果你运气好的话,你可能还会听到欧歌鸫嘹亮的笛声般的旋律,翻来覆去重复一个音。作为吸引配偶的一种方式,大斑啄木鸟很多时候会在附近"打鼓"。在所有这些鸟儿的背景声中,则是家麻雀持续不断的欢快的啁啾配乐声,从早晨、正午到几乎夜里,一季又一季,年复一年。

所有这些曲调和声音一开始很难区分,开始时可以借助多种应用程序和网站,慢慢地您就会分辨它们了。

秋 天

秋天,迁徙的方向正相反。夏候鸟已经返回非洲,但大批的鸟儿从世界北部的"冰冻之地"(俄罗斯、冰岛和斯堪的纳维亚半岛)迁徙到北欧和南欧寻求庇护、食物和温暖的气候。

可以特别留意的鸟儿是田鸫和白眉歌鸫。每年有数十万这种小鸫鸟迁徙过来,在英国各地的耕地和矮树篱中寻找食物。田鸫比欧歌鸫稍胖,有蓝灰色的脑袋和栗色的背部。白眉歌鸫个头略小,但它们的翅膀下会有些许红橙色的闪亮羽毛。

除了田鸫这些我们不太熟悉的鸟儿,英国的本土鸟儿也会与成千上万来自北方的表亲苍头燕雀、云雀和椋鸟会合在一起。此外,各种鸭子,如赤颈鸭和绿翅鸭,在秋季也会和绿头鸭一起在我们的池塘和湖泊会合。涉禽也一样,比如丘鹬、沙锥和杓鹬,它们都会迁徙到南方越冬。

观赏这一大群候鸟的最佳地点是英国东海岸,大约从十月起,数量庞大的黑雁从西伯利亚风尘仆仆赶来。十一月的满月也被称为丘鹬满月。因为那是一年中大部分越冬丘鹬渡过北海,到达东海岸的日子。丘鹬是一种看起来体型矮胖的涉禽,腿短,喙长且直。它是所有涉禽中最擅长伪装的:在其天然的冬季栖息林地里,它看起来恰似一堆腐烂的树叶。它在飞行中很容易被发现,因为它在空中舞蹈、翻腾、弯弯曲曲地飞行。

秋天也是西灰林鸮一年中叫声最响的时候。一只鸮"突围突围"地叫,其他鸮就"突兀突兀"地回应。

冬 天

在公园或花园里:

放置喂鸟器的最佳时间是在冬季,此时鸟类对食物的需求最多。

春天没有必要为鸟类准备食物,它们在树上和矮树篱上有很多吃的。实际上在暮春和夏天喂食,弊大于利。喂鸟器扰乱了自然筑巢模式并引来捕食者,假如不定期清洁,还可能会传播疾病。

不要购买鸟桌,因为这桌子很容易变成附近徘徊的本地家猫或猛禽进食的自助餐吧。特别是雀鹰:一种精悍且极具破坏性的小型鹰。它通常在花园等封闭的空间狩猎,能吃一百多种不同的物种,明显喜食小鸟。

为了减少这些鹰和猫的影响,最好把装满坚果的铁丝喂食器高高挂在树上,周围有足够的空间,这样鸟儿就能看见冲它们来的捕食者。购买防松鼠的喂食器也是明智的,它可以阻挡较大的鸟儿,如寒鸦、乌鸦和喜鹊。

这是一份用喂食器能吸引到的鸟类的最详细清单(以及这些鸟的样子):

- **欧亚鸲**:经典的红胸朋友。
- **家麻雀**:成群结队。呈棕色、米色、灰色和黑色。
- **欧乌鸫**:一种有深黑色光泽和黄色喙的鸫。[1]
- **蓝山雀**:有一绺绺精致的羽毛。胸部黄色,背部蓝色,冠呈蓝色。
- **大山雀**:肌肉发达,背部绿色,胸部黄色,冠呈黑色。

---

[1] 雌性的羽毛一般呈深棕色。——作者注

・**煤山雀**:就像有人把一只大山雀缩小了一半。

・**北长尾山雀**:尾巴很长,长到看不见胸脯。体型纤小,身体呈粉灰色、棕色和黑色。

・**苍头燕雀**:胸部红棕色,微微发亮,翅膀也是微微发亮的黑色和白色。灰色顶冠。[1]

・**欧金翅雀**:就像把苍头燕雀喷上金绿色的漆。

・**红额金翅雀**:红色、白色和黑色的脑袋,身子是棕色和浅黄色的。翅膀是发亮的金色。

・**黄雀**:一种黄黑色的小雀鸟。

・**林岩鹨**:假如约翰・勒・梅苏里尔(John Le Mesurier)[2]是一只鸟,就会是它,它是谦谦有礼、穿着灰棕色条纹外套的家伙。

・**鹪鹩**:一种很小的飞鸟,身子呈斑驳的栗色,尾巴翘起。

・**䴓**:在喂食器上样子很美。长喙,眼睛上有黑色条纹。背部为蓝灰色,胸部为橙色。

・**大斑啄木鸟**:身着华丽的白衬衫和黑色燕尾服,它的头和屁股上有一个红色的斑块。

旷野中的鸟类:鸟儿往往在冬季为寻找食物,为避免捕食者的侵害而抱团取暖。一大群鸟看上去蔚为壮观。从十一月左右开始,椋鸟的喃喃声成为吸引人的移动景观:成千上万的椋鸟像巨大的鱼群

---

[1] 雌性看起来就像把雄性漂洗一次后的样子。——作者注
[2] 英国男演员,曾出演120余部电影,角色多为军官、警察或法官等权威人士。

飘浮在空中。椋鸟是一种城乡可见的喜鹊大小的鸟儿,以其有着黑、绿、紫霓虹色的翅膀和身体引人注目。[1]

穿过农田时,你可能还会看到大群的红额金翅雀在杂草丛生的田野中觅食,成群结队的本地灰山鹑或秃鼻乌鸦寻找蠕虫和幼虫为食。或是许多不同种类的鸟儿,在耕地里聚集在一起,像雀、麻雀、鸫、鹨,赤胸朱顶雀和百灵,寻找去年收获留下的遗穗。冬天是待在野外和开阔地观赏鸟儿们的美好时光。

然而,冬季开阔地最好看的一个场景是红隼捕猎。红隼很容易与鵟或赤鸢等鸟区分,因为它们是唯一会悬停在空中的猛禽。红隼,一种小巧高雅的猛禽,有着斑驳的栗色背部和黑色的翼尖,完美地悬停在它的猎物——通常是老鼠或田鼠——的上方。鵟比红隼大得多,四英尺的翼展,能够长时间盘旋飞行,寻找地面上的家兔、野兔或老鼠。赤鸢比鵟略大,它们尖尖的燕尾很好认。

但其中最大、最壮美的猛禽是雕。要想一睹雕的风采,可在任何时间去威尔士或苏格兰的荒野野外。英国是两种雕的家园:白尾海雕和金雕。它们庞大的体型、八英尺的翼展,会让你大吃一惊。当你看到它,不能确定是雕还是鵟时,那这肯定是一只鵟。因为你看见一只雕时,会确信无疑。

对于那些想要更深入地了解他们周围野生世界的人,冬天是在大自然中寻求慰藉和了解大自然的最佳时机。此时的景色一览无遗,鸟儿们饥肠辘辘,这正是一年中接近它们的黄金时间。

---

[1] 此处指英国最常见的紫翅椋鸟。——编者注

致　谢

在这里我必须感谢这些救命恩人,他们让我的鸟儿们在书中飞翔。

如果没有柯蒂斯·布朗公司(Curtis Brown)的戈登·怀斯,就不会有这本书。他将一个青涩、不成熟的作者提出的那些模糊、不成熟的想法变得鲜活起来。他给了我一个机会。对他那令人难以置信的远见卓识、中肯的建议和富有感染力的热情,我永远感激不尽。我写的书竟会由企鹅集团旗下的分社出版,这简直是一个遥不可及的梦,我从来不敢奢望。然而它确实发生了,这归功于戈登。还要感谢柯蒂斯·布朗团队的所有成员,他们的辛勤工作使这个项目得以落地。

我要特别感谢黛西·梅里克,她让我一开始就相信,这一切都是可能的。特别感激在整个过程中我有这么一位好朋友。我们的祖辈会为此感到自豪。

企鹅迈克尔·约瑟夫的整个编辑团队超出了我所有的预期。他们的肯定和润色给予我同样的鼓励和启发。谢谢夏洛特·哈德曼和保拉·弗拉纳根的支持和智慧。尤其要感谢艾莉尔·帕利基尔。我想我是中了人生中的编辑大奖,因为我从来没有和如此能激发我信心和信任的人合作过。通过她的勤奋、努力和无穷的耐心,艾莉尔让我能讲出以前仅凭我自己不能清晰表达的故事和感受。她为这本书注入了活力。

奥利维亚·托马斯、艾拉·沃特金斯和索菲·肖:是你们把我的书带进了现实世界,我对你们的辛勤工作和善良感激不尽。

我要感谢我无与伦比的父亲彼得·科贝特。他对我在书中讲述他的丰富多彩的故事没有表示不满——并不是所有故事都展现了他闪光的一面。"好吧,如果它能帮助你多卖几本书的话。"谢谢爸爸,你是妈妈拥有的最好、最可爱的丈夫。还有凯蒂·布鲁克和理查德·科贝特:你们的鼓励和支持是我能写出这本书的一个主要原因。没有你们的支持我是无法完成的。你们一直向我保证妈妈会为之自豪,这是我继续前进的动力。

安德鲁·波特——安迪舅舅,是你在许多次快乐的午餐中,恰到好处地介绍我认识了一个我从未见过的原生家庭:你和妈妈童年的照片和故事,将我对过去朦胧的黑白二维感知,变成了辉煌荣耀的3D影像。

还有苏西·尼特,圣人苏西,你为我画的鹪鹩的漂亮图画,还有之后我在书中引用的那句可爱的引言,就放在桌上,旁边是一张妈妈的照片和你送给我的那些好看的鸟类书籍,它们每天都在激励着我。事实上,定价一先令的《英国的鸟蛋和鸟巢》(*British Birds Eggs and Nests*)为我提供了最奇妙的描述,鸟儿旧时的俗称,也是家麻雀一章开篇的灵感源泉。

还有吉姆·科贝特,谢谢你无限的乐观、热情和努力,以及你为把洛赫比伊的房子修缮一新所做的艰苦工作。它已变成了全家人都心心念念的地方。如果没有你和佩蒂丝姨妈统筹指挥,它不会存在。也要谢谢你们,表弟汤姆和他的妻子弗洛拉,为招待想从南方来就来的我们累断了腰。而我们享受着你们的辛勤劳作。

我还要感谢我的老朋友查理·特赖恩,我认识的最热心的渔夫。多年前他教我在寂静的银色溪流中钓鳟鱼。没有那些威尔特郡埃文河的钓鱼之旅,我就不会遇见传奇人物艾尔默叔叔,也不会有查理教给我们的那些关于野生动物的呢喃、歌唱、嗡鸣的知识,也就没有我对白垩溪流的热爱,关于翠鸟的那一章就永远也写不出来。也要谢谢你,杰米·沃瑟斯顿,在我们多次前往肯尼特河、埃文河和纳德河的欢闹旅程中,在那些坐落在樱草岸边的漂亮酒吧里,让我在后半辈子重新燃起了对飞钓的热情。

我还想要感谢鸣禽生存协会(Songbird Survival)的所有工作人员和赞助人,你们凭借有限的资金在几乎无人感谢的情况下不知疲倦地工作,只为找出曾经丰富的鸟类物种令人担忧的减少背后的真相。请继续你们优秀的工作。

亚瑟和泰迪,我亲爱的孩子们:在我情绪低落的时候,当我只想认输或放弃的时候,想到你们两个,我就有了继续前进的动力。玛丽·科贝特,我说些什么呢?是你让这一切成为可能,给我信心继续前行,不管天有多黑。

最后,我要感谢鸟儿。因为没有你们,我就无法从容应对人生。

附录:鸟类译名对照表

白喉林莺	white-throat
白喉针尾雨燕	white-throated needletail
白眉歌鸫	redwing
百灵	lark
斑鸠	turtle dove
北长尾山雀	long-tailed tit
仓鸮	barn owl
苍鹭	grey heron
苍头燕雀	chaffinch
草地鹨	meadow pipit
赤颈鸭	wigeon
赤鸢	red kite
翠鸟	kingfisher
大斑啄木鸟	great spotted woodpecker
大山雀	great tit
戴菊	goldcrest

杜鹃	cuckoo
渡鸦	raven
寒鸦	jackdaw
黑顶林莺	blackcap warbler
黑水鸡	moorhen
黑雁	brent goose
红额金翅雀	greenfinch
红腹灰雀	bullfinch
红隼	kestrel
槲鸫	mistle thrush
黄雀	siskin
黄鹀	yellowhammer
灰山鹑	grey patridge
叽喳柳莺	chiffchaff
家麻雀	house sparrow
家燕	sparrow
鹪鹩	wren
鵟	buzzard
蓝山雀	blue tit
蛎鹬	oystercatcher
椋鸟	starling
林鸽	wood pigeon

林岩鹨	dunnock
鹨	pipit
芦苇莺	reed warbler
绿翅鸭	teal
绿头鸭	mallard
毛脚燕	house martin
煤山雀	coal tit
欧歌鸫	song thrush
欧金翅雀	goldfinch
欧柳莺	willow warbler
欧石䳭	stonechat
欧乌鸫	blackbird
欧亚鸲(知更鸟)	robin
丘鹬	woodcock
雀鹰	sparrowhawk
沙锥鸟	snipe
杓鹬	curlew
鸸	nuthatch
黍鹀	corn bunting
水蒲苇莺	sedge warbler
穗䳭	wheatear
隼(游隼)	falcon (peregrine falcon)

田鸫	fieldfare
田凫	peewit
庭院林莺	garden warbler
秃鼻乌鸦	rook
鹟	flycatcher
乌鸦	crow
鹀	bunting
鸮(猫头鹰)	owl
西黄鹡鸰	yellow wagtail
西灰林鸮	tawny owl
喜鹊	magpie
崖沙燕	sand martin
燕隼	hobby
夜莺(夜歌鸲)	nightingale
雨燕	swift
云雀	skylark
朱顶雀	linnet

12 Birds to Save Your Life
Copyright © Charlie Corbett, 2021
First published in Great Britain in the English language by Penguin Books Ltd.
Copies of this translated edition sold without a Penguin sticker on the cover are unauthorized and illegal
Simplified Chinese edition copyright © 2023 by NJUP
All rights reserved
江苏省版权局著作权合同登记　图字：10-2021-268号
Cover illustrations © Sarah Young-www.SarahYoung.co.uk

图书在版编目(CIP)数据

12只鸟儿,治愈你：大自然的幸福课堂／(英)查理·科贝特著；曾心仪译. —南京：南京大学出版社，2023.9

书名原文：12 Birds to Save Your Life
ISBN 978-7-305-27136-6

Ⅰ.①1… Ⅱ.①查… ②曾… Ⅲ.①随笔-作品集-英国-现代 Ⅳ.①I561.65

中国国家版本馆CIP数据核字(2023)第122693号

出版发行	南京大学出版社
社　　址	南京市汉口路22号　邮　编　210093
出 版 人	王文军
书　　名	12只鸟儿,治愈你：大自然的幸福课堂
著　　者	(英)查理·科贝特
译　　者	曾心仪
责任编辑	刘慧宁
照　　排	南京紫藤制版印务中心
印　　刷	南京爱德印刷有限公司
开　　本	787 mm×1092 mm　1/32　印张9.25　字数187千
版　　次	2023年9月第1版　2023年9月第1次印刷
ISBN 978-7-305-27136-6	
定　　价	68.00元
网　　址	http://www.njupco.com
官方微博	http://weibo.com/njupco
官方微信	njupress
销售咨询	(025)83594756

＊ 版权所有,侵权必究
＊ 凡购买南大版图书,如有印装质量问题,请与所购图书销售部门联系调换